한권으로 끝내는
중국 재상 열전

| 중국편 |

Classic Collection

한권으로 끝내는
중국 재상 열전

청
어
람

한 권으로 끝내는 **중국 재상 열전**

초판 1쇄 찍은 날 § 2005년 11월 01일
초판 1쇄 펴낸 날 § 2005년 11월 11일

지은이 § 모리야 히로시
옮긴이 § 김현영
펴낸이 § 서경석

편집장 § 오태철
편집 및 디자인 § 정은경

펴낸곳 § 도서출판 청어람
등록번호 § 제1081-1-89호
등록일자 § 1999. 5. 31
어람번호 § 제3-0039호

주소 § 경기도 부천시 원미구 심곡1동 350-1 남성B/D 3F (우) 420-011
전화 § 032-656-4452 팩스 § 032-656-4453
http : //www.chungeoram.com
E-mail § eoram99@chollian.net

ISBN 89-5831-790-6 03820

중국의 방대한 정치 비결이 축적된 역사책은
정치에 뜻을 둔 사람은 물론이고 조직 안에서
고군분투하는 여러분에게
시대에 따라 변하지 않는 정치의 요체를 알려줌으로써
'정치' 뿐 아니라 널리 조직을 운영하는 데
큰 도움을 줄 것이다.

CONTENTS

CONTENTS

　중국 역사 속에서 재상(宰相) 열 명을 골라 그 전기를 정리해
보았다. 관중에서 제갈공명에 이르기까지, 모두가 역사의 무대
에 확실한 족적을 남긴 사람들이다.

　본래 중국인은 정치에 매우 관심이 많은 사람들이다. 3천 년
전부터 그러했으며 생각이 있는 사람들은 모두 정치 참여에 억
누를 수 없는 뜻을 품어왔다. 그 점에서는 문학가나 시인들도 예
외는 아니다.

　그리고 이들의 활약상을 적은 글이 바로 역사책이다.

　중국인은 또한 기록을 남기는 데 뜨거운 집념을 불태웠고, 그
성과가 오늘날 우리에게 전해진 수많은 역사책이다. 게다가 이
역사책 안에 기록된 내용 역시 거의 대부분이 정치에 관한 기록
이거나 정치가의 사적(事跡)이다. 그러므로 이러한 역사책에는
방대한 정치 비결이 축적되어 있다고 해도 과언이 아니리라.

　일찍이 우리 조상은 이 역사책을 읽음으로써 정치가 무엇인지

를 배웠다. 책의 이름을 열거해 보자면 예컨대 《십팔사략(十八史略 : 원명은 《고금역대 십팔사략(古今歷代十八史略)》)이며, 태고(太古) 때부터 송나라 말까지의 역사적 사실이 기록되어 있다. 사료적 가치가 없는 통속본이지만, 중국 왕조의 흥망성쇠와 고사(故事), 금언(金言) 등이 포함되었다―역주》,《좌전(左傳 : 공자(孔子)의 《춘추(春秋)》를 노(魯)나라 좌구명(左丘明)이 해석한 책. 《춘추좌씨전(春秋左氏傳)》,《좌씨춘추(左氏春秋)》라고도 한다―역주》,《자치통감(資治通鑑 : 북송(北宋)의 사마광(司馬光, 1019~1086)이 1065년~1084년에 편찬한 편년체(編年體) 역사서. 사실을 있는 그대로 기술하지 않고 사마광이 자신의 독특한 사관(史觀)을 토대로 기사를 선택하고 평론을 덧붙였다―역주》,《사기(史記 : 중국 전한(前漢)의 사마천(司馬遷)이 상고시대의 황제(黃帝)~한나라 무제 태초년간(BC 104~101년)의 중국과 그 주변 민족의 역사를 포괄하여 저술한 세계사적인 통사─역주》 등을 들 수 있다.

물론 나라의 정치를 담당한 일부 정치가만이 이런 역사책을 읽은 것은 아니다. 지방의 크고 작은 관리며 선비들 역시 마찬가지였다. 역사책이 이들의 교양이었고, 이들은 역사책을 가까이 함으로써 정치 감각을 연마하고 비결을 터득했다.

그러나 우리는 이미 오래전에 그 전통을 잃어버렸다.

이는 너무나도 애석한 일이기에 이 책에서는 그 안타까움을 보충하고자 역사책에 등장하는 주요 정치가 열 명을 선발하여 이들의 고심(苦心)을 정리해 보았다.

"그래 봤자 옛날 옛적의 정치가 아니겠느냐?" 하고 반박하는 사람이 있을지도 모르겠다. 그러나 정치의 원칙과 요체는 어느 시대든 변하지 않는다. 또한 '정치'뿐 아니라 널리 조직을 운영하는 데도 도움이 되는 면이 많다. 이들이 나라를 경영하고자 애를 쓴 모습은 현대를 살아가는 우리에게 많은 깨달음을 줄 것이다.

한 가지 짚고 넘어가야 할 점이 있는데, 이 책은 정치가 중에서도 재상들을 다루었다. 그렇다면 재상이란 과연 어떤 직책을 말할까?

당연한 말이지만, 재상이란 문무백관의 최고 자리이며 그 위에는 황제가 앉아 있다. 즉, 재상은 문무백관을 이끌고 황제를 보필하는 사람이며 이것이 재상형(宰相型) 권력의 특색이다. 좀 더 스스럼없이 말하면 재상은 오늘날의 지배인이나 관리자와 같은 직책이다.

따라서 재상형 권력은 황제의 권력과 관계가 깊다. 재상형 권력이 안정되려면 황제의 권력을 제한하는 조종술, 곧 군주조종술이 있어야 한다. 명재상(名宰相)이니 현재상(賢宰相)이 하는 사람들은 모두 이 조종술에 부심해 왔다고 할 수 있다. 군주가 범용하여 재상을 전폭적으로 믿는다면 좋겠지만, 양쪽이 서로에게 긴장을 늦추지 않으면 재상은 군주에 대한 다양한 대응책을 내놓아야 하는 수세에 몰리게 된다.

이러한 상황을 어떻게 헤쳐 나가느냐, 이 점이 이 책에서 찾아볼 수 있는 또 하나의 즐거움이다.

이 책에 실린 재상들의 고심은 정치에 뜻을 둔 사람은 물론이고 조직 안에서 고군분투하는 여러분에게도 시사하는 바가 크리라 믿는다. 또한 이 책이 그러한 현실 세계에서 널리 활용되기를 바란다.

1993년 7월 모리야 히로시(守屋 洋)

1

『관중』

관중(기원전 ?~645년)
이름은 이오(夷悟), 중(仲)은 자(字). 영상(潁上) 사람.
가난한 집에서 태어나 어려서부터 포숙아(鮑叔牙)
와 맺은 우정은 '관포지교(管鮑之交)' 라 하여 유명.
기원전 685년, 포숙아의 추천으로 제(齊)나라 환공
(桓公, 재위 : 기원전 685~643년)의 재상이 되어
경제 진흥과 부국강병책을 추진하여 일약 제나라를
당시의 최대 강국으로 성장시켰다. 평범한 군주 환
공이 중원의 패자(覇者)가 된 까닭은 이러한 재상
관중의 활약이 있었기 때문이다.

제나라의 환공과 관중

관포지교와 창름실즉지예절(倉廩實則知禮節 : 창고가 가득 차야 예절을 안다—역주)이라는 말로 친숙한, 춘추 시대(春秋時代 : 중국 주나라가 동쪽으로 도읍을 옮긴 기원전 770년부터 기원전 403년까지 약 360년간의 전란 시대. 공자가 역사책인《춘추》에서 이 시대의 일을 서술한 데서 붙여진 이름이다—역주) 제나라의 명재상인 관중은 기원전 7세기, 지금으로부터 약 2천 6백 년 전의 사람이다.

당시 중국은 이미 통제력을 상실한 주(周) 왕조를 대신해 실력있는 제후가 패자의 자리에 올라 천하를 호령하는 시대를 맞이하던 참이었다. 패자의 임무는 일단 주 왕조의 종주권(宗主權 : 한 나라가 국내법의 범위 안에서 다른 나라의 내정이나 외교를 지배하는 특수한 권력—역주)을 존중하면서 제후회의를 열어 그들의 맹세를 얻어내고, 중원 여러 나라를 위협하는 오랑캐를 물리침과 동시에 중원의 질서를 유지하는 것이었다.

맨 처음 패자의 지위를 확립한 인물은 제나라의 환공이었다. 제나라는 오늘날의 산둥 성[山東省]에 자리잡은 나라로 동이족(東夷族) 사이에 놓인 약소국에 지나지 않았고, 환공 역시 지극히 평범한 군주에 불과했다. 그런 환공이 눈부신 두각을 나타내 국제 사회에서 일약 패자의 자리에 오른 까닭은 환공을 보좌한 관중의 뛰어난 정치 수완이 있었기 때문이다.

관중이 죽은 지 거의 백 년 후에 태어난 공자(孔子)는 이 선배 정치가에 대해 "관중의 그릇이 실로 작구나!"라며 그의 패도사 상(覇道思想)에 이의를 제기하면서도 관중이 이룩한 정치 실적 에 대해서는 다음과 같은 찬사를 아끼지 않았다.

"환공이 비참한 수단에 호소하지 않고 제후들을 복종시킬 수 있었던 까닭은 관중이 있었기 때문이다. 관중은 환공을 보좌하 여 제후들의 맹주 자리에 올려놓았고 천하의 질서를 회복했으며 그 은혜는 오늘날까지 이어졌다. 만약 관중이 없었다면 우리는 지금 야만족의 풍속을 강요당했을지도 모른다."

또한 《사기(史記)》의 저자인 사마천(司馬遷)도 '군주의 좋은 점을 받들고 나쁜 점을 교정해야 나라가 평화롭다'는 옛말을 인 용하면서 관중이 군주를 잘 보필해야 하는 재상의 책임을 다하 였다고 평가했다. 그야말로 관중 없이는 환공의 패업이 있을 수 없고, 중원의 평화도 유지되지 못했을 것이다.

관 포지교

관중의 출신은 분명하지 않으며 《사기》를 통해 다음과 같은 사실이 알려졌을 뿐이다.

"관중은 영상(潁上)에서 태어났다. 어려서부터 포숙아(鮑叔牙)와 함께 노닐었는데 두 사람은 무엇을 하든 늘 함께하였다. 포숙아는 일찍이 관중의 비범한 재능을 알아보았다. 관중은 집이 가난하여 포숙아를 자주 속였으나 포숙아는 한 번도 싫은 내색을 하지 않았고 마지막까지도 우정을 저버리지 않았다."

영상은 지금의 안후이 성[安徽省] 잉상 현[潁上縣]의 남쪽, 잉허[潁河] 강과 화이허[淮河] 강이 합류하는 곳으로 당시에는 제나라가 아닌 송(宋)나라의 영토였다. 또한 포숙아는 관중과 평생 변치 않는 우정을 맺은 둘도 없는 친구로, 관중은 훗날 이렇게 회고하였다.

"내가 옛날 가난하던 시절에 포숙아와 함께 장사를 한 적이 있다. 돈을 벌어 이익을 나눌 때 내가 더 많이 가지려고 했으나 포숙아는 나를 욕심이 많다고 나무라지 않았다. 내가 가난함을 알고 있었기 때문이다. 또한 포숙아를 위해 일을 꾸몄다가 오히려 그를 곤경에 빠뜨렸는데 이때도 포숙아는 나를 어리석다고 말하지 않았다. 어떤 일이든 잘될 때가 있는가 하면 그렇지 않을 때도 있음을 알고 있었기 때문이다."

이 두 사람의 우정은 '관포지교'라 하여 널리 알려졌으며, 우리는 위와 같은 기록을 통해 관중이 청년 시절에 매우 가난했음을 알 수 있다. 또한 장사를 했다고 하니 사회적인 신분도 그리 높았다고 할 수 없다.

당시의 신분 제도를 크게 나누면 천자 아래 제후(諸侯)가 있고, 그 아래 가신 집단인 경(卿), 대부(大夫), 사(士)가 있어 이들이 지배 계층을 형성했다. 경은 중신 가문, 대부는 그 아래 신분을 뜻한다. 관중의 신분은 아마도 이러한 지배층의 말단 계층인 사에 해당했으리라. 이는 역시 춘추 시대의 명재상으로 알려진 정(鄭)나라의 자산(子産)이 경 출신이고 제나라의 안영(晏嬰)이 대부 출신인 것과 상당한 대조를 보이지만, 반대로 관중이 그만큼 정치가로서 비범한 역량을 지닌 인물이었음을 말해 준다.

관중이 언제, 어떤 일을 계기로 제나라의 녹을 먹게 되었는지는 전혀 알려진 바가 없다. 당시 제나라의 왕은 태공망의 13대 후손인 이공(釐公)이었는데, 이공에게는 제아(諸兒), 규(糾), 소백(小白)이라는 세 아들이 있었다. 관중은 이 가운데 규의 스승

[傳]으로 임명되었고, 이는 사람들이 관중의 인물 됨됨이와 식견을 그만큼 인정해 주었음을 뜻한다.

같은 시기에 친구인 포숙아는 소백의 스승으로 임명되었는데 이 인사(人事)를 둘러싸고 《관자(管子)》 〈대광편(大匡篇 : 관중이 지었다고 되어 있으나 그 내용으로 보아 관중의 업적을 기리고자 후대 사람들이 쓴 것으로 보이며, 머리말에는 모두 86편이라고 나오나 현존하는 책에는 10편과 1도(圖)가 빠져 있다—역주)에 다음과 같은 흥미로운 일화가 나와 있다.

포숙아는 이 임명에 불평을 늘어놓았다. 앞으로 막내인 소백(훗날의 환공)에게는 왕위를 계승할 기회가 돌아오지 않을 텐데 그런 자의 스승으로 임명되었으니 앞날이 막혔다고 생각한 것이다. 그러자 관중은 아프다는 구실로 집에 틀어박힌 포숙아를 찾아가 앞으로 왕이 될 세 후보자의 인물을 비교하면서 소백에게 한 가닥 희망을 심어주었다.

"장차 제나라를 짊어질 사람은 결국 규와 소백 가운데 한 사람일 걸세. 나는 소백을 인정하네. 소백은 잔꾀를 부리지 않고 넓은 시야로 사물을 판단하는 사람이네. 인물 됨됨이도 남이 쉽게 이해할 수 없을 정도로 웅대하지. 순서대로 말하자면 규가 형이지만 불행히도 장차 우리 제나라가 하늘의 재앙을 받는다면 규의 재능으로는 이겨내기 힘들 걸세. 포숙아, 바로 그럴 때 자네의 힘이 필요하지 않겠나?"

포숙아는 관중의 설득을 듣고 나서야 소백의 스승이 되기로 결심했다고 한다. 이 이야기를 그대로 받아들이면 관중에게는 정치가가 꼭 지녀야 할 요건 가운데 하나인 선견지명이 있다고 봐야 한다. 그러나 이야기 자체가 너무나도 만들어진 듯한 느낌이 난다. 아마도 후대인들이 지어낸 이야기일 것이다.

어쨌든 그 후 이공이 죽고 장남인 제아가 그 뒤를 이어 제나라 14대 왕인 양공(襄公)이 되었다. 그런데 이 양공은 군주의 그릇이 못 되었다. 도리에 어긋난 행동을 너무 많이 저질러 결국 사촌인 공손무지(公孫無知)에게 죽임을 당하였다(기원전 686년). 이때 규는 관중과 함께 이웃 나라인 노(魯)로 망명했고 소백도 포숙아와 함께 거(莒)로 달아나 난을 피했다.

그러나 공손무지도 반년을 넘기지 못했다. 무지는 자기에게 한을 품은 자의 손에 최후를 맞이했다. 이에 공석이 된 왕좌를 둘러싸고 급히 중신회의가 열렸고 거나라에 있는 소백에게 사자를 파견하였다. 물론 노나라도 가만히 있진 않았다. 서둘러 규를 보내 제나라가 친노(親魯) 정권을 수립하도록 손을 썼다.

별동대를 통솔한 관중은 제나라의 도읍지인 임치(臨淄)로 달려오는 소백의 군사를 맞이하여 직접 소백을 향해 활을 겨누었다. 화살은 명중했고, 관중은 임무를 완수했다며 규의 본대에 보고하였다. 경쟁 상대를 쓰러뜨렸다고 안심한 규는 노나라 군사의 호위를 받으면서 유유히 임치로 향했다.

그러나 관중은 이때 중대한 실수를 범했다. 화살이 명중되기는 했으나 혁대의 금장식에 맞아 소백이 구사일생으로 목숨을 건진 것이다. 그 자리에서 죽은 척하여 관중의 추격에서 벗어난 현명한 소백은 곧장 임치로 내달렸다.

이리하여 규를 옹호한 노나라 군대가 제나라 영내에 들어섰을 때 소백은 이미 제왕(齊王)에 옹립된 상태였다. 노나라는 자신만만하게 일전을 시도했으나 어이없이 패하고 말았고, 결국 제나라의 요구에 굴하여 자기들이 옹립한 규를 스스로 살해하는 파국을 맞이했다. 이렇게 제나라 왕위를 둘러싼 골육상쟁은 결국 소백 진영의 승리로 끝이 났다. 때는 기원전 685년이었다.

당시 문제로 떠오른 사항이 관중의 처분이었다.

소백, 곧 환공은 하마터면 관중이 쏜 화살에 목숨을 잃을 뻔한 기억이 선명하게 되살아났다. 관중을 증오하여 눈앞에서 참수를 한다고 해도 분이 풀리지 않을 지경이었다. 그런 환공에게 관중의 존재 가치를 설득한 인물이 다름 아닌 포숙아였다. 포숙아는 신정권을 세울 때 반드시 관중이 있어야 한다고 역설했다.

"신은 다행히도 주군을 따를 수 있었고 마침내 주군은 제나라의 왕위에 오르셨습니다. 그러나 이제부터 신이 감당해야 할 짐이 너무도 크옵니다. 주군께서 제나라만 통치하실 생각이라면 고혜(高傒)와 저, 두 사람만 보좌해도 충분합니다. 그러나 천하의 패자가 되길 바라신다면 관중 이외에는 다른 적임자가 없습니다. 관중을 쓰는 나라는 반드시 천하를 다스리게 됩니다. 일의 옳고 그름을 떠나 관중을 손에 넣으십시오."

환공은 자신이 믿는 포숙아의 말인지라 듣지 않을 이유가 없었다. 곧바로 노나라에 관중의 인도를 요구했고 노나라는 이 요구에 응했다.

그 때 관중은 이미 일이 이렇게 될 것을 예견하고 귀국할 결의를 다지고 있었다. 그에게 규를 모시느냐 소백(환공)을 모시느냐 하는 문제는 방편에 지나지 않았다. 중요한 것은 자기 재능을 충분히 발휘하여 제나라를 부강하게 만드는 일이었다. 관중은 자신의 신병을 넘겨받으러 온 포숙아를 따라 귀국 길에 올랐다.

관중을 만나본 환공은 새삼 그의 식견에 탄복했고 재상으로 임명하여 국정을 일임했다. 이로써 관중에게 정치가로서 실력을 펼칠 기회가 찾아왔다.

의식이 풍족해야 영욕을 안다[衣食足則知榮辱]

관중의 정치 특징은 '나라를 다스리려면 먼저 반드시 백성을 부유하게 해야 한다. 백성이 부유하면 다스리기 쉽고, 백성이 가난하면 다스리기 어렵다(《관자》〈치국편(治國篇)〉)'라는 말처럼 국가를 강대하게 하려면 먼저 백성의 생활부터 안정하게 해야 한다는 생각에서 경제 정책에 힘을 쏟았다는 점이다. 그 방법으로 관중은 다음의 다섯 가지 정책을 실행에 옮겼다.

一. 농업의 보호 장려
一. 소금, 철, 금, 기타 중요 산업의 국가 관리
一. 균형(均衡) 재정의 유지
一. 물자 유통과 물가 조정
一. 세제(稅制)와 병역 정비

이는 2,600년 전의 옛날임을 감안했을 때 통찰력이 극히 농후한 정책이라 하겠다. 그 결과, 제나라의 국력은 눈에 띄게 증대했고 환공은 패자로서 천하를 호령하기에 이르렀다.

관중이 펼친 정치에 대해서는 《관자》 76편에 자세한 기록이 나와 있다. 그러나 《관자》는 훗날 관자 연구가들이 상당히 많은 글을 덧붙여 놓았기 때문에 그 모든 내용을 관중의 사상으로 해석해서는 안 된다. 따라서 《관자》 중에서도 관중 자신이 직접 기록한 것으로 보이는 경언(經言) 9편 가운데 〈목민편(牧民篇)〉에서 정치에 대한 관중의 생각을 살펴보도록 하자.

생활의 안정이야말로 정치의 근본이다

일국의 지배자가 된 자는 한 해 동안 생산 계획을 원활하게 실시하고 경제를 풍요롭게 하도록 배려해야 한다.

물자가 풍부한 나라에는 아무리 먼 곳에서라도 백성이 모여들고 개발된 나라에는 도망치는 백성이 한 사람도 없다. 하루하루 고되게 살아가는 자에게 예의범절을 논해 무엇 하랴. 생활만 풍족해지면 저절로 도덕의식이 높아지는 법이다.

군주가 재정 면에서 무리한 일을 벌이지 않는 것, 이것이 민생 안정의 근본이다. 생활이 안정되면 백성도 자연히 예(禮), 의(義), 염(廉), 치(恥)를 준수하고, 군주의 위령(威令)도 나라 곳곳에까지 퍼진다.

지배자의 자리에 오른 자는 무엇보다도 경제를 가장 중요하게 생각해야 한다. 형벌은 하나의 방편에 지나지 않는다. 먼저 민생을 안정시키고 도덕의식을 높이는 일, 이것이 국가 존립의 기초이다. 그런 다음에 신령(神靈), 종묘(宗廟), 선조를 숭배해야 한다. 즉, 종교에 대한 마음을 함양하고 백성을 교화해야 한다.

나라를 지탱하는 네 가지 기둥

나라는 네 가지 기둥으로 유지된다.

네 기둥 가운데 하나가 무너지면 안정이 흔들린다. 두 기둥이 무너지면 위기가 찾아오고, 세 기둥이 무너지면 전복된다. 그리고 네 기둥이 모두 무너지면 멸망한다. 안정이 흔들릴 때는 얼마든지 본래 상태로 되돌릴 수 있다. 위기가 찾아와도 벗어날 수 있으며 전복된다 한들 고쳐 세울 방법이 남아 있다. 그러나 멸망해 버리면 더는 어찌할 길이 없다.

그렇다면 네 기둥이란 무엇인가?

바로 예, 의, 염, 치의 네 가지 덕(德)이다. 예는 절도를 지키는 덕이요, 의는 자신을 과시하지 않는 덕이며, 염은 자신의 과오를 숨기지 않는 덕이고, 치는 남의 악행에 동조하지 않는 덕이다.

　모든 사람이 절도를 지키면 신분 질서가 평안하고 태평하다. 어느 누구도 자신을 과시하지 않으면 거짓말도 사라진다. 자신의 과오를 숨기는 자가 사라지면 부정(不正)도 자취를 감추며, 타인의 악행에 동조하는 자가 사라지면 심각한 악행을 기도할 수 없다.

가지려거든 먼저 주어라

　백성의 바람을 살피어 이를 들어주는 일, 이것이 정치의 요체다. 백성의 바람을 무시한 정치는 반드시 벽에 부딪친다.

　백성은 한결같이 고생하기를 꺼려한다. 그러므로 군주는 백성의 노고를 덜 방법을 강구해야 한다.

　백성은 한결같이 가난을 싫어한다. 그러므로 군주는 백성의 생활을 풍요롭게 해야 한다.

　백성은 한결같이 재난에서 벗어나고자 한다. 그러므로 군주는 백성의 안전을 지켜주어야 한다.

　백성은 한결같이 일족이 멸망하는 괴롭고 슬픈 일을 바라지 않는다. 그러므로 군주는 백성의 번영을 꾀해야 한다.

그렇다면 이러한 조건이 충족되면 어찌 되는가?

노고를 덜게 해준 군주를 위해서 백성은 어떠한 노고도 마다하지 않는다. 생활을 풍요롭게 해준 군주를 위해서 백성은 어떠한 가난도 견뎌낸다. 안전을 지켜준 군주를 위해서 백성은 어떠한 재난도 달게 받는다. 번영을 꾀한 군주를 위해서 백성은 목숨을 걸고 싸운다.

백성의 마음부터 사로잡지 않으면 제아무리 형벌을 가한다 한들 복종시킬 수 없다. 백성이 복종하지 않는다 하여 더욱 가혹한 형벌을 가하고 무턱대고 처형을 하며 위협하는 것은 스스로 무덤을 파는 일과 같다.

자고로 군주란 앞서 나열한 네 가지 조건을 충족시킬 수 있도록 노력해야 한다. 이 조건이 충족되면 백성은 그 군주를 흠모하는 마음에 아무리 먼 곳에서라도 모여들 것이다. 반대로 고난, 가난, 재난, 멸망의 괴로움을 일방적으로 강요하면 측근조차 등을 돌릴 것이다.

"가지려거든 먼저 주어라."

이것이 정치의 비결이다.

지도자의 조건

　제아무리 견고한 요새라도 그것만으로는 적을 막아낼 수 없다. 제아무리 강대한 군사 장비가 있어도 그것만으로는 적을 무찌를 수 없다. 또한 제아무리 영토가 넓고 물자가 풍족해도 그것만으로는 백성의 마음을 사로잡을 수 없다. 군주의 확고한 지도이념이 있어야 화를 방지할 수 있는 법이다.

　현명한 신하가 없다고 고민하기 전에 먼저 자신이 신하를 제대로 활용했는지 반성하라.

　물자가 적다고 걱정하기 전에 먼저 물자를 적절하게 분배했는지 생각하라.

　시기 적절한 대책을 세우는 것이 지도자의 요건이며 공평무사함이 위정자(爲政者)의 덕이다. 무릇 군주란 항상 시기 적절한 정책을 내세우고 군신을 통솔하여 그 능력을 충분히 발휘해야 한다.

　위정자가 우유부단하면 그 정책은 선수를 빼앗긴다. 물욕만 왕성하면 인심을 잡을 수 없다. 무능한 패거리를 믿으면 지각있는 신하에게서 버림을 받는다.

이것이 관중이 목표로 삼은 정치였다. 역사가 사마천도 관중의 정치를 일러 "본래 제나라는 바다와 닿은 약소국이었으나 관중은 경제 진흥과 부국강병에 매진하여 백성의 뜻에 따른 정책을 실행했다. …정책을 논의할 때, 실행 면에 주안점을 두고 끊임없이 백성의 원하는 바를 염두에 두면서 이를 정책에 반영했다"고 높이 평가했다.

제나라의 대두는 이러한 관중의 정치가 있었기에 가능한 일이었다.

신의를 중시한 외교 자세

"가지려거든 먼저 주어라."

이렇듯 균형 감각이 뛰어나고 유연한 태도는 관중의 외교 자세에 더욱 잘 드러난다.

환공이 패자로서 천하를 호령할 수 있었던 까닭은 관중의 적절한 정책으로 제나라의 국력이 갑자기 증대했기 때문이다. 하지만 그러한 실력을 지녔어도 관중은 결코 힘으로 상대 국가를 굴복시키려고 하지 않았다. 관중은 자칫 교만한 빛을 띠기 쉬운 환공의 고삐를 필사적으로 죄면서 신의를 토대로 한 외교 교섭을 펼쳤다.

예컨대 이런 일이 있었다. 환공 5년(기원전 681년)의 일이다. 국력이 충실한 제나라는 이 해에 숙적인 노나라와 싸워 승리를 거머쥐었다. 사태의 심각성을 파악한 노나라의 장공(莊公)은 수읍(遂邑) 할양을 내세워 화의를 신청했다. 환공은 이를 받아들여 노와 가(柯)의 땅에서 회맹하기로 하였다. 즉, 강화회의(講和會議)다. 그러나 그 자리에서 노나라의 장공이 맹세를 하려는 순간 노나라의 장군 조말(曹沫)이 단상에 올라와 환공에게 비수를 들이대는 사건이 일어났다.

"빼앗은 영토를 돌려주시오. 그렇지 않으면 목숨도 끝장이외다."

"알았네, 그대의 말을 따르도록 하지."

그 말을 들은 조말은 비수를 버리고 신하의 자리로 돌아갔다.

환공은 위협을 받아 일단 승낙하기는 했으나 나중에 생각해보니 너무나도 분하고 애석했다. 그래서 조말을 없애고 그 약속을 없던 일로 되돌리려고 하였다. 이를 안 관중이 환공에게 이렇게 충고했다.

"협박을 당하여 어쩔 수 없었다고는 하나 약속은 약속입니다. 이를 무시하여 상대방을 죽이는 처사는 신의에 어긋납니다. 설령 죽인다 해도 일시적인 분풀이에 지나지 않습니다. 게다가 그렇게 하면 제후의 신뢰를 배신하는 꼴이 되어 천하로부터 버림을 받게 되니 그야말로 백해무익합니다."

환공은 조말과 한 약속을 지켜 그때까지 빼앗은 영토를 그대로 노나라에 돌려주었다고 한다.

이 이야기는 금세 널리 퍼져 제후들 사이에서 높은 평가를 받기에 이르렀다. 다들 '환공은 신의가 두터운 인물이다. 제나라와 손을 잡으면 손해 보는 일이 없겠구나' 하고 생각한 것이다.

그로부터 2년 후, 제후들은 환공을 맹주로 추앙하여 견(甄)의 땅에서 회맹하였고 환공은 비로소 패자의 지위를 확립하였다. 조말의 일로 신의를 얻은 것이 큰 도움이 되었음은 더 말할 필요가 없다. 관중의 통찰력이 환공을 뒷받침해 주었다고 해도 과언이 아니니라.

패자의 지위를 유지하려면 능력도 중요하지만 신의로 제후들의 진정한 복종을 얻어내지 않으면 안 된다.

환공 23년의 일이다. 북방의 야만족 산융(山戎)이 연(燕)나라를 침공해 연나라가 제나라에 구원을 요청하였다. 중원의 평화

유지는 패자의 책임이었기에 환공은 서둘러 연으로 출병하여 산융을 멀리 북방으로 몰아냈다. 구원의 임무를 완수한 환공이 귀국 길에 올랐는데 연나라의 장공(莊公)이 배웅을 나왔다. 그런데 그만 저도 모르게 제나라의 영내로 들어오고 말았다. 당시의 관례에 따르면 제후끼리의 배웅은 국경을 넘지 않는 것이 예의였다. 이에 환공은 "천자도 아닌데 국경을 넘어서까지 배웅을 하는 것은 예의에 어긋납니다"라며 장공이 넘어온 지점까지의 영토를 연나라에 할양하였다. 그와 동시에 장공에게 제후로서의 의무를 다하여 주왕실에 계속해서 공물을 바치라는 가르침을 내렸다. 이 일은 제후들 사이에서 환공의 명성을 한 단계 높여주었는데, 이 또한 재상 관중의 조언이 있었음을 쉽게 짐작할 수 있다.

공자는 관중을 일러 "환공과 제후를 규합하는 데 무기를 쓰지 않은 것은 관중의 힘이다. 누가 그의 인(仁)을 따라갈 수 있겠느냐"고 말하였는데, 바로 이러한 일을 가리킨 것이다.

군주조종술

환공은 극히 평범한 군주였다. 그에 대해서는 이런 이야기가
전해 내려온다.

어느 날, 환공은 부인 채희(蔡姬)와 함께 뱃놀이를 하였다. 물
과 친숙한 채희가 장난 삼아 배를 흔들자 환공은 몹시 무서워했
다. 너무 겁이 나서 그만 하라고 했지만 채희는 더욱 신이 나서
멈추려고 하지 않았다. 그러자 불같이 화가 난 환공은 배에서 내
려 궁궐로 돌아오자마자 채희를 친정인 채(蔡)나라로 돌려보냈
다. 사실 환공은 채희와 완전히 인연을 끊을 생각이 아니었다.
그런데 채나라는 분을 삭이지 못하고 채희를 다른 사람에게 개
가시키고 말았다. 화가 머리꼭대기까지 치솟은 환공은 서둘러
군대를 이끌고 채나라를 공격하여 멸망시켰다.

이 이야기는 《사기》에 환공 29년의 일로 기록되어 있는데, 자
신의 개인적인 감정에 휘둘려 군대를 움직이는 것은 패자가 해
서는 안 되는 일이었기에 관중이 그 뒤처리로 고심하였다는 대
목이 나온다. 그 뒷이야기가 어찌 되었든 간에 이 일 한 가지만
보더라도 환공의 인물 됨됨이가 어느 정도였는지 충분히 짐작할
수 있으리라.

군주의 됨됨이가 이다지도 평범하였으니 관중이 그 뒤에서 얼마나 고심했는지 더 말하지 않아도 될 것이다.

맨 처음 환공은 제나라의 왕위에 오른 사실에 만족하여 꿈에서조차 패자가 될 생각은 하지 못하였다. 그런 환공을 두고 관중은 원대한 목표를 설정했다.

관중이 포숙아의 추천으로 환공을 알현했을 때의 일이다. 환공은 이렇게 말을 건넸다.

"나라를 평안하고 태평하게 하려면 어찌해야 하겠소?"

"왕께서는 천하의 패자가 되어야 합니다. 그 이외에 나라가 태평해지는 길은 없습니다."

"천하의 패자라고? 그런 일은 바라지도 않소. 제나라를 어찌 다스려야 하는지 그것을 듣고 싶을 뿐이오."

관중은 더는 이야기를 나눌 수 없다는 듯이 자리에서 일어났다. 그러나 환공이 생각하기에 패자에 관한 이야기는 자신에게 그다지 나쁠 것이 없었다. 할 수만 있다면 한번 해보고 싶기도 했다. 재빨리 생각을 고친 환공은 황급히 관중을 불러 세웠다.

"알았소. 달리 길이 없다면 패자가 되도록 노력해 보리다."

이리하여 관중은 재상으로 임명되었고 국정 건립의 진두지휘에 나섰다. 관중은 환공과 쌍을 이루면 목표를 달성할 수 있다는 자신감이 있었다. 그러나 이를 위해서는 먼저 환공의 노력이 뒷받침되어야 했다. 그래서 패자라는 엄청난 목표를 설정함으로써 환공의 언동에 자동 제어 장치를 달아 그의 관심을 한곳으로 쏠리게 만든 것이다.

이어서 관중은 환공과 자신 사이에 신뢰를 쌓기 시작하였다. 관중은 비록 재상에 임명되었으나 적의 진영에서 등용된 타관 사람에 지나지 않았다. 환공 역시 관중의 정치 수완을 인정하여 재상에 등용하긴 했으나 그렇다고 전폭적인 지지를 보낸 것은 아니었다. 경대부(卿大夫) 중신들도 관중의 기용에 불만이 많아 조금만 실수해도 직위를 빼앗아 내쫓을 생각을 하고 있었다.

관중은 국정 개혁을 궤도에 올리려면 무엇보다도 먼저 환공의 신임을 얻어 이를 안팎으로 과시해야만 했다. 관중이 재상에 임명된 후 얼마 안 되었을 때의 일이다.

환공이,

"국정은 어떠하오?"

하고 묻자 관중은 이렇게 대답했다.

"아무래도 제 신분이 비천하다 보니 고귀한 분들을 대하기가 어렵습니다."

그러자 환공은 곧바로 관중에게 '경(卿)'이라는 최고의 신분을 내려주었다. 그로부터 얼마간의 시간이 지났으나 국정은 여전히 제자리걸음이었다. 환공은 관중을 불렀다.

"그대의 바람대로 경이라는 직위를 내려주었건만 국정은 여전히 그 상태 그대로이지 않소? 어찌 된 일이오?"

"신이 가난하여 돈 많은 무리를 부릴 수가 없습니다."

환공은 국세 1년 치를 관중에게 하사하였다.

또다시 시간이 흘렀다. 그러나 국정 개혁의 열매는 도통 열리지 않았다. 울화가 치민 환공은 다시 관중을 불렀다.

"두 가지 바람을 모두 들어주었건만 국정은 여전하오. 그 까닭을 말해 보시오."

"신은 아직 전하의 신임을 받지 못하였습니다. 하여 전하의 측근에게 명령을 내릴 수가 없습니다."

그리하여 환공은 관중에 대한 신뢰가 두터움을 알리고자 '중부(仲父 : 작은아버지 정도의 뜻)'라는 칭호를 내렸다.

이리하여 신분, 자산, 칭호를 모두 얻은 관중은 아무런 걱정 없이 만전의 태세로 국정에 임할 수 있었다.

이렇게 관중의 적절한 정책에 힘입어 부국강병의 효과를 거둔 제나라의 국력은 하루가 다르게 증대되었다.

그러자 환공은 웅심(雄心)이 끓어올라 실제로 그 군사력을 행사하고자 했다. 관중은 그런 환공의 고삐를 필사적으로 당겨야만 했다.

어느 날, 환공은 관중에게 이렇게 말을 꺼냈다.

"우리나라의 백성들도 드디어 싸울 준비를 마쳤소이다. 이제 슬슬 극악무도한 대국(大國)을 토벌하고 싶은데 어찌 생각하오?"

"아직 멀었습니다. 무기가 부족합니다. 죄인들의 형벌을 감해주는 대신 전력 증강에 활용하면 도움이 되리라 생각합니다."

환공은 관중의 의견을 채용하여 죄인의 처형을 중지하고 죄를 묻지 않는 대신 무기를 공출시키기로 했다. 죽을죄를 범한 자에게는 무소의 가죽으로 만든 갑옷과 창 한 자루, 기타 중죄를 범한 자에게는 가슴에 대는 호구(護具)와 창 한 자루를 바치도록 했다. 과실로 죄를 범한 자에게는 황금 1균(鈞), 이유 없이 소송을 한 자에게는 화살 열다섯 개를 내게 했다.

"이로써 무기는 충분하오. 이제는 출정해도 되지 않겠소?"

하지만 관중은 이번에도 선뜻 그렇다고 말하지 않았다.

"아직 멀었습니다. 나라 밖의 괘씸한 무리에게 따끔한 맛을 보여주려면 먼저 나라 안의 백성을 보살펴 자리를 잡게 해야 하고, 적국을 무찌르려면 먼저 왕실을 지켜주는 경대부의 생활을 안정하게 해야 합니다. 또한 난폭한 대국을 토벌하려면 먼저 약소국에 토지를 내주어야 하고, 법을 문란하게 하는 불량배들을 소탕하려면 먼저 현명한 인재를 발탁해야 합니다. 옛 명군들도 해로운 자를 제거할 때는 먼저 아군의 진영부터 확고히 돌보았다고 합니다."

이런 식으로 그때그때마다 충고를 했는데, 틈만 나면 전쟁을 벌이려는 환공을 제지하는 일은 제아무리 관중이라도 그리 쉽지 않았다. 때로는 앞서 소개한 채희의 일처럼 대의명분이 결여된 싸움을 거는 환공을 위해 그럴싸한 변명을 지어내야만 했다.

되풀이해서 말하지만 환공은 평범한 군주였다. 고삐를 늦추면 무슨 일을 저지를지 알 수 없는 인물이었다. 따라서 관중은 기회가 있을 때마다 환공에게 충고를 했고, 정면에서 거침없이 말하는 방법만이 능사가 아니므로 때에 따라서는 넌지시 에둘러 충고할 줄도 알았다.

간언이태(諫言二態)

어느 날, 환공이 관중에게 물었다.

"국정을 다스릴 때 가장 걱정해야 할 일이 무엇이오?"

"사서(社鼠)이옵니다."

사서란 사당에 사는 쥐로, 군주의 측근에 있는 간신을 이르는 말이다. 환공은 사서라는 말이 잘 이해되지 않아 재차 물었다.

"잘 모르겠구려. 까닭을 설명해 보시오."

"사당은 나무를 이어 벽을 만들기 때문에 쥐가 살기에는 더없이 좋은 환경입니다. 이 쥐를 퇴치하지 못하는 까닭이 무엇이겠습니까? 연기를 피워 내쫓으려고 하면 소중한 사당을 태울 우려가 있고, 그렇다고 물을 붓자니 사당의 벽이 흠뻑 젖을 수가 있습니다. 사당에 사는 쥐를 퇴치하지 못하는 까닭은 바로 이 때문입니다. 그런데 나라에도 이러한 쥐가 살고 있습니다. 바로 주군의 측근을 말합니다. 이들은 주군의 눈과 귀를 가려 옳고 그름을 판단할 수 없게 하고, 군주의 총애를 등에 업고 백성들에게 권세를 휘두르는 그야말로 성가신 존재입니다.

또한 사서와 마찬가지로 맹견(猛犬)도 조심해야 합니다. 이런 이야기가 있습니다. 어느 마을에 술집이 있었습니다. 이 술집에서는 예쁜 그릇에 술을 담아 밖에 진열하였는데 전혀 팔리지 않았습니다. 술이 쉬기 시작하자 이상하게 생각한 주인장이 마을 사람들에게 술을 사지 않는 까닭을 물었습니다. 그러자 마을 사람들은 '댁에서 기르는 저 맹견 때문이오. 술을 사고 싶어도 저 맹견이 금세 이빨을 드러내며 으르렁거리니 술이 안 팔리는 것도 당연하지요' 라고 대답했습니다. 나라에도 이런 맹견이 있습니다. 정치의 실권을 쥔 자들이 그렇습니다. 유능한 인재가 군주를 보좌하려고 하면 맹견이 곧 이빨을 드러내며 막아섭니다. 이렇듯 군주의 측근이 사서가 되고 실권자가 맹견이 되면 유능한 인재가 그 능력을 발휘하지 못합니다. 이것이 바로 국정을 다스릴 때 걱정해야 할 점입니다."

여기에서 관중은 구체적으로 누가 사서고 누가 맹견인지는 말하지 않았다. 역사책에도 그 사실이 분명하게 나와 있지 않다. 일반적으로 그런 말을 함으로써 환공의 주의를 환기시켰다고 봐야 옳다.

신하에게 군주는 생살여탈권을 지닌 절대 존재에 가깝기 때문에 자칫 기분을 상하게 했다가는 주살될 위험이 있었다. 환공은 범군(凡君), 관중은 현상(賢相)이었다고는 하나 그렇다고 이 관계가 달라지는 것은 아니었다.

훗날 한비(韓非 : 중국 전국 시대 말기의 사상가. 한(韓)의 왕족으로, 젊어서 진(秦)의 이사(李斯)와 함께 순자(荀子)에게 배워 뒷날 법가(法家) 사상을 대성하였고, 《한비자(韓非子)》를 지었다—역주)가 "군주에게 진언할 때는 역린(逆鱗 : 임금의 분노를 이르는 말. 용의 턱 아래에 거슬러 난 비늘을 건드리면 용이 크게 노한다는 전설에서 나온 말로 《한비자》의 세난편(說難編)에서 유래한다—역주)을 건들지 않도록 조심하라"고 갈파하였는데, 관중 역시 그 이치를 꿰뚫고 있었는지 환공에게 늘 뼈아픈 충고만 하지는 않았다. 때로는 당치도 않다고 생각하면서도 상대방의 말을 어느 정도 인정하고 나아가 상대방의 체면을 생각하여 그 뜻을 따르기도 하였다.

어느 날의 일이다. 관중이 국비(國費)의 회계 감사를 실시했는데 전 지출의 3분의 2가 빈객(賓客)의 접대비로 쓰여 국고가 텅 비었음을 깨달았다. 관중은 이래서는 안 된다는 생각에 환공에게 반성을 촉구했다. 그러자 환공은 반색하며 반론을 제기했다.

"그대마저 그런 소리를 하시오? 생각해 보시오. 접대에 신경을 쓰면 빈객들이 흡족하여 자국에 돌아가서 우리나라를 칭찬할 것이 분명하고, 그러면 우리나라의 명성은 천하에 울려 퍼지지 않겠소? 접대를 소홀히 하면 어찌 되겠소. 빈객들은 기분이 상한 상태로 귀국하여 분명 우리나라를 험담할 것이오. 그러면 우리나라는 천하에 오명을 남기게 되오. 땅만 있으면 곡물은 얼마든지 자라고 재목만 있으면 도구는 얼마든지 만들 수 있소. 그러니 곡물은 다 먹어치워도 다시 거둘 수 있고, 도구는 낡아 못 쓸 때까지 써도 다시 손에 넣을 수 있소. 아깝게 여길 것이 무엇이란 말이오. 자고로 군주란 무엇보다도 명성을 중요하게 여겨야 하오."

"지당하신 말씀입니다."

관중은 깨끗하게 인정했다. 만약 관중이 충의가 전부라고 생각하는 신하였다면 안색을 바꾸고 강직하게 충언을 했을지도 모른다. 그러나 관중은 그렇게 하지 않았다. 재정에도 자신이 있었기에 그럴 수 있었겠지만, 관점을 바꾸어 생각해 보면 군주의 역린을 건드리기 싫어 참았다고도 볼 수 있다. 그야말로 현실 정치가다운 노련한 배려가 아닐 수 없다.

어찌 되었든 간에 이래저래 환공은 관중의 손바닥 위에 놓인 꼭두각시에 불과하였다.

관중의 유언

관중은 환공 41년(기원전 645년)에 사망했다. 재상에 오른 지 실로 40년이나 흘렀다. 그런데 관중의 재기불능이 전해졌을 때의 일이다. 환공은 친히 관중의 문병을 갔는데 간 김에 앞으로의 국정 문제에 대해 관중의 의견을 물었다.

"만일 그대에게 무슨 일이 생긴다면 신하들 가운데 누구를 재상으로 올려야 좋겠소?"

"전하께서도 이미 생각해 둔 인물이 있지 않으십니까?"

그리하여 환공은 신하들의 이름을 입에 올렸다.

"역아(易牙)는 어떠하오?"

역아는 환공이 아끼는 요리사로, 일찍이 환공이 "어린아이로 만든 음식만 먹어보지 못했구나"라는 말을 하자 자기 아들을 삶아 바친 인물이었다.

관중은 이렇게 대답했다.

"역아는 주군의 환심을 사고자 자기 아들을 제 손으로 죽였습니다. 이는 인정을 찾아볼 수 없는 행동입니다. 이런 인물을 등용해서는 안 됩니다."

"그럼, 개방(開方)은 어떠하오?"

개방 역시 환공이 아끼는 중신으로, 이웃 나라인 위(衛)의 출신이나 환공을 섬긴 이래로 15년 동안 한 번도 고향에 돌아가지 않은 인물이었다. 관중은 이 역시 인정에 어긋난 행동이라며 반대했다. 그리하여 환공은 다음 후보자의 이름을 거론했다.

"그렇다면 수조(豎刁)는 어떠하오?"

수조 역시 환공이 총애하는 환관(宦官)으로, 환공의 환심을 사고자 일부러 거세를 하고 후궁의 요직에 들어앉은 인물이었다. 관중은 이 역시 반대했다. 그리고 이렇게 말했다.

"'작위(作爲)는 영원하지 않고 허위(虛僞)는 끝까지 속일 수 없다'는 말이 있습니다. 주군의 환심을 사고자 자신을 속이는 사람은 언젠가 그 본심을 드러냅니다. 손을 쓸 수 있을 때 추방해야 합니다."

"그렇구려. 알았소이다."

환공은 고개를 끄덕이며 관중의 말을 받아들였다.

얼마 지나지 않아 관중은 사망하였다. 환공은 관중의 장례식을 치르고 그의 유언대로 세 사람을 추방했다. 그러나 역아가 떠나자 요리의 맛이 너무 떨어졌다. 이는 여담인데, 지금도 큰 중화요리점의 주방에는 역아의 초상이 걸려 있다고 한다. 역아는 다른 것은 제쳐 두고라도 요리만큼은 실력이 뛰어났던 모양이다. 또한 수조가 떠나자 후궁의 풍기가 문란해졌고, 개방이 추방되자 조정의 정무가 제대로 돌아가지 않았다.

"관중과 같은 인물도 잘못 판단할 때가 있단 말인가?"

환공은 세 사람을 다시 불러들여 측근으로 등용했다. 그 결과, 세 사람은 권력을 거머쥐고 제나라의 정치를 뿌리째 흔들기 시작했다.

본래 환공은 여색을 밝혀 정실 부인 세 명 이외에도 애첩이 여섯 명이나 있었다. 게다가 정부인들에게서는 아들이 없었으나 애첩들은 모두 아들을 낳았다. 환공은 관중과 상의하여 애첩 가운데 한 사람인 정희(鄭姬)가 낳은 소(昭) 왕자를 태자로 봉하였다. 그런데 관중이 세상을 뜨자 다른 애첩들이 낳은 공자들이 일제히 태자 자리에 오르고자 음모를 꾸미기 시작했다. 이 음모의 핵심 인물이 역아와 수조였다. 두 사람은 환공의 마음을 바꾸어 애첩 가운데 하나인 장위희(長衛姬)가 낳은 무궤(無詭)를 태자로 세우겠노라는 은밀한 약조를 받아냈다.

그런 정세 속에서 환공이 세상을 떠났다. 관중이 사망한 지 2년째가 되는 기원전 643년의 일이다. 환공이 세상을 뜨자 제나라의 궁정은 곧바로 무력 투쟁의 소용돌이 속에 휘말렸고 수습할 수 없는 혼란이 찾아왔다. 역아와 수조는 후궁을 등에 업고 공자 무궤를 즉위시켰고 태자 소는 송(宋)나라로 도망쳤다. 이 무력 항쟁은 2개월 이상 지속되었고 환공의 사체는 그대로 처소에 방치되었다. 무궤가 즉위하고 나서야 사체를 관에 넣었는데 이미 죽은 지 67일째나 되었기 때문에 구더기가 방 밖에까지 들끓었다고 한다.

천하를 호령한 패자의 말로라고 하기에는 너무나도 무참하였다. 왜 이런 지경에 이르렀을까? 이는 관중이 일러준 방책을 끝까지 실행하지 않았기 때문이다. 관중은 죽은 후에도 관중이 있어야 환공이 있고, 관중이 있어야 제나라가 있음을 실증해 보였다.

이후, 제나라는 왕위를 둘러싼 싸움이 끊이지 않아 쇠퇴의 길을 걸었다.

《관자》,《좌전》,《사기》)

『자산』

자산(기원전?~522년)

성은 국(國), 이름은 교(僑). 자(字)는 자산이다.

중원의 작은 문화 국가인 정(鄭)나라 목공(穆公, 재
위 : 기원전 627년~606년)의 손자. 기원전 554년
에 경(중신)의 반열에 들었고, 기원전 543년에 두터
운 신망을 입어 정경(正卿 : 재상)에 취임하였다.

사망할 때까지 20년 동안 국내 정치를 개혁하고 의
연한 외교 교섭을 펼쳐 정나라의 정치를 태평하게
이끌었다. 공자가 존경한 선배 정치가 가운데 한 사
람으로, 중국 최초로 성문법(成文法)을 만든 정치가
이기도 하다.

정 나라를 둘러싼 국제 정세

관중이 죽은 지 약 120년 후에 중원의 작은 나라 정에 자산(?
~기원전 522년)이라는 재상이 나타났다. 자산은 다음 장에 등
장하는 안영과 거의 동시대 사람이자 공자보다 약 20년 앞선 선
배 정치가이다.

공자는 관중에 대해 조건을 단 긍정적인 태도를 취했으나 이
자산에 대해서만큼은 전면 긍정에 가까운 좋은 평가를 내렸다.
아니, 그보다는 동생이 형을 대하는 듯한 경애의 마음을 간직한
듯하다. 사실 공자는 20대에 정나라를 한 번 방문하여 자신이 존
경하는 자산의 말을 가까이에서 직접 들은 적이 있다. "공자가
일찍이 이리저리 떠돌다 정나라에 들렀는데 자산과 친형제처럼
지냈다(《사기》〈정세가(鄭世家)〉)." 이때 자산은 비록 몸집은 작
았으나 일국의 재상이었고 공자는 무명의 풋내기에 지나지 않았
다. 그런 두 사람이 형제처럼 교제했다고 하니 가히 평범하다고
할 수 없다. 아마도 자산은 공자가 장래가 밝은 남자라 가까이에
두고 친절하게 가르쳐 주었을 것이다. 그렇다고 공자가 자산을
사모하는 마음이 이때 받은 은혜와 의리의 감정에 영향을 받았
다고 딱 잘라 말할 수는 없다. 물론 그러한 마음도 있었겠지만

역시 자산의 인격, 정치에 임하는 자세, 그 수완을 높이 평가한 끝에 존경을 했다고 봐야 옳다.

공자는 《논어(論語 : 논어는 유가(儒家)의 성전(聖典)이며 사서(四書)의 하나이다. 고대 중국의 사상가 공자의 가르침을 전하는 가장 확실한 옛 문헌이기도 하다―역주》에서 자산을 일러 이렇게 말했다.

"그는 네 가지 점에서 군자(君子)의 자격을 지녔다. 첫째, 행동이 신중했다. 둘째, 윗사람을 대할 때 공경하는 마음을 잊지 않았다. 셋째, 백성에게 은혜를 베풀었다. 넷째, 백성을 부당하게 부리지 않았다."

군자란 이상(理想)적인 인간상으로, 굳이 말하자면 앵글로색슨 족의 '젠틀맨(Gentleman)'이 이에 가깝다.

그렇다면 공자에게서 이런 평가를 받은 자산의 정치는 어떠했을까? 이를 이해하려면 먼저 당시 정나라를 둘러싼 국제 정세부터 설명해야 한다.

앞서 살펴보았듯이 제나라의 환공이 관중의 보좌를 받아 국제 사회의 주도권을 잡은 것이 기원전 7세기 중엽인데, 이 제나라의 세력은 관중의 죽음과 함께 급속히 쇠퇴하였다. 이를 대신하여 지도자의 자리에 오른 나라가 정나라의 북쪽에 자리한 진(晉)

과 남쪽에 있던 초(楚)였다. 즉, 진의 문공(文公, 재위 : 기원전 636~628년)은 기원전 632년, 성복(城僕)의 싸움에서 한창 대두하던 초나라를 꺾고 패자가 되었다.

그러나 초나라도 순순히 물러서지 않았다. "삼 년을 울지 않았어도 그 새가 한 번 울기 시작하면 천지를 진동시키리라"하고 호언하던 장왕(莊王, 재위 : 기원전 613~591년)의 시대를 맞이하자 국력을 쌓는 데 노력하여 기원전 597년, 필(邲)의 전투에서 마침내 숙적인 진나라를 물리치고 패권을 거머쥐었다. 그 후 진나라는 기원전 575년에 언릉(鄢陵)의 전투에서 초나라를 물리치고 패자의 자리로 복귀했다.

이렇게 기원전 7세기 중엽에서 6세기 중엽까지 국제 사회는 진과 초라는 양대 강국의 대립 항쟁을 축으로 움직였다. 정나라도 그 예외는 아니었다. 진나라가 시키는 대로 하자니 초나라가 가만히 있지 않을 테고, 그렇다고 초나라의 뜻을 따르면 진나라가 억압해 올 것이 분명했다.

자산이 정나라의 재상이 된 것은 기원전 543년의 일인데, 그에 앞선 30년 동안 정나라가 이 양대 강국 사이에서 얼마나 고생했는지를 연표 형식을 빌려 알아보도록 하자.

기원전 575년 정은 진과 맺은 맹약을 어기고 초와 동맹했다. 진은 정을 공격했고 초는 정을 구했다.

기원전 572년 진은 정을 공격했고 초는 정을 구했다.

기원전 571년 진은 제후를 통솔하여 정을 공격했다.

기원전 564년 진은 제후를 통솔하여 정을 공격했다. 정은 진과 맞섰다.초가 격분하여 정을 공격했다.

기원전 563년 진은 제후를 통솔하여 정을 공격했다. 초는 정을 구했다.

기원전 562년 정은 초와 결탁하여 송을 공격했다. 진은 제후를 통솔하여 정을 공격했다. 진(秦)은 정을 구했다.

기원전 555년 정은 진의 통솔에 따라 제를 포위했다. 초는 정을 공격했다.

기원전 549년 초는 진(陳)과 채를 통솔하여 정을 공격했다. 제후는 정을 구했다.

기원전 547년 초는 진(陳)과 채를 통솔하여 정을 공격했다.

《사기》〈12제후연표〉)

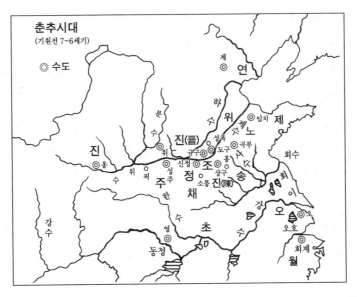

춘추시대
(기원전 7~6세기)

◎ 수도

연
제
계
연
하수
분수
위
계노
임치
진(晉)
성복
곡부
위
구구
도구
진
신정
조
성
주
조
정
상구
송
회수
용
위수
한
채
진(陳)
소릉
회이
강수
영수
초
강수
오
오호
월
동정
회계

즉, 3년에 한 번 꼴로 진이나 초의 침공을 받았다. 이러한 정
세는 비단 30년 동안에 국한되지 않고 기원전 7세기 후반부터
500년 가까이 되풀이되었다. 그렇다고 정나라가 가만히 참고만
있는 것은 아니었다. 기원전 598년, 초나라가 정나라를 공격하
여 역(櫟 : 지금의 허난 성[河南省] 위 현[禹縣])에까지 침공해 왔
을 때 정나라의 유력한 대부 가운데 한 사람인 자량(子良)이 "진
과 초는 덕을 닦으려 하지 않고 힘을 다해 싸우기만 한다. 그러
므로 우리는 공격해 오는 쪽을 따르기만 하면 된다. 진도 초도

신의가 없으므로 우리도 의리를 내세울 필요가 없다(《좌전》)"고 말했는데, 이것이 이른바 정나라의 기본 태도였다. 즉, 초가 공격해 오면 초와 결탁하고 진이 공격해 오면 진과 결탁하는 식으로 수서양단(首鼠兩端 : 구멍에서 머리를 내밀고 나갈까 말까 망설이는 쥐라는 뜻으로, 머뭇거리며 진퇴나 거취를 정하지 못하는 상태를 이르는 말—역주)의 태도를 취하였다. 양 대국 사이에 낀 정나라로서는 어쩔 수 없는 태도였으나 이러한 불분명한 태도는 양 대국의 불신을 초래하고 악순환을 더욱 증폭시키는 원인으로 작용하였다. 게다가 정나라의 국론(國論)마저 한 가지로 통일되지 못했다. 국정의 키를 잡은 유력한 대부들은 각각의 의도를 품에 감추고 어떤 사람은 진나라에 호의를 보였고, 어떤 사람은 초나라와 친분을 맺으며 정쟁(政爭)을 불러일으켰다. 그야말로 뿔뿔이 흩어져 하나로 뭉치는 일이 없었다.

자산이 재상으로 임명된 것이 바로 이러한 정치 상황이 한창일 때였다. 자산은 재상에 임명된 후에 훌륭하게 국내 정치를 일신함과 동시에 대외적으로 교묘한 외교 교섭을 펼쳐 약소국인 정나라를 국제 사회의 일원으로서 선두를 다투는 존재로 올려놓았다.

겉으로 드러나는 공적만 비교하면 자산은 관중에 미치지 못할지도 모른다. 그러나 그 질을 따지고 들면 아마도 양쪽의 우열을 가리기 어려울 것이다.

자산의 등장

정나라에는 선왕인 목공(穆公, 재위 : 기원전 627~606년)에
서 나온 일곱 가문이 있었는데, 이를 가리켜 칠목(七穆)이라 불
렀다. 기원전 6세기 전반의 정나라의 국정은 이 칠목과 그 자손
들이 거의 독점하다시피 했다. 그중에서도 위세를 떨친 가문이
사씨(駟氏)와 양씨(良氏)의 두 가문이었다.

이들이 성인군자였다면 큰 문제가 없었을 테지만 성실한 사람
은 몇 안 되고 거의가 능력도 식견도 없는 우둔한 자들이었다.
이것이 정나라의 정치를 혼란하게 만드는 큰 원인이었다.

자산은 칠목 가운데 한 사람인 자국(子國)의 아들로 태어났
다. 자국은 일찍이 사마(司馬 : 국사대신)로 임명되었으나 칠목
중에서는 그다지 눈에 띄지 않는 존재였다.

기원전 6세기 전반의 정나라는 정쟁이 끊이지 않았고, 자국도
기원전 563년에 하급 대부인 사(士)가 반란을 일으켰을 때 희생

되었다. 자산은 아버지가 죽고 난 지 9년 만에 경(중신)에 올랐고, 나아가 11년 후에는 재상이 되어 순조로운 출세 가도를 달렸다. 당연히 '칠목'이라는 명문가에서 태어난 그의 뒷배경이 큰 영향을 끼쳤겠으나 꼭 그뿐만은 아니었다. 자산은 학문과 교양이 깊고 정치에 관한 식견이 뛰어나며 탁월한 사무 처리 능력을 겸비하여 인물 그 자체의 매력이 상당했다. 그가 아직 재상으로 임명되기 전부터 국내의 뜻있는 사람은 물론, 국외의 현인(賢人)들도 정나라의 국정을 바로 세울 자는 자산밖에 없다고 일찍부터 기대를 모았다. 《좌전》에 따르면, 기원전 544년, 즉 자산이 재상으로 임명되기 전 해의 일인데, 비심(裨諶)이라는 정나라의 현대부(賢大夫)가 이렇게 말했다고 한다.

"선이 악을 대신하는 것은 천명이다. 정의 국정은 언젠가 자산의 손으로 돌아가리라. 하늘은 오랫동안 정에 화(禍)를 내려주었으나 이윽고 자산이 등용되면 화를 단절하여 정치를 안정하게 해주리라. 또한 그렇게 하지 않으면 정은 멸망한다."

또한 이 해에 오나라의 계찰(季札)이라는 현인이 문화 사절로 중원 여러 나라를 차례로 방문하였는데, 정나라에도 들러 자산과 의견을 나누었다. 그 계찰은 자산에게 이런 충고를 했다.

"정나라의 재상 백유(伯有)는 그 난행(亂行)으로 미루어보건대 오래가지 못할 것이외다. 그러면 정의 국정을 담당할 사람은 그대밖에 없소. 부디 국정에 임할 때는 예의를 기본으로 삼으시오. 그렇지 않으면 정나라는 멸망할 것이오."

안팎의 뜻있는 사람들은 정나라의 장래를 짊어질 인물은 자산이라고 인정하고 많은 기대를 걸었다. 그러나 자산은 지극히 신중했다. 당시 백유의 뒤를 이어 재상의 자리에 오른 자피(子皮)라는 인물이 차기 재상으로 자산을 추천했을 때, "우리나라는 약소국으로 여러 외국의 압박을 받고 있으며 국내에서는 공족(公族)이 세력을 떨치고 있습니다. 저는 자신이 없습니다" 하고 일단 사퇴하였다.

자산의 소극적인 태도는 참으로 지당하였다. 당시 칠목 중에서도 사씨와 양씨는 세력을 양분하여 피비린내 나는 싸움을 되풀이하였다. 혈족끼리 싸우는 것이라 자산은 애써 중립을 지켰으나 이따금 그런 태도만으로는 부족할 때가 있었다. 양씨의 우두머리이자 전 재상인 백유가 사씨의 손에 죽임을 당했을 때 자산은 예를 다해 장례식을 치러주었다. 그런데 그것이 도리어 사씨 측의 원한을 사 자산 자신이 살해될 위험에 처하고 말았다. 이때는 자피의 중재로 무사했으나 언제 어디서 해를 당할지 알수 없는 상황이었다. 의기양양한 사씨 측은 물론, 백유를 잃은 양씨 측도 팽팽한 줄다리기에서 한 치의 양보도 하지 않았다. 게다가 혈족 싸움인만큼 그 전횡(專橫)을 어찌 대처해야 할지, 자산은 생각만 해도 머리가 아팠다.

이런 생각으로 재상의 자리를 선뜻 받아들이지 않는 자산을 자피는 이렇게 설득했다.

"공족은 내가 책임지고 제압하겠소. 그러면 그대에게 반항하는 이는 사라질 게요. 또한 우리나라가 비록 약소국이나 정치를 일신하여 훌륭한 외교를 펼친다면 나라를 안정시킬 수 있을 것이오. 자산, 그대라면 충분히 해낼 수 있소."

자피도 칠목의 피를 물려받은 사람이었으나 우둔한 자로 득실거리는 칠목 중에서는 자산과 함께 몇 안 되는 예외 인물이었다.

이리하여 자산은 재상의 직을 물려받아 멸망 직전의 정나라를 일신하게 되었다.

시대를 읽는 통찰력

자산은 재상에 오른 뒤에도 사씨, 양씨를 비롯한 유력한 공족에 대해 극히 신중한 태도를 취했다. 위에서부터 억누르려 들면 반발을 사서 이익은 고사하고 본전까지 날아갈 판이었기에 자산은 그들과 타협을 하면서 시기를 살펴 상대방의 자멸을 기다리는 태도로 나아갔다. 자산이 얼마나 현명한 현실 정치가인지를 알 수 있는 대목이라 하겠다.

예컨대, 이러한 일이 있었다. 당시 가장 유력한 공족이던 사씨 집안에 자석(子晳)이라는 남자가 있었다. 자산이 재상에 오르기 직전, 또 다른 유력한 공족인 양씨 가의 백유와 무력 항쟁을 일으켜 상대방을 살해한 인물인데, 사씨 세력이 강해서 아무런 처벌도 받지 않은 채 그대로 방치되었다. 이 자석이 이따금 문제를 일으켰다.

문제는 이러했다. 자석이 같은 공족인 자남(子南)이라는 자의 약혼녀를 흠모하여 힘으로 빼앗으려 했는데 자남 측의 반격으로 그만 중상을 입고 말았다. 이 일의 처리는 곧바로 재상 자산에게 맡겨졌다. 잘못을 저지른 이는 분명 자석이었다. 세상 사람들은 이번에야말로 자석이 중한 처벌을 받을 거라고 철석같이 믿었다. 그러나 이때 자산이 내린 처분은 너무도 일방적이었다. 자남은 자기보다 신분이 높은 사람에게 상처를 입혔다는 죄목으로 국외 추방을 당하였고, 자석은 아무런 처벌도 받지 않았다.

자산은 왜 이런 불공평한 처분을 내렸을까? 자산이 두려워한 것은 사씨가 국내에서 길러온 은밀한 세력이었다. 지금 당장 함부로 자석을 처분했다가는 사씨 측의 반격을 받아 수습할 수 없는 혼란을 야기할지도 모른다. 그렇게 되면 약소국인 정은 순식간에 멸망해 버릴 우려가 있다. 역시 남몰래 타협하는 길밖에 없다. 자산은 이렇게 판단한 것이다.

　그러나 여러 악의 근원이라 할 수 있는 자석을 이대로 방치한다면 나라의 권위가 서지 않을 뿐 아니라 백성들의 지지도 얻을 수 없었다. 자산은 신중하게 공족의 움직임과 국론의 동향을 살펴본 후에 이듬해 자석을 단죄하여 화근을 없앴다. 잠깐이나마 타협했으나 결국 올바른 길을 간 것이다.

　자산은 본래 공족의 일원이며 백유나 자석과는 사촌지간이었다. 그러나 그들의 전횡을 묵인하는 태도로는 국정 개혁을 궤도에 올려놓을 수가 없었다. 일단 그들에게 신중한 태도를 취하면서 시간을 들이다가 때가 왔을 때 단호하게 처단한 까닭은 바로 이 때문이었다. 이 대목에서 같은 구세력을 출신 모체로 둔 정치가 자산, 그 고뇌로 가득한 결단을 읽을 수 있다.

　자산은 나아가 시대의 흐름을 읽어내는 예민한 통찰력의 소유자였다. 통찰력은 어느 시대에서나 정치가에게 꼭 필요한 조건

가운데 하나인데, 특히 역사의 전환점에서 키를 잡은 정치가에게는 더 더욱 그러하다. 자산의 시대가 바로 그러한 역사의 전환점이었다. 춘추 시대의 정치는 대개 경이라는 중신들의 손에 좌지우지되었는데 자산의 시대, 즉 춘추 시대의 말기에는 신분적으로 경의 밑에 있던 대부와 사라는 계층이 대두하여 국정에 참가하였다. 이어 전국 시대(戰國時代 : 기원전 403년부터 진나라가 중국을 통일한 기원전 221년까지 약 200년간의 과도기—역주)로 접어들면 이 계층이 문자 그대로 시대의 흐름을 주도해 나가는데, 자산의 시대는 그런 시대를 향한 과도기였다. 자산은 이러한 역사의 흐름을 날카롭게 간파하였다.

　정나라에는 예부터 각 지방에 '향교(鄕校)'라는 교육 기관이 설치되어 있었다. 본래 지배 계급인 대부와 사의 지방 귀족의 교육을 담당하던 기관이었는데 이것이 점차 정치 활동의 거점으로서 이용되었다. 마치 오늘날 대학이 정치 활동의 거점으로 작용한 것과 같은 역할을 담당하게 된 것이다. 정치 활동도 의논의 단계에 머물러 있을 때는 괜찮지만 주제넘게 나서면 반란이라는 직접 행동으로까지 발전할 우려가 있었다. 일찍이 자산의 아버지인 자국이 살해된 것도 그 때문이었다. 사태를 우려한 측근이 자산에게 '향교'의 폐쇄를 진언하였다. 그러자 자산은 이렇게 대답했다고 한다.

"아니, 그렇게 하지 않아도 됩니다. 그들은 아침저녁으로 일을 끝내고 나면 향교에 모여 우리가 행하는 정치를 비판하고 있소. 나는 이들의 의견을 참고하여 평가가 좋은 정책은 척척 실행하고 평판이 나쁜 정책은 고치려고 조심하고 있소이다. 말하자면 그들이 내 스승인데 어찌 학교를 폐지할 수 있단 말이오? '성실하기만 하면 남의 원한을 사지 않는다'는 말이 있소. 강압으로 사람들의 원망을 막을 수는 없소이다. 물론 탄압을 하면 억지로라도 그들의 언론을 봉할 수는 있겠지요. 그러나 그것은 자유롭게 흐르는 강의 물줄기를 틀어막는 것과 다르지 않소. 이렇게 억지로 막아논 물은 둑을 뚫고 넘쳐흘러 더 많은 사람들을 다치게 합니다. 만약 둑 한쪽으로 물길을 터준다면 넘칠 일은 없겠지요. 백성의 소리도 이와 같아서 탄압을 하기보다는 들을 이야기는 들어서 약으로 취함이 더 낫소이다."

시대의 흐름을 읽는 통찰력은 이러한 유연한 태도에서 나온 것이다.

구 부제도(丘賦制度)와 형서(刑書)

이러한 통찰력을 토대로 자산은 잇달아 시기 적절한 개혁을
실행에 옮겨 나갔다.

정나라는 앞에서도 언급했듯이 지배 계급인 경과 대부가 유능
하지 못한 데다 피비린내 나는 정쟁에 열을 올렸기 때문에 정치
다운 정치가 행해지지 못하였다. 경과 대부가 바로 서지 못하니
자연히 백성들도 뿔뿔이 흩어져 나라는 단합될 기미가 보이지
않았다.

그래서 자산이 먼저 신경을 쓴 부분은 나라를 재정비하는 일,
즉 사회 질서의 확립이었다. 이 관점에서 자산은 재상에 오른 그
해 두 가지 정책을 실행에 옮겼다.

하나는 도시와 농촌을 따지지 않고 신분 질서를 분명하게 나
누어 의복이나 거마 등 모든 일상생활에 관한 일을 신분에 맞게
규정하고 위반자는 엄벌로 다스렸다. 여기에는 신분에 걸맞지
않은 사치를 금지하겠다는 의지가 담겨 있었다. 다른 하나는 농
촌 대책으로, 농지에 구획을 나누어 정리하고 관개용수를 정비
함과 동시에 농민을 오(伍)라는 오호(五戶) 단위의 조로 편성했
다. 여기에는 생산력을 향상시키려는 중앙 정부의 뜻을 말단의

농민들에게까지 관철시키겠다는 뜻이 담겨 있었다.

이러한 시책에는 앞서 언급한 '향교'에 대한 유연한 태도와는 달리 상당히 엄격한 통치 의지가 작용했기 때문에 처음에는 농민들의 원망의 소리가 높았다. 당시 이런 우스꽝스러운 노래가 유행했다고 한다.

힘들게 장만한 의관을 광에 넣고,
토지를 빼앗겨 조(組)를 조직했네.
누가 자산을 죽일 텐가?
나도 기꺼이 돕겠네.

이러한 원망의 소리는 기원전 538년, 농민에게 새로운 군사비의 부담을 명령한 '구부제도'를 발족시켰을 때도 일어났다. 구부제도란 전지(田地) 16정(井 : 이를 구(丘)라 한다)마다 말 한마리, 소 세 마리를 징출시키는 제도인데, 이때도 농민들은 이렇게 떠들었다.

"자산은 웅봉(熊蜂 : 호박벌)과 같은 사람이어서 가차없이 우리를 찌른다. 그 아비는 길바닥에서 남의 손에 죽음을 맞이했는데 자산 역시 편히 죽지는 못하리라."

자산의 한 측근이 이 소리를 듣고 보고하였다. 그러자 자산은 이렇게 대답했다고 한다.

　　"나라에 이익이 되는 일이라면 내 한 몸의 생사는 문제되지 않네. 내가 듣기로 선행을 할 때는 끝까지 해야지, 그렇지 않으면 모처럼의 선행도 아무런 쓸모가 없다고 하였네. 백성들에게 원성을 산다고 해서 새삼 바꿀 수는 없다네. 시(詩)에 '예(禮)와 의(義)에 어긋남이 없으면 다른 사람의 말에 신경 쓸 필요가 없다' 는 말이 나오지. 나는 동요하지 않네."

　　자산은 나아가 2년 후인 기원전 536년, '형서' 를 정(鼎 : 세발 솥)으로 주조하여 발포하였다. 그 내용은 오늘날 전해지지 않으나 중국 최초의 성문법(成文法)으로 알려져 있다. 이는 종래의 관습법으로는 나라를 유지하고 운영할 수 없게 되었음을 시사하는데, 자산은 그러한 시대의 추세를 확실하게 파악한 정치가였다. 그러나 이에 대해서도 상당한 비판이 쏟아졌다. 이 비판 속에서 무엇보다도 자산이 우려하던 것은 이웃 진(晉)나라의 숙향(叔向)이라는 현자였다. 숙향은 일부러 서간을 보내 이렇게 말했다.

　　"그대는 정나라의 재상으로서 땅의 구획 정리를 행하고 구부제도를 정했소. 지금 다시 법률을 제정하여 형서를 주조했는데 이래서는 백성의 생활을 안정시킬 수 없을 것이오. 법률이란 말세를 뜻하오. 그런 걸 만들면 백성은 소송을 일으켜 싸움을 하고 그에 따라 뇌물도 횡행하게 된다오. 나라가 멸망할 때는 마구잡이로 법률이 개정된다고 하더니 그대의 나라는 정말로 그 길을 걷는 것만 같소."

이에 대해 자산은 정중한 회신을 보내 이렇게 대답했다.

"선생의 말이 사실일지도 모릅니다. 하나 각별한 재능 하나 지니지 못한 저는 손자(孫子)의 대와 같은 먼 장래의 일에까지는 생각이 미치지 않습니다. 그저 지금의 혼란을 막아보려는 바람밖에 없습니다. 이제 와서 선생의 가르침을 떠받들어 형서의 포고를 취소할 수는 없지만 선생의 고명한 가르침을 명심하고 잊지 않겠습니다."

이러한 비판은 이른바 개혁자의 숙명과 같은 것이다. 비록 당시에는 상당한 비판을 받았으나 자산의 개혁은 시대의 흐름에 따른 당연한 조치였다. 처음에는 그 혹독함을 참지 못하고 자산을 살해하겠다고 거친 숨을 몰아쉬던 농민도 3년, 5년이 흐르면서 점차 자산의 시정을 칭송하게 되었다고 한다.

내 자식과 동생을 자산이 가르쳤네.
내 토지를 자산이 불려주었네.
자산이 죽으면 누가 그 뒤를 이으리오?

강(剛)과 유(柔)의 조화

자산의 치세에 대해《사기》는 이렇게 기록하였다.

자산이 재상에 오른 1년 후, 아이들은 못된 장난을 하지 않았
다. 또한 왕성한 장년층이 일에 정력을 쏟았기 때문에 노인이나
아이들이 더 이상 중노동을 하지 않게 되었다. 2년 후에는 외상
으로 물건을 파는 상인이 사라졌고, 3년 후에는 밤이 되어도 문
단속을 하는 않게 되었으며, 남이 잃어버린 물건을 함부로 줍는
사람도 사라졌다. 4년 후에는 농민이 농기구를 논밭에 둔 채 집
에 돌아가기 시작했고, 5년 후에 선비는 군역(軍役)에서 해방되

었고 복상(服喪) 기간도 제대로 지켜졌다.

《사기》의 이러한 기술은 사회 질서가 확립되어 사람들이 태평
세월을 누렸음을 시사한다. 물론 이는 자산의 훌륭한 치세가 있
었기에 가능한 일이었다. 그렇다면 그 까닭이 무엇일까?

하나는 앞서 서술하였듯이 통찰력을 바탕으로 시대의 흐름에
맞게 정책을 시행했다는 점이고, 다른 하나는 강인함과 유연함
을 적절히 배합한 정치 자세를 들 수 있다.

자산이 어떤 자세로 정치에 임했는지, 다음 일화를 통해 간접
적으로 알아보자.

기원전 522년, 병을 얻어 병상에 누운 자산은 심복인 자대숙
(子大叔)을 불러 이렇게 말했다.

"내 뒤를 이어 국정을 짊어질 인물은 자네뿐이라네. 끝까지
내 이야기를 들어주게. 나는 정치에는 두 가지 방법이 있다고 생
각하네. 하나는 부드러운 정치이고 다른 하나는 혹독한 정치이
네. 부드러운 정치로 백성을 복종하게 하려면 어지간한 유덕자
(有德者)가 아니면 어려운 일일세. 그러므로 일반적으로 혹독한
정치를 취하는 편이 좋네. 이 두 가지는 예를 들어보자면 불과
물 같은 것이네. 불의 성질은 격렬하여 보고 있노라면 두려움이

밀려오기 때문에 사람들은 무서워서 가까이 가려고 하지 않네. 그래서 일찍이 불에 타 죽은 이가 적네. 그런데 물의 성질은 몹시 약해서 사람들은 조금도 물을 두려워하지 않는다네. 그 때문에 예부터 물에 휩싸여 죽은 이가 많네. 부드러운 정치는 물과 같아서 얼핏 보면 쉬운 듯하지만 사실 매우 어렵다네."

자산은 그로부터 몇 개월 후에 사망했고 자대숙이 그 뒤를 이었다. 자대숙은 백성을 대하는 엄격한 태도를 버리고 관용을 베풀며 정치를 펼쳤는데, 그러자 곧바로 도적이 들끓게 되었다.

이 모습을 보고 자대숙은 이렇게 탄식했다고 한다.

"처음부터 자산 선생님의 충고를 따랐다면 이런 일이 벌어지지 않았을 텐데."

자산은 후계자인 자대숙에게 엄격한 정치로 밀고 나가라고 유언했으나 그 자신의 정치는 엄격한 면도 물론 있었으나 부드러운 정치 역시 겸용하였다. 이는 '향교'에 관한 대책에서 이미 살펴보았으며, 공자의 다음과 같은 말에서 더욱 확실하게 알 수 있다. 공자는 자산의 말을 전해 듣고 이렇게 말했다고 한다.

"훌륭하도다! 백성은 나라가 너그럽게 대하면 곧 게을러진다. 그렇게 되면 나라는 엄격할 줄 알아야 한다. 그러나 이 엄격함이 지속되면 백성은 참아내지 못한다. 하여 다시 너그러워져야 한

다. 이렇게 너그러움과 엄격함이 서로 조화를 이루도록 하는 것
이 바로 정치다."

완급을 자유자재로 구사하고 강인함과 유연함을 적절한 배합
한 태도, 이것이 자산 정치의 특징이었다. 자산은 정치의 가장
중요한 핵심을 제대로 알고 있었다.

자산의 외교 능력

강대국 사이에 낀 약소국이 존속하려면 내부 정치도 충실하게
가꾸어야 하지만 외교 교섭에 의존하는 부분이 적지 않다. 정나
라 역시 예외는 아니었다. 자산은 내정을 바로 세우면서 외교 교
섭에 상당히 공을 들였다.

자산이 외교 정책을 펼치는 데 그나마 다행인 점은 당시 국제
정세가 긴장을 풀고 온화한 방향으로 흘렀다는 것이다. 즉, 자산
이 재상에 오르기 3년 전인 기원전 546년, 송나라 향술(向戌)의
제창에 따라 진(晉), 초(楚)의 양국을 비롯한 주요 국가 13개 국
이 휴전 협정을 맺었다. 정나라도 이때 회맹에 참가하였기 때문

에 전쟁의 피해를 입을 우려는 많이 사라진 상태였다.

이러한 협정을 맺을 수 있던 까닭은 그때까지 백 년 동안에 걸쳐 국제 사회의 주도권을 놓고 싸움을 벌여온 진, 초 양국이 모두 심각한 '가정 분란'을 겪고 있었기 때문이다. 진은 이 무렵 '육경(六卿 : 진나라 28대 제후인 경공(景公)은 군사 권한을 여섯으로 나누고 이를 귀족 여섯 명에게 나눠주었는데 이들을 육경이라 불렀다—역주)은 강하고 공실(公室 : 제후의 집안)은 약한(《좌전》)' 상황이 이어지면서 중신들의 세력 다툼이 격해져 국내 문제로 몹시 분주하였다.

한편, 초나라는 초나라대로 신흥국인 오(吳)나라의 위협을 받아 중원의 문제에까지 손을 쓸 여력이 없었다. 이런 정세를 토대로 휴전 협정을 맺은 터라 이후 40년 동안 중원에 평화가 보장되었고, 따라서 정나라로서도 비교적 여유롭게 외교 교섭에 임할 수 있었다. 아니, 적어도 두 강대국의 사이에서 다급한 상황에 몰려 힘겹게 절충을 되풀이해야 하는 처지에서만큼은 벗어나게 되었다.

그러한 면에서 보면 자산의 외교는 전쟁과 평화 가운데 어느 한쪽을 선택해야 하는 혹독한 환경에서의 외교가 아닌, 평화로운 국제 관계 속에서 비록 약소국이나 국제 사회의 일원임을 강대국에게 인정받아 평화 유지를 위해 일정한 역할을 담당하는 외교였다고 할 수 있다.

그러나 비록 외교 환경이 달라졌어도 약소국인 정나라에서의 외교 중요성은 조금도 달라지지 않았다. 예컨대, 자산이 재상으로 있던 21년 동안에 대규모 국제회의(회맹)가 여섯 차례나 열렸는데, 이러한 자리에서 약소국이란 이유로 비굴한 태도를 보였다가는 여러 외국의 모욕을 받을 것이 자명했다. 어쩌면 회맹이야말로 약소국의 존재 의의를 나타낼 절호의 기회였는지도 모른다. 그리고 자산은 이러한 외교의 중요성을 너무나도 잘 알고 있었다.

그렇다면 자산의 외교 특징은 무엇이었을까? 아마도 다음과 같은 항목으로 정리할 수 있으리라.

一. 국제 문화인으로서의 명성과 덕망을 충분히 활용했다.
二. 세련되고 훌륭한 응대(應對) 기술을 구사했다.
三. 주장해야 할 사항은 단호하게 주장했다.
四. 정보 수집, 분석 등의 조사 활동에 힘을 쏟았고 체계적인 외교를 펼쳤다.

좀 더 구체적인 사항을 시대에 따라 알아보자.

조리있는 설득 기술

기원전 549년, 정나라는 초, 진(陳) 연합군의 공격을 받았으나 진(晉)을 맹주로 삼은 제후 연합군의 도움으로 무사하였다. 진(陳)은 정나라의 동남쪽에 있는 약소국으로 정보다 훨씬 약한 나라였다. 정나라의 중오는 그런 진나라에 집중하였고, 이듬해 보복 조치를 단행하여 군사를 동원해 진을 공격했다. 그런데 정나라의 군사 행동에 중원의 맹주인 진(晉)이 함부로 군대를 동원해서는 안 된다며 불평을 하기 시작했다. 결국 정은 위기를 맞이하였는데, 자칫 허술한 변명을 했다가는 진(晉)의 노여움을 살 우려가 있었다.

이때 적절한 구실을 둘러댈 사자로서 진나라에 파견된 이가 당시 경(대신)의 지위에 있던 자산이었다. 자산은 일부러 무장을 한 채 진의 중신인 사약(士弱)을 만나 먼저 정과 진(陳)의 역사적 관계부터 늘어놓았다. 이 수백 년 동안 정이 진(陳)을 위해 힘을 쏟았건만 진은 그 은혜를 잊고 강대국인 초나라의 힘을 빌려 정을 침공하였다. 다행히 하늘의 보살핌으로 이번에 배은망덕한 진에 따끔한 맛을 보여줄 기회가 찾아왔으니 진(晉)의 군주를 알현하여 그 사실을 보고하고 싶다는 말이었다.

사약은 다른 각도에서 자산을 공격해 들어왔다.

"어찌하여 약소국을 침략하려 하시오?"

앞서 언급했듯이 진(陳)은 정보다 훨씬 약한 나라였다. 당시의 회맹에는 반드시라고 해도 좋을 만큼 '강대국은 약소국을 침략하지 않는다' 는 항목이 들어 있었다. 사약은 그 조항을 들어 정나라의 위약(違約)에 대한 책임을 물었다. 자산은 이렇게 반박했다.

"선왕의 유명(遺命)에 따르면, 죄를 범하면 그 경중에 따라 벌을 주라고 했습니다. 또한 그 옛날 천자의 영토는 사방 천 리, 제후의 영토는 사방 백 리, 이하 직위에 따라 그 넓이가 정해져 있었습니다. 그런데 지금 강대국의 영토는 사방 수천 리에 달하는 막대한 넓이를 자랑합니다. 이것이야말로 약소국을 침략하여 빼앗은 것이 아니고 또 무엇이겠습니까?"

사약은 문제점을 바꾸었다.

"그러면 묻겠는데, 그대는 무장을 했으니 평화로움을 자처한다고 할 수 없소. 그 까닭이 무엇이오?"

"일찍이 성복(城濮)에서 싸움(기원전 632년, 진(晉)의 문공(文公)이 초를 무찌르고 패자가 된 전쟁)을 벌일 때 귀국의 문공 전하가 천자의 명령을 받들어 우리나라 왕에게 무장을 한 채 급히 달려와서 초나라를 토벌하라고 명을 내렸습니다. 저는 그때의 명령을 따랐을 뿐입니다."

일목요연한 자산의 설명에 사약은 말문이 막혀 더는 상대하지 못하고 그대로 재상 조문자(趙文子)에게 보고하였다. 조문자는 "정말로 훌륭한 변명이로다. 벌할 수 없노라"라면서 자산의 석명(釋明)을 전면 인정하였다. 정나라는 이렇게 자산의 훌륭한 응대사령(應對辭令)으로 위기를 넘길 수 있었다.

훗날 공자는 이 일을 전해 듣고 이렇게 말하였다.

"고서(古書)에도 '뜻을 말할 때는 말에 의존해야 하며, 말을 할 때는 조리가 있어야 한다'고 했다. 말을 하지 않고서는 상대방에게 뜻을 알릴 수 없고, 말에 조리가 없어서는 설득의 효과를 얻을 수 없다. 진(晉)이 패자가 된 것도, 정(鄭)이 진(陳)을 응징한 것도 모두 조리있는 언사(言辭)의 덕이었다. 그야말로 소홀히 할 수 없는 것이 바로 언사이다."

의연한 태도

자산은 기원전 542년, 즉 재상이 된 다음 해 조공(朝貢) 문제로 간공(簡公)과 함께 진(晉)을 방문했다. 그런데 진나라에서는 정나라를 약소국이라 무시하여 좀처럼 알현할 기회를 주지 않았다. 때마침 이 해에 사망한 노나라 양공(襄公)의 상중이라 안 된다는 것이 그 구실이었다.

자산은 한 가지 계책을 생각하여 숙소의 토담을 전부 부수고 일행의 마차와 말들을 정원 안으로 들여놓았다. 그러자 사문백(士文伯)이라는 담당 관리가 곧바로 자산에게 항의하였다.

"어처구니없는 짓을 저지르셨습니다. 최근 우리나라에 도적이 횡행하여 여러 외국에서 온 손님들께 폐를 끼칠까 우려하여 일부러 토담을 높이 지었건만, 이를 부수어 버리다니 그냥 넘어가기는 힘들 것입니다!"

자산이 대답했다.

"우리는 귀국의 요구에 따라 나라 안의 물건을 조달하여 귀국의 전하를 알현하고자 찾아왔습니다. 그런데 숙소에 틀어박힌 채 알현할 날짜조차 모르니, 애써 가져온 물건이 비를 맞거나 말라비틀어져 우리의 노고가 수포로 돌아가게 생겼습니다. 듣자 하니 귀국도 문공의 시절에는 우리처럼 외국에서 온 손님에게 매우 신경을 썼다고 합니다. 손님에게 제공하는 숙소는 전하가 사시는 궁전보다 훨씬 호화롭고 대우도 극진했다지요? 그런데 지금은 어떻습니까? 왕은 사방 수천 리나 되는 호화로운 이궁(離宮)에 살면서 손님에게 제공하는 숙소는 서민들의 낡은 주택마냥 좁아서 거마를 들여놓을 수도 없습니다. 도적이 횡행한다고 하셨는데 경호를 서는 사람을 보내주시기나 하셨습니까? 이런 곳에 강제로 틀어박히게 한 데다 알현할 날짜도 정해주지 않으니 헌납할 물건을 지키려면 토담을 부수어 안에 들여놓을 수밖에 없지 않겠습니까? 귀국의 전하께서는 노왕(魯王)의 상중이라고 하시나 그건 우리나라도 마찬가지입니다. 헌납할 물건만 받아주신다면 서둘러 토담을 수리하고 물러날 생각이오니 부디 현명한 처분을 내려주시기 바랍니다."

사문백은 왕에게 이 일을 보고했다. 이를 들은 진나라의 재상 조문자는 "자산의 말이 옳다. 여러 외국에서 온 손님들을 그런 곳에 머무르게 한 처사는 잘못이다"라면서 서둘러 사문백을 통해 자산에게 사죄의 말을 건넸다. 진왕(晉王)은 정중하게 간공을 접견하고 극진한 대우를 해주어 귀국하게 한 후에 신하에게 명하여 영빈관을 새로 짓게 하였다.

진의 현자 숙향은 이 일을 전해 듣고 이렇게 말하였다.

"언사가 끝을 알 수 없는 강한 힘을 지녔음은 이 일을 통해서도 분명히 알 수 있다. 자산의 언사로 다른 제후까지 은혜를 입게 되었으니, 언사의 힘은 그야말로 위대하다."

외교 참모진의 활용

이 해에 진나라에서 귀국한 자산은 외교 참모진을 충실히 하고자 풍간자(馮簡子), 자대숙(子大叔), 공손휘(公孫揮), 비심(裨諶)을 등용하였다. 풍간자는 남들보다 결단력이 뛰어났고, 자대숙은 외모가 수려한 데다 재능까지 풍부한 인물이었다. 또한 공손휘는 여러 나라의 실정에 밝아 어느 나라의 누구는 어떤 인물이며 그 가계는 어떠하고 신분은 어떠하며 능력은 어떠하다는 것까지 모든 정보를 손아귀에 쥐고 있었고 외교사령까지 뛰어났다. 비심은 작전을 세우는 데만큼은 견줄 사람이 없을 정도로 뛰어났으나 좀 색다른 면이 있어 널찍한 벌판이 아니면 생각을 정리할 수가 없었다.

자산은 이렇게 각각 특기를 지닌 인물 네 명을 등용하여 여러 외국과 문제가 발생하여 외교 교섭을 해야 할 때마다 먼저 공손휘를 불러 상대국에 관한 최신 정보를 청취하고 외교사령을 작성하게 했다. 그 다음에는 비심을 거마에 태워 교외로 나가 함께 작전을 세웠고, 완성된 작전 계획을 풍간자에게 보이며 결단을 청했다. 그리고 마지막으로 자대숙을 외교 사절로 파견하여 상대국과 교섭하게 하였다.

"이로써 교섭에 실패한 일이 적으니라(《좌전》)"라는 말도 있듯이 자산 외교의 승리는 이러한 전문 참모진의 활용에 힘입은 바가 크다.

끈질기게 버티기

약소국의 대표로서 주장해야 할 사항을 주장한 사례 가운데 평구(平丘)의 회맹을 들 수 있다.

기원전 529년(이 해에 정나라에서는 간공의 뒤를 이어 정공(定公)이 보위에 올랐다), 진나라는 평구라는 곳에서 제후를 소집하여 회맹을 열었다. 정나라에서는 자산이 대표로 출석하였는데, 진은 맹주로서의 힘을 과시하고자 갑차(甲車) 4천 대로 주위를 둘러쌌다. 그런 분위기 속에서 제후는 잇달아 희생을 약속하는 피를 나눠 마시고 맹세를 하였는데, 유독 자산만이 회맹 분담금의 감액 문제를 들고 나와 진을 물고 늘어졌다. 정나라에 할당된 부담금이 지나치게 많다는 주장이었다.

"예부터 천자에 대한 헌납금은 그 나라의 작위(등급)에 따라 정해졌습니다. 단, 여기에는 예외 규정이 있어 기내(畿內 : 수도를 중심으로 사방 오백 리 지역을 말함—역주)에 있는 제후는 실제 등급보다 많은 헌납금을 내야 했습니다. 그런데 우리 정나라의 등급은 백남(伯男 : 왕족이나 귀족의 직위를 나타내는 등작(等爵) 가운데 하나로, 흔히 제후라고 하면 20등작의 최고 관직인 열후와 제국의 왕만 지칭한다—역주)이건만 공후(公侯)와 맞먹는 의무를 지게 되었으니 부담이 너무 큽니다. 부디 이 헌납금의 액수를 줄여주시기 바랍니다. 최근, 각 제후가 전쟁을 멈추고 우호 관계를 유지하여 달마다 사절단이 왕래하고 있습니다. 그에 드는 비용도 만만치가 않은데 이렇게 무거운 분담금을 담당하게 되면 정나라와 같은 약소국은 당해낼 재간이 없어 자칫하다가는 귀국에 폐를 끼칠 수도 있습니다. 이렇게 회맹을 하는 목적은 약소국의 존속을 약속하기 위함입니다. 그런데 분담금이 너무 무거우면 약소국은 자멸할 수밖에 없고, 이는 회맹의 목적에도 어긋나는 일입니다. 부디 널리 헤아려 주시기 바랍니다. 우리의 존망은 오늘의 결정에 달려 있습니다."

진나라는 이 건의를 선뜻 받아들일 수가 없었다. 정나라의 발언을 인정하면 이에 동조하는 또 다른 제후가 나올 우려가 있었기 때문이다. 이리하여 논쟁은 낮에서 저녁 늦게까지 이어졌다. 그러는 동안 자산은 뜻을 굽히지 않고 끈질기게 주장을 내세웠다. 그러자 점차 곤란해지기 시작한 쪽은 진나라였다. 이 문제로 너무 시간을 끌다가는 중요한 회맹이 흐지부지될 테고 자칫 그랬다가는 맹주의 체면도 손상될 것이 뻔하였다. 결국 진은 자산의 말을 전면 인정하고 말았다. 즉, 자산은 그러한 진의 약점을 미리 간파하고 계속 고집을 피운 것이다.

이 자리에는 심복인 자대숙도 동석하였는데 회맹이 끝나 퇴석한 다음에 자산에게 이렇게 물었다고 한다.

"아이쿠, 일이 어떻게 풀릴지 몰라 조마조마했습니다. 만약 진이 화가 나서 군대를 동원한다면 어찌할 생각이셨습니까?"

그러자 자산이 이렇게 대답했다.

"아니, 진의 정치는 지금 여러 파벌로 나뉘어 뿔뿔이 흩어진 상태니 다른 나라를 공격할 여유가 있을 턱이 없소. 게다가 할 말도 하지 못하고 구석에 처박혀 있으면 오히려 상대방에게 업신여김을 당하게 되오."

자산 외교의 진면목을 알 수 있는 대목이라 하겠다.

《좌전》, 《사기》

『안영』

안영(기원전 580?~500년)

안자(晏子)라 하여 존경을 받음. 자는 평중(平仲), 제나라 내(萊 : 지금은 산둥 성[山東省] 가오미 현[高密縣] 근처) 사람. 대부(중신) 집안에서 태어나 제나라 영공(靈公, 재위 : 기원전 581~552년), 장공(莊公, 재위 : 553~548년)을 섬겼고, 이어 경공(景公, 재위 : 기원전 547~490년)의 대에 재상에 등용되어 명재상이란 칭호를 얻었다. 공자가 존경한 선배 정치가 가운데 한 사람이다.

조리있는 인물, 안영

춘추 시대의 막바지인 기원전 548년, 제나라의 수도 임치에서 최저(崔杼)라는 중신이 반란을 일으켜 국왕인 장공을 시해하였다. 장공은 본래 우둔한 왕이었기에 이런 왕을 살해한 최저에게도 어느 정도의 명분은 있었으나 주군의 시해는 무도(無道)하다는 비난을 면하기 어려웠다. 제나라의 여러 신하는 장공을 따르느냐, 실력자인 최저를 따르느냐를 놓고 고민에 빠졌다.

훗날 명재상의 반열에 오른 안영은 이때 30대의 장년이었는데 마침 제나라 정계에서 두각을 나타낼 무렵이었다. 그런 그도 자신의 뜻과 상관없이 이 사건의 소용돌이에 휩싸였고, 훌륭한 출처진퇴(出處進退)를 보임으로써 뭇사람의 기대를 한 몸에 받게 되었다.

안영은 장공이 최저의 저택 안에서 시해되었다는 보고를 받자마자 곧바로 최저의 저택으로 달려가 문이 열리기를 기다렸다.

"목숨을 끊을 작정이십니까?"

최저의 종복이 물었다. 이미 선비 몇 명이 변고를 듣고 달려와 최저의 수하와 칼을 겨루다 목숨을 잃었기에 그대도 그들과 똑같은 일을 할 셈이냐고 물은 것이다. 안영의 대답은 이러했다.

"죽는다고? 나는 딱히 남의 눈에 띄고 싶어 달려온 것이 아니니 죽을 이유가 없네."

"그렇다면 다른 나라로 망명하실 생각입니까?"

"죄를 범하지도 않았으니 도망칠 까닭이 없네."

"그렇다면 댁으로 돌아가시는 것이 어떻겠습니까?"

"주군이 돌아가셨네. 이대로 돌아갈 수는 없어. 자고로 군주란 백성을 고달프게 하지 않고 나라를 다스리는 데 노력해야 하네. 신하 된 자는 녹(祿)을 위해서가 아닌 나라의 번영을 위해서 전력을 다해야 하지. 그러니 군주가 나라를 위해 목숨을 잃었거나 타국으로 망명하였다면 우리도 그 길을 함께 가야만 하네. 그러나 군주가 자신을 위하다 목숨을 잃었거나 망명하였다면 특별한 측근도 아닌 바에야 일일이 의리를 내세울 필요가 없네. 게다가 주군을 살해한 자는 이 몸이 아닌데 죽니 도망가니 하는 소동을 피울 까닭이 없네. 또한 그렇다고 오지 않을 수도 없지 않겠나?"

이윽고 최씨 집안의 문이 열렸다. 안영은 안에 들어가 장공의 유체 앞에 엎드려 한참을 통곡하더니 예법에 따라 애도의 뜻을 표하고 유유히 저택을 빠져나왔다. 그때 "저 남자는 지금 제거해야 합니다"고 최저에게 충고하는 자가 있었다. 그러나 최저는 "아니, 저 남자에게는 인망(人望)이 있소. 살려두고 이용하는 편이 좋겠지"라며 죽이려 하지 않았다. 이리하여 안영은 목숨을 건질 수 있었다.

안영은 주군인 장공이 죽은 후에 따라 죽지 않았다. 장공의 죽음이 '사사로움[私]'에서 비롯되었기 때문이다. 그러나 안영은 죽음을 각오하고 조문을 하여 신하 된 자의 의를 다하였다. 공사의 구분을 지어 조리있게 행동한 것이다.

《사기》의 저자 사마천은 안영의 당시 행동에 "의를 보일 수 있는 까닭은 용기가 있기 때문이다"라는 논어의 말을 빌려 칭찬을 아끼지 않았다.

장공을 살해한 최저는 이어서 장공의 배다른 형제인 저구(杵臼)를 옹립하여 왕위에 앉혔다. 이 사람이 바로 경공이다. 경공은 즉위하여 최저를 우상(右相)에, 경봉(慶封)이라는 인물을 좌상(左相)에 임명하여 국정을 돌보게 하였다. 최저는 여전히 실권을 장악한 상태였으니 이 정권의 앞날이 험난할 것은 불 보듯 뻔한 일이었다.

최저는 어느 날 모든 가신들을 제나라의 시조인 태공망의 묘소 앞에 불러놓고 혈맹(血盟)을 강요하였다. 제단 앞에 깊은 구멍을 파서 만약 혈맹을 거부하는 자가 있으면 곧바로 참수하여 구멍에 매장할 준비를 했고, 무장한 수하들로 하여금 몇십 겹이나 주위를 에두르게 하였다.

장군, 중신들은 잇달아 구멍 앞으로 나아가 현 정권에 대한 충성을 맹세했고, 맹세의 말을 거부한 자는 참수당하였다. 마침내 안영의 차례가 돌아왔다. 《안자춘추(晏子春秋 : 안영의 언행을 후대인(後代人)이 기록했다는 책. 현행 4부 총간본(叢刊本) 등에서는 내편(內編)은 간(諫) 상하, 문(問) 상하, 잡(雜) 상하의 6편, 외편은 2편으로 되어 있다─역주)》에 따르면, 이때 안영은 제단에 나아가 이렇게 말했다고 한다.

"아아! 최저가 무도하게 굴더니 끝내 임금을 시해하였도다. 공실의 편을 들지 않고 최저와 경봉의 편에 서는 자는 화를 입으리라."

맹세를 거부한 것이다. 안영이 사람들의 기대와 인망을 한 몸에 받고 있음을 최저는 이미 알고 있었다. 그래서 죽이기를 꺼려하여 이렇게 말하였다.

"태도를 바꾸면 그대를 중히 쓰겠으나 만약 바꾸지 않으면 이 자리에서 참수당할 것이오. 잘 생각해 보시오."

안영이 대답하였다.

"칼로 위협한다고 하여 뜻을 바꾸면 용기있는 행동이라 할 수 없고 이익을 위해 주군을 배반하면 의롭다고 할 수 없소. 그대도

이 시를 알고 있을 테지요. '덩굴풀이 이리저리 가지와 잎을 펼치듯 군자는 얌전히 행동하여 정도를 어긋나지 않네[莫莫葛 虆 施于條枚 豈弟君子 求福不回]' 나 역시 내 자신의 안전을 도모하고자 정도를 어긋날 생각이 없소이다. 어떤 수를 쓰더라도 태도를 바꿀 수는 없소."

최저는 하는 수 없이 안영을 살해하려고 하였다. 그런데 그 옆에서 이렇게 말하며 말리는 이가 있었다.

"저 남자를 살해해서는 안 됩니다. 경께서 장공을 살해한 까닭은 장공이 도리에 어긋난 행동을 했기 때문입니다. 안영은 도리를 지킬 줄 아는 선비입니다. 그런 그를 살해한다면 대의명분이 서지 않습니다."

제아무리 권세를 누리던 최저라 해도 그런 말을 듣고서는 안영을 살해할 수가 없었다. 안영은 제단에서 물러나 밖에 기다리게 해둔 마차에 올랐다. 마부는 이런 곳에서 일각이라도 빨리 벗어나려는 생각에 말에 채찍을 가하려고 하였다. 안영은 그런 마부의 손을 지그시 누르며 이렇게 말했다.

"천천히 가주게. 서둘러 가도 살해될 사람은 살해될 테고 살 사람은 살겠지. 본래 사슴의 목숨은 주방장에게 달린 법일세. 지금 내 목숨도 그 사슴과 다르지 않네."

이리하여 안영을 실은 마차는 천천히 그 자리를 빠져나갔다.

이 두 일화는 안영이 조리있게 행동하고 과감히 최저에 대한 복종을 거부했으나 사람들의 인망이 두터웠기에 제아무리 권세를 자랑하는 최저라 해도 살해할 수 없었다는 사실을 분명히 말해 준다.

이렇게 실권을 장악해 온 최저도 그 권세는 1년은 넘기지 못하였다. 단짝인 경봉의 함정에 빠져 일족 모두가 살해되었고 그 자신도 결국 자살하였다. 그리고 2년째, 최저를 대신하여 실권자의 자리에 오른 경봉 역시 세력 다툼의 소용돌이에 휘말려 실각한 후 이웃 오나라로 망명하였다. 이리하여 마침내 안영의 차례가 돌아왔다.

군주조종술

안영이 재상의 자리에 올라 섬긴 군주는 최저가 옹립한 경공이었다. 경공의 치세는 58년이나 지속되었는데, 이 경공이란 군주는 극히 범용한 사내였기 때문에 재상 안영의 가장 큰 임무는 범용한 군주의 고삐를 당겨 큰 잘못을 저지르지 않게 하는 것이었다. 춘추 시대 말기, 다난한 이 시기에 제나라가 내정을 그나마 안정하게 유지하면서 유연하게 국제 정국에 대처할 수 있던 까닭은 명재상 안영이 최선을 다해 노력했기 때문이다.

안영의 언행록이라 할 수 있는 《안자춘추》는 전국 시대 무렵의 후대 사람이 쓴 책인데, 그 대부분이 경공에 대한 안영의 간언으로 채워져 있다. 그 가운데 몇 가지 일화를 소개해 보자.

부드러운 간언

경공의 애마가 갑작스레 병을 얻어 죽었다. 화가 난 경공은 마구간지기를 붙잡아 지해(肢解)하려고 하였다. 지해란 팔과 다리를 찢어 죽이는 가혹한 형벌이었다.

이때 마침 안영이 옆에 있었는데, 좌우에 있던 신하들이 칼을 들고 나서려는 순간 이들을 말리고 나서면서 경공에게 이렇게 물었다.

"외람되오나 옛 성인(聖人)이신 요(堯) 임금과 순(舜) 임금이 사람을 지해할 때 어느 부분부터 시작했는지 아시는지요?"

"음⋯. 그거야 과인(寡人)이 지해하는 첫 번째 임금이겠구려."

요와 순은 성인이므로 지해를 할 리가 없었다. 안영은 이 사실을 알고 있었기에 이런 질문을 던져 경공의 화를 누그러뜨리려고 하였다. 경공 역시 '과인부터 시작한다'는 말을 내뱉고 말았는데, 여기에서의 '과인'이란 덕이 적은 사람을 뜻하는 말로 제후가 자기 자신을 칭할 때 쓰는 말이었다.

경공은 안영의 간언으로 지해할 생각은 거두었으나 그렇다고 분노마저 가라앉지는 않았다.

"저자를 옥에 가두어라!"

경공은 신하에게 명령하였다.

그런데 안영이 또다시 이를 말리고 나섰다.

"이대로 하옥시키면 저자는 자기 죄를 모를 터이니 신이 그 죄목을 알게 해주겠나이다."

안영은 마구간지기를 향해 이렇게 말했다.

"들어라! 너는 죽을죄를 세 가지나 범했다. 첫째는 말을 잘 돌볼 책임을 다하지 못하였고, 둘째는 전하가 가장 아끼는 말을 죽게 했노라. 또한 군주로 하여금 하찮은 말 한 마리 때문에 사람을 살해하게 할 뻔하였느니라. 만약 사람들이 이 사실을 알게 된다면 전하께 비난이 쏟아질 테고 제후의 귀에 그 소문이 들어간다면 우리나라는 멸시를 받게 될 것이다. 네가 전하의 애마를 살해했기에 전하께서 사람들의 비난을 받게 되고 나아가 이웃나라의 멸시까지 받게 되었으니, 이것이 네가 범한 셋째 죄다. 알겠느냐? 너는 이러한 죄를 범해 이제부터 감옥에 들어가게 되리라."

안영의 말이 사실은 경공에게 한 말임은 더 말할 필요도 없다. 경공이 범용한 군주이긴 했으나 이 정도의 일을 알아차리지 못할 정도는 아니었다. 경공은 큰 탄식을 하며 이렇게 말했다.

"안영, 그를 풀어주시오, 그를 풀어주시오. 나의 덕을 해치지 마시오."

결국 경공은 마구간지기를 하옥하라는 명을 거두었다.

공을 군주에게 돌리다

또한 이런 이야기도 있다. 경공은 화려함을 좋아하는 성격으로, 아름다운 궁전을 새로 지어 사치를 하며 살고자 하였다. 이를 위해서는 조세도 더 부과해야 했고 노역도 늘려야 했다. 어느 쪽이든 피눈물을 흘리는 쪽은 백성이었다. 이 점에서도 안영은 최선을 다해 경공의 고삐를 잡아채야만 했다.

어느 날 안영이 경공의 명령으로 노나라에 사신으로 나가게 되었다. 안영의 제지를 받지 않게 되었음을 다행으로 생각한 경공은 서둘러 새 궁궐을 짓기 시작했다. 때는 마침 한창 추운 겨울철이었는데 유독 추위가 심하여 얼어 죽는 이가 많았다. 그런데도 경공은 공사를 강행하였기 때문에 사람들은 안영이 돌아와 간언을 해주기를 애타게 기다렸다.

마침내 안영은 귀국하여 노나라를 방문한 일에 대해 보고를 올렸다. 딱딱한 이야기가 끝나고 안영의 귀국을 환영하는 연회가 열렸는데, 이 자리에서 안영은 천천히 이렇게 말을 꺼내었다.

"전하께서 허락하신다면 노래 한 곡조를 불러볼까 합니다. 최근 항간에 떠도는 노래라고 하옵니다."

심한 추위에 몸이 어네.
아아, 어찌할거나!
임금님 덕에 가족이 뿔뿔이 흩어졌네.
아아, 어찌할거나!

노래가 끝나고 안영은 눈물을 흘렸다.
경공이 말했다.
"저 새 궁전을 말하는 게로구나. 알았소, 내 즉시 중지하리다."
안영은 깊숙이 고개 숙여 절을 올리고 퇴궐한 후에 서둘러 마차를 타고 공사 현장으로 달려갔다. 평소와 같다면 이쯤에서 공사를 중지하라고 명령을 내렸을 텐데, 안영은 어찌 된 영문인지 그 반대로 행동하였다. 채찍을 들고 인부들을 힐책하였다.

"다들 잘 들으시오. 우리에게도 비바람을 피할 정도의 집 한 칸은 있소. 우리 전하께 궁궐을 한 채 지어드리는데 어찌 이리 불평이 많단 말이오. 서두르시오, 서둘러!"

인부들은 볼멘소리로 중얼거렸다.

"안영 나리도 너무하시지. 왕의 비위를 맞추느라 공사를 서두르다니, 정말 못 봐주겠군."

안영이 사람들에게서 원망의 눈초리를 한껏 받을 때였다. 공사를 중지하라는 경공의 명령이 현장에 도달했다. 사람들은 와 하고 탄성을 지르면서 서둘러 집으로 돌아갔다.

안영과 거의 동시대에 태어난 공자는 이 이야기를 듣고 이렇게 말하였다.

"옛날 어진 신하는 명성을 군주에게 돌리고 화(禍)는 자기에게 돌렸다. 또한 군주 옆에서는 군주의 잘못된 점을 바로잡았고, 군주 곁을 떠나면 그 군주의 덕과 의를 높였다. 이렇게 함으로써 비록 게으른 군주라 하더라도 의관을 정제하고 앉아 제후의 아침 문안을 받게 하였으며 제후로 하여금 자신들의 공을 자랑하는 일이 없도록 하였다. 이런 도를 행하는 이가 안자 이외에 어디 있겠는가."

공자는 안영이야말로 신하 된 자의 귀감이라 하여 최대한의 극찬을 아끼지 않았다.

안영의 한마디

안영은 일국의 재상이었으나 극히 검소한 생활에 자족한 탓에 사는 집도 서민의 집과 다를 바가 없었다. 어느 날, 경공은 안영을 불러 이렇게 말하였다.

"그대의 집이 시장과 가까우니 시끄러워 살기 어려울 것이오. 높고 너른 곳으로 옮기는 편이 어떻겠소?"

"신은 그 집에서 조상 대대로 살아왔고, 아무런 부족함도 느끼지 못하옵니다. 게다가 세상 물정을 잘 모르는 신은 오히려 시장과 가까이 사는 편이 편리하옵니다."

경공은 쓴웃음을 지었다.

"그러면 묻겠소. 지금 시장에서 무엇이 가장 비싸게 팔리고 무엇이 가장 싸게 팔리는지 아시오?"

늘 안영에게서 쓰디쓴 충고만 들어온 경공은 한껏 비꼬아주려고 했을지도 모른다. 제아무리 안영이라도 설마 그런 시시콜콜한 것까지 알겠느냐 싶은 마음에 이러한 질문을 던진 것이다.

그런데 안영은 조금도 주저하지 않고 곧바로 대답하였다.

"용(踊)이 제일 비싸고 구(屨)가 제일 쌉니다."

용이란 발을 절단하는 형벌을 받은 죄수가 신는 신발이고, 구는 일반인이 신는 신발을 말한다. 당시 경공은 상당히 혹독한 형벌로 백성들을 다스렸는데, 그러다 보니 죄인이 늘어나 용을 찾는 사람이 많아지면서 값이 올라가고 말았다. 안영은 은근슬쩍 이 일을 비판한 것이다.

경공은 이 말을 듣고 안색을 바꾸어 곧바로 형벌을 줄이라는 명령을 내렸다. 당시의 한 현자는 이 이야기를 듣고, "어진 자의 말은 그 이로움이 널리 퍼진다. 안자의 한마디가 제나라 제후의 형벌을 줄였도다"라고 평가했다고 한다.

중국에 '쟁신(爭臣 : 임금에게 옳고 그름을 따지는 신하―역주)'이라는 말이 있다. "천하에 쟁신이 일곱이면 도리에 어긋난 행동을 해도 천하를 잃지 않는다(《효경(孝經 : 유교 경전 가운데 하나. 공자가 제자인 증자(曾子)에게 전한 효도에 관한 논설 내용을 훗날 제자들이 편저(編著)한 책으로, 연대는 미상이다―역주)》)"라는 말도 있는데, 경공에 대한 안영의 존재가 바로 그러했다. 안영은 혼자서 쟁신 일곱 명의 역할을 완수하여 평범한 경공을 섬기며 제나라를 태평하게 이끌었다.

정치 자세

안영의 정치는 언제나 '민(民)' 곧 백성의 이익을 기본으로 삼았는데, 다음 일화에 그러한 사실이 잘 나타난다.

경공 9년, 진(晉)에 사신으로 갔을 때 안영은 진의 현대부(賢大夫) 숙향과 이야기를 나누게 되었다. 이때 숙향은 이런 문제를 내어 안영의 의견을 떠보았다.

"이러한 난세에 무도한 군주를 섬기고 있다고 해봅시다. 이때 우리 신하 된 자가 올바른 길[正道]을 걸으면 직위를 잃게 되어 결국 백성에게 아무것도 해줄 수가 없습니다. 그렇다고 세상에 아첨하며 그릇된 길[邪道]을 걸으면 도의(道義)는 업신여김을 당하게 됩니다. 끝까지 정도를 걷다가 백성을 버려야 할까요, 아니면 도의를 버리고 백성을 위해 힘을 쏟아야 할까요? 어느 쪽 길을 선택해야 하는지, 부디 가르침을 주시지요."

안영이 대답했다.

"저는 이렇게 들었습니다. '설령 신분이 비천해도 굳은 절개를 유지하고 폭군을 섬기면서도 정도에서 벗어나지 않는 까닭은 백성의 이익을 그 바탕에 두었기 때문이다. 끝까지 백성을 위해 전력을 다하면 도의는 자연히 따라오되 백성을 버리면 이미 정도가 아니다' 제 생각도 이와 같습니다."

사직지신(社稷之臣)

안영은 또한 스스로 '사직지신', 곧 나라의 안위를 담당하는 중책을 맡아보았다. 사직이란 토지의 신과 오곡의 신을 이르는 말로, 군주가 이 신들을 위해 왕궁에서 제사를 지냈기 때문에 전하여 국가란 뜻을 지니게 되었다. 따라서 '사직지신'이란 국가의 안위를 맡은 중신을 뜻한다.

아마 안영이 아직 재상에 오르기 전의 일일 것이다. 《안자춘추》에 다음과 같은 이야기가 나온다.

어느 겨울날, 안영은 이른 아침부터 경공과 자리를 함께하였다. 그때 경공이 안영에게 이렇게 말하였다.

"따뜻한 음식을 가져오게."

안영이 대답했다.

"저는 봉궤(奉饋)의 신이 아니온지라 감히 명을 받들지 못하겠나이다."

봉궤의 신이란 수라를 대령하는 신하를 말한다. 나는 식사 담당이 아니니 거절하겠다는 뜻이다.

경공이 다시 안영에게 말했다.

"춥구려. 가죽 옷을 가져오시오."

안영이 대답했다.

"저는 인석(茵席)의 신이 아니오니 감히 명을 받들지 못하겠나이다."

인석이란 수레 안에 까는 자리를 이르는 말로, 인석의 신은 군주의 곁에서 사사로운 심부름을 하는 신하를 말한다.

"그렇다면 그대는 무엇을 하는 신하란 말이오?"

두 번이나 명령을 거부한 탓에 마음이 상한 경공은 정색을 하며 이렇게 물었다.

"저는 사직의 신이옵니다."

"사직의 신이란 어떤 신하를 말하는 게요?"

안영의 의연한 태도에 기가 좀 눌리기는 했지만 경공은 여전히 비꼬는 듯한 말투를 바꾸지 않았다. 안영은 대답은 이러했다.

"제가 말한 사직의 신이란,

一. 국가의 안녕과 태평함을 살피는 것.
二. 위와 아래의 명분을 바르게 하는 것.
三. 백관을 이치에 맞게 부리는 것.
四. 가장 적절한 외교를 구사하는 것.

이 네 가지 조건을 고루 만족하는 신을 말합니다."
경공은 이때부터 안영에게 그에 상당하는 예를 다해 응하였다
고 한다.
이 일화에서 안영이 어떤 자세로 조정의 일에 임했는지를 알
수 있으리라.

동아(東阿)의 정치

좀 더 구체적으로 안영이 정치에 임하는 태도를 말해 주는 일
화로서 다음 이야기도 흥미진진하다. 역시 재상이 되기 전의 일
이다.
안영은 동아 지방의 장관으로 임명되었다. 동아는 지금의 산
둥 성에 있는 마을로, 몇 년 후 제나라의 군사(軍師)로 활약한 손

빈(孫臏)이 태어난 고향에서 그리 멀지 않은 곳이다. 안영이 부임하고 3년이 지났을 무렵이다. 안영의 평판이 좋지 못해 '저 남자는 못쓰겠다' 는 식의 악평이 경공의 귀에 자주 들어가게 되었다. 경공은 안영을 불러 해임하려고 하였다. 그러자 안영은 이렇게 변명했다.

"제 과오는 제가 가장 잘 아옵니다. 부디 3년 동안 동아 지방을 제게 맡겨주십시오. 반드시 좋은 평판이 퍼지도록 하겠사옵니다."

경공은 차마 면직시키지 못하고 좀 더 두고 보겠노라고 하였다. 그리고 3년이 흘렀다. 그런데 이번에는 정말로 안영을 비난하는 소리 대신 칭찬하는 소리가 자자했다. 기쁨에 찬 경공은 안영을 불러 그 까닭을 물었다.

안영의 대답은 이러했다.

"지난날 동아를 다스렸을 때는 마을마다 왕래를 엄격하게 제한한 탓에 방탕한 백성들의 원한을 샀습니다. 성실히 일하는 자에게는 상을 주고 게으른 자에게는 벌을 내렸더니 태만한 백성들의 원한을 샀습니다. 또한 지방의 유력자라 해도 법에 어긋한 행동을 하면 감옥에 가두었기 때문에 그들의 미움을 샀습니다. 측근이 부탁을 해와도 법에 어긋나는 일이라면 단호히 거부하였는데, 그런 까닭에 그들의 원망을 사고 말았습니다. 나아가 신분이 높은 사람에게도 필요 이상의 예의를 다하게 했음으로 그들의 원한을 샀습니다. 하여 이러한 사람들이 저에 대해 비난을 했기 때문에 그 소문이 3년 후에 왕의 귀에도 닿게 되었습니다. 그리하여 이번에는 방법을 바꾸어보았습니다. 먼저 마을마다 자유롭게 왕래할 수 있도록 허락하자 방탕한 백성들이 기뻐하였고, 성실히 일하는 자에게 상을 주고 게으른 자에게 벌을 주는 일을 금하자 태만한 백성들이 기뻐했습니다. 재판을 할 때 힘과 권세가 있는 자가 유리하도록 판결을 내리니 이번에는 유력자가 기뻐했습니다. 또한 측근의 요구도 뭐든지 들어준 탓에 측근들이 기뻐했고, 신분이 높은 이들에게 극진히 예를 다해 대접하였더니 그들이 기뻐해 주었습니다. 이리하여 이런 이들의 칭찬 덕분에 좋은 평판을 듣게 되었고 그 소문이 3년 후에 다시 전하의 귀에 닿게 된 것입니다. 전하께서는 지난날 제게 벌을 내리려 하셨으나 사실은 상을 내려야 할 일이었고, 상을 내리려 하신 지금의 일은 오히려 벌을 받아야 할 일이었습니다. 이러한 까닭으로 신은 지금 감히 상을 받을 수 없습니다."

경공은 안영의 방법에 크게 탄복하여 곧바로 재상에 등용하여 국정을 일임하였다. 그로부터 3년이 지나 제나라의 정치는 완전히 달라졌다고 한다.

이 이야기도 조금 부풀려진 감이 있지만, 안영의 정치가 어떤 정치였는지를 알아볼 수 있는 좋은 대목이다.

준 조절충(樽俎折衝)

— 술자리에서 유연한 담소(談笑)로 적의 창끝을 꺾어 막는다[折衝]는 뜻으로, 외교를 비롯하여 그 밖의 교섭에서 유리하게 담판을 짓거나 홍정함을 이르는 말—역주

안영은 사직지신의 넷째 조건으로 외교 교섭을 들었는데, 그는 이 점에서도 눈부신 활약을 하며 범용한 군주를 섬겨 기울어지기 쉬운 제나라의 국위를 지켜냈다.

공자는 "술통과 도마 사이[樽俎之間]를 나가지 아니하고 천 리 밖의 일을 절충한다는 말은 안자를 두고 한 말이다"라고 하여 안영의 외교 교섭을 높이 찬양했는데, 이에 대해서는 이런 이야기가 전해진다.

춘추 시대 중기, 당시 중원의 강대국인 진(晉)의 평공(平公)은 제나라를 공격할 태세를 취하였다. 평공은 먼저 제나라의 국내 정세를 탐지하고자 범소(范昭)라는 인물을 사신으로 파견하였다. 제나라 경공은 범소가 도착하자 성대한 연회를 베풀어 그를 접대하였는데, 연회가 한창 무르익었을 때 범소가 경공에게 말했다.

"친히 술을 한 잔 내려주신다면 영광이겠습니다."

그러자 경공은 주위의 신하를 돌아보고 말하였다.

"과인의 잔으로 손님에게 한잔 권해 드려라."

범소는 신하가 건네주는 경공의 잔을 받아 들고 단숨에 들이 켰다. 이 모습을 지켜보던 안영은 준엄한 말투로 술잔을 건네준 신하에게 명령했다.

"주군을 위해 다른 술잔으로 바꾸어라."

당시 연회 석상에서는 군신이 각각 다른 술잔으로 술을 마셔야 했다. 따라서 범소의 이 같은 행동은 제나라 임금에 대한 불경의 표시였다. 범소는 이러한 사실을 잘 알면서도 일부러 제나라 쪽에서 어떻게 나오는지 시험해 보았는데, 안영은 이를 예리하게 간파하고 범소의 무례를 용서하지 않았다.

범소는 진나라로 귀국하여 평공에게 다음과 같이 보고했다.

"지금은 아직 제나라를 공격할 때가 아니옵니다. 신이 경공을 시험해 보았습니다만 안영에게 간파당하고 말았습니다."

즉, 제나라에는 안영과 같은 현신(賢臣)이 있으니 지금 공격을 감행하더라도 이길 가망이 별로 없다는 뜻이다. 이러한 보고를 받은 진나라 평공은 곧바로 공격 계획을 취소하였다고 한다. 오늘날 외교 교섭으로 적의 공격을 물리쳤다는 뜻으로 사용하는 '준조절충' 이란 말은 안영의 이 일화에서 유래하였다.

안영은 이와 같이 외국의 사절을 맞이하여 당당하게 외교 교섭에 응했을 뿐 아니라 그 자신이 직접 외교 사절로 파견되었을 때도 의연한 태도와 뛰어난 임기응변으로 군왕의 명예를 욕되게 하지 않고 중책을 완수했다.

《안자춘추》에는 다음과 같은 이야기가 전해진다.

춘추 말기, 안영은 초나라에 사신으로 나갔다. 초나라 영왕(靈王)은 이 소식을 듣고 안영을 시험해 보고자 좌우의 신하들과 상의를 하였다.

"안영은 키가 5척에도 미치지 못하나 제후들 사이에 언변이 뛰어나기로 그 명성이 자자하오. 이번에 우리나라에 오면 치욕을 안겨주어 초나라의 위엄을 떨치고자 하는데 좋은 방법이 없겠소?"

"이런 방법은 어떻겠습니까? 주군께서 안영과 회담을 할 때

신하가 한 남자를 연행해 가는 겁니다. 주군께서는 '웬 놈이냐?' 하고 물으십시오. 그러면 신하가 '제나라 사람입니다' 하고 대답하겠나이다. 주군께서는 다시 '무슨 죄를 지었느냐?' 하고 물으십시오. 그러면 신하가 '도적질을 했사옵니다' 하고 대답하겠나이다. 어떻습니까? 이렇게 하면 제아무리 안영이라도 수치심을 느끼지 않겠습니까?"

군신 간의 상담이 끝나고 이윽고 안영이 초나라의 수도에 당도하였다. 영왕은 연회를 베풀어 안영을 환영했다. 술자리가 무르익었을 무렵, 무사 두 명이 한 남자를 연행하여 연회장 앞을 지나갔다. 영왕이 무사들에게 말을 걸었다.

"그 사람은 무슨 죄를 지었느냐?"

"예, 제나라 사람이온데 도적질을 하였기에⋯."

초왕은 안영을 돌아보며 말했다.

"귀국 사람들에게는 도벽이 있는 모양이구려."

안영은 연회장에서 내려와 천천히 대답했다.

"이런 이야기를 들은 적이 있습니다. 귤을 회수(淮水) 이남에 심으면 맛 좋은 귤이 되지만 회수 이북에 심으면 떫은 탱자가 된다고 합니다. 무성한 잎은 언뜻 보기에 매우 비슷하나 그 맛이 전혀 다르다는 말이지요. 왜 이렇게 되겠습니까? 남북의 토양이 전혀 다르기 때문입니다. 저 남자도 이와 같아서 제나라에 있으면 도적이 되지 않았을 텐데 초에 와서 도적질을 했다는 것은 초나라의 풍토가 도적질을 하는 데 적당하다는 뜻이겠지요."

초왕은 나중에 측근들에게 이렇게 말했다고 한다.

"안영이라는 남자가 제나라에서 성인이란 평판이 자자하더니 가히 그 말이 틀리지 않구나. 본래 창피를 주려 했으나 도리어 내가 부끄러움을 느끼게 되었도다."

역시 안영이 초나라에 사신으로 갔을 때의 일인데, 이러한 일화도 전해진다. 안영의 키는 그다지 크지 않았던 모양이다. 초나라에서는 안영을 골려주려고 대문 옆에 일부러 작은 개구멍을 만들어놓고 그리로 안영을 안내했다. 말하자면 개와 똑같은 취급을 하여 실컷 비웃어주려는 속셈이었다. 당시 양자강(陽子江)의 중류에 자리한 초나라는 문명이 뒤떨어진 야만국이었으나 국력만큼은 중원 여러 나라를 압도한 탓에 그 힘만 믿고 못된 장난을 쳐댔다.

개구멍으로 안내를 받은 안영은 그 앞에 서서 자신을 안내한 하급 관리에게 말했다.

"개 나라에 사신으로 왔다면 응당 개구멍으로 들어가야 하겠으나 내가 찾아온 곳은 초나라입니다. 초나라가 설마 개 나라일

리 없으니 저는 이 문으로 들어갈 수 없습니다."

안내를 한 관리는 당황하여 다시 대문으로 안내하였다.

초왕은 안영을 접견하자마자 이렇게 물었다.

"제나라에는 사람이 없소? 아이를 사신으로 보냈구려."

초왕은 안영의 풍채가 보잘것없음을 확인하고 일부러 골려주려 하였다. 안영이 대답했다.

"우리 제나라의 수도 임치는 사람들로 넘쳐 납니다. 사람이 없다니요, 그 무슨 말씀이십니까?"

"그렇다면 어찌하여 그대 같은 사람이 사신으로 왔소?"

"우리 제나라에서는 사신을 파견할 때 현명한 자는 현명한 나라에, 불초와 같이 어리석은 자는 어리석은 나라에 파견하옵니다. 하여 신이 가장 어리석기에 귀국에 파견되었습니다."

이 두 가지 일화는 모두 자국의 강대함만 믿고 거만한 태도를 취한 초왕을 대면하여 조금도 굴하지 않고 의연하게 반론을 제기한 안영을 엿볼 수 있는 대목이다. 안영이 이런 태도를 취한 까닭은 개인의 명예를 지키기보다 제나라의 국위를 지키려 했기 때문이다. 《논어》에 "사방(四方)에 사신으로 가서 군주의 명령을 욕되게 하지 않으면 선비라 할 만하다"라고 하였는데 안영이 바로 그에 해당하는 인물이었다.

겸허한 처세

《사기》에는 관중과 함께 안영의 열전(列傳)이 나오는데(〈관 안열전(管晏列傳)〉), 이 열전의 끝부분에 사마천은 다음과 같은 평어(評語)를 붙였다.

"나는 관중이 저술한 목민(牧民), 산고(山高), 승마(乘馬), 경 중(輕重), 구부(九府) 여러 편과 안자가 저술한 《안자춘추》를 읽 었는데, 이들의 업적은 이 안에 자세히 나와 있다. 이를 읽고 이 들의 행동을 더 알고 싶다는 생각이 들었기에 여기에서는 두 사 람의 이야기를 소개하였다. 두 사람의 저서는 세간에 널리 유포 되었으므로 여기에서는 대표적인 일화만 정리해 보았다."

이리하여 《사기》의 열전에는 안영에 관한 일화가 두 가지 나 온다. 두 가지 모두 《안자춘추》에서 재료를 삼은 것이어서 약간 의 차이는 있으나 그 내용은 같다. 하나 이 두 가지 일화가 《사 기》에 실림으로써 널리 알려지는 바람에 안영이라고 하면 이 두 일화와 '주조절충' 이라는 공자의 말이 떠오를 정도로 유명하다.

그렇다면 이 일화의 내용은 무엇일까?

첫째 일화의 주인공은 월석부(越石父)라는 현인이다. 《사기》에 따르면 두 사람의 만남은 이러했다. 어느 날, 월석부가 죄인의 몸으로 끌려가고 있었는데 마침 출타 중이던 안영이 길에서 이를 발견하고 자신이 타고 있던 마차에서 말 한 필을 풀어 이를 월석부의 속죄금으로 내주고 월석보를 자기 마차에 타게 하여 함께 집으로 돌아왔다.

월석부와 집에 돌아온 안영은 그대로 한마디 인사도 없이 침실로 들어가 버렸다. 그러자 얼마 안 있어 월석부가 하인을 통해 이제 그만 교제를 끊었으면 좋겠다는 말을 전해왔다. 놀란 안영이 서둘러 의관을 바로 하고 월석부를 만났다.

"제가 비록 부덕한 사람이긴 해도 선생님을 위기에서 구해 드렸습니다. 어찌하여 그런 섭섭한 말씀을 하십니까?"

월석부가 대답했다.

"제가 들은 바에 따르면, 무릇 군자는 자신을 이해하지 못하는 자에게는 능력을 보이려 하지 않지만, 자신을 이해해 주는 자에게는 뜻을 밝히고 능력을 발휘한다고 합니다. 제가 죄인의 몸이었을 때 주위 사람들은 저를 이해해 주지 않았습니다. 그러나 선생께서는 무언가 느끼는 바가 있었는지 저를 구해주셨습니다.

이는 저를 이해해 주셨기 때문이라고 생각합니다. 그러나 방금 전 선생의 행동은 분명히 예의에 어긋났습니다. 이런 취급을 받을 바에는 차라리 죄인으로 옥에 갇히는 편이 낫습니다. 하여 이제 그만 교제를 끊고 싶습니다."

안영은 이후 월석부를 상객(上客)으로 대우했다고 한다.

《안자춘추》에서는 이 이야기의 뒤에 군자 왈(君子曰)이라 하여 다음과 같은 말을 덧붙였다.

"속인(俗人)은 훌륭한 일을 하면 곧 이를 자만하여 상대방에게 오만한 태도를 취한다. 그러나 안영은 남을 재난에서 구해주었어도 오히려 그 상대방에게 업신여김을 당하였으니 속인과 차이가 크다 하겠다. 안영의 방법이야말로 공을 다하는 길이다."

또 다른 일화도 전체 내용은 같으나 그 표현이 다르다.

안영이 제나라의 재상이 된 이후의 일이다. 어느 날, 외출을 하려는데 마부의 아내가 문틈으로 남편의 모습을 엿보았다. 남편은 재상의 마부로, 햇빛을 가리는 큰 양산 아래에서 말 네 필에 채찍을 휘두르며 매우 의기양양한 모습이었다. 남편이 집에 돌아오자 아내는 곧장 이혼해 달라고 하였다. 마부가 까닭을 물으니 아내는 이렇게 대답했다고 한다.

"나리는 비록 키가 5척에도 미치지 못하나 제나라의 재상을 역임하시여 그 명성이 널리 외국에까지 자자합니다. 오늘 아침에 그 모습을 뵈었는데 사려 깊고 겸허한 태도를 취하셨습니다. 그런데 당신은 6척이 넘는 건장한 체격으로 남의 집 마부를 하면서 무엇이 자랑스러워서 그리도 의기양양하십니까? 당신과 더는 살 수 없으니 이제 저와 이혼해 주셨으면 합니다."

마부는 아내의 말을 듣고 깨달은 바가 있어 그 뒤부터 몸가짐을 바로 하고 누구 앞에서도 거만하게 구는 일이 없었다.

안영은 갑자기 겸허해진 마부를 이상히 여겨 그 연유를 물었고 마부는 모든 일을 숨김없이 설명했다. 안영은 마부의 말을 듣고 마부를 대부(중신)로 추천했다고 한다.

《사기》에 소개된 이 두 가지 일화는 모두 안영의 겸허한 됨됨이를 말하고 있다. 사마천은 두 가지 일화를 소개한 후에 "지금 안영이 살아 있다면 그 마부가 되어도 좋다"고 존경을 토로하였다.

이 두 가지 일화는 또한 다른 각도에서 보면 안영이 인재 발굴에 뜻을 두었음을 알 수 있는데, 그 방법이 자못 정에 치우쳤다는 느낌을 지울 수 없다. 특히 마부에 대한 태도에서 그러한 느낌을 더 많이 받았는데, 다음 일화는 이 두 가지 일화와 반대로 인재 등용에서 엄준한 태도를 취했음을 알 수 있다.

안영의 가신 가운데 고규(高糾)라는 남자가 있었다. 고규는 3년 동안 안영을 모셨는데 어느 날 갑자기 해고를 당하였다. 고규는 너무도 갑작스러워서 꼭 여우에 홀린 것만 같았다. 이유를 물어보니 안영은 이렇게 대답했다.

"우리 집의 가법(家法)에는 세 가지가 있다. 너는 그 가운데 하나를 실행하지 않았다."

"세 가지 가법이 무엇이옵니까?"

"세 가지 가법이란,

— 조용하고 차분한 태도로 담론할 것.
— 남과 교제할 때는 상대방의 장점을 칭찬하여 스스로 수양에 정진할 것.
— 국사를 논할 때는 겸허한 태도로 선비를 맞이할 것.

너는 이 모든 조건에 실격이니 더는 우리 집에 머무르지 마라."

안영이 이렇게 말하자 측근들도 무척이나 놀라며 3년이나 데리고 있던 자를 내쫓다니 좀 심하지 않느냐며 말렸다. 이에 안영은 이렇게 대답했다.

"나는 재상이라는 중책을 맡았는데 지금 보는 것처럼 변변치 않은 사람이오. 나를 보살피는 자가 과오를 지적해 주지 않았다면 국정은 무너지고 말 것이오. 그런데 저자는 3년이나 내 옆에 있으면서 한 번도 과오를 지적해 주지 않았소이다. 하여 내쫓는 게요."

즉, 안영은 인재를 등용할 때 한 가지 확실한 기본 사상이 있었다. 그가 생각하는 인재란 자신이 섬기는 주인의 과오를 엄격히 지적하는 인물이었다. 안영 역시 이를 경공에게 그대로 실천하였다. 온정과 겸허한 태도 안에 그러한 엄격함이 배어 있었던 것이다.

小박한 생활

안영의 일상생활은 일국의 재상이라고 하기에는 너무나도 소박했다. 그 소문은 경공의 귀에까지 들릴 정도였다. 사는 모습이 딱하다고 하니 이를 묵인할 수 없어 몇 번이나 녹봉을 올려주었으나 안영은 그때마다 마다하였다.

어느 날, 안영이 밥을 먹고 있을 때 경공이 보낸 사자가 찾아왔다. 안영은 자신의 밥을 반절 덜어서 사자를 대접하였다. 그 결과, '사자도 배가 부르지 못하고, 안자 역시 배가 부르지 못한' 상태가 되었다. 사자는 돌아가 이 사실을 경공에게 보고하였다.

경공은 "안자의 속사정이 그리도 어려운 줄 몰랐군. 이는 내 책임이다"라며 명을 내려 천금과 시조(市租 : 세금)를 보내주었다. 그러나 안영은 이를 마다했다. 이에 경공이 더 많이 들고 가도록 명령을 내리는 바람에 사자는 세 번이나 안자의 집을 방문하였으나 안영은 끝내 받아들이지 않았다. 이때 안영은 다음과 같이 사퇴의 까닭을 밝혔다.

"신의 집은 결코 가난하지 않습니다. 지금 받는 봉록만으로도 부모, 형제, 처자를 부양할 수 있을 뿐 아니라 친구들이나 영지의 백성들까지도 돌볼 수 있습니다. 왕께서 주시는 봉록은 충분하고도 남음이 있으니 신의 집은 결코 가난하지 않습니다. 저는 이렇게 들었습니다.

'지나치게 많은 봉록을 군주에게서 받아 남은 분량을 백성에게 주는 것은 신하가 군주를 대신하여 백성 위에 군림하는 것과 같아서 충신은 그런 행동을 하지 않는다. 너무 많은 봉록을 주군에게서 받아 그 전부를 자신의 품에 갈무리하는 것을 퇴장(退藏)이라 하는데 어진 신하는 그런 일을 하지 않는다. 또한 군주에게서 재물을 탐하여 남에게 주지 않고 죽을 때까지 쓰다가 남은 재산을 남의 수중에 넘기는 행동을 재장(宰藏)이라 하는데 지혜로운 신하는 그런 행동을 하지 않는다. 사람이 살아가는 데는 소박한 옷과 국 한 그릇, 반찬 한 가지면 충분하다.'

그러므로 신은 더는 봉록을 받을 수 없습니다. 부디 거두어주십시오."

그러나 경공은 안영을 불러 봉록을 더 받으라고 권하였다.

"옛 선왕이신 환공이 만 이천오백 채가 들어선 고을을 관중에게 하사하였을 때 관중은 거절하지 않았소. 듣자 하니 그대는 내 뜻을 강력히 거절하였다는데 특별한 이유라도 있는 게요?"

안영이 대답했다.

"성인(聖人)도 천 번 생각하면 반드시 한 가지는 잃고, 어리석은 자도 천 번 생각하면 반드시 한 가지는 얻는다고 하였습니다. 외람되오나 이 일은 관중과 신의 처지가 다른 줄 아뢰옵니다. 관중이 받은 것은 성인의 일실(一失), 신이 마다하는 것은 어리석은 자의 일득(一得)이옵니다. 주군께서 모처럼 녹봉을 하사하셨으나 신은 받을 수 없습니다."

앞서 언급했듯이 경공은 이따금 녹봉을 늘려 하사하고자 했으나 안영은 그때마다 마다하였고, 평생을 질박한 생활로 일관하며 만족해했다. 그러나 안영의 집이 가난한 까닭은 낮은 녹봉 때문이 아니었다. 가족은 물론이고 친구들과 부리는 하인들의 생활까지 챙겨주었기 때문에 자기 집의 생활비를 최저한도로 낮출 수밖에 없었던 것이다. 일국의 재상으로서 스스로 그러한 생활을 하였으니 같은 제나라의 명재상인 관중과 그야말로 대조적인 생활 태도라 하겠다.

《사기》〈제태공세가(齊太公世家)〉에 따르면, 안영은 경공 48년(기원전 500년)에 그 생애를 마감하였다. 태어난 해가 불분명하므로 확실한 사항은 알 수 없으나 아마도 이때 그의 나이는 80세 전후였을 것이다.

자신이 죽음에 임박했음을 깨달은 안영은 기둥을 뽑아 그 안에 유서를 넣고 아내에게 "아이가 성인이 되면 이를 꺼내 읽게 하시오"라고 유언하였다. 훗날 이 유언을 펼쳐 보니 다음과 같은 글귀가 적혀 있었다고 한다.

布帛不可窮 窮不可飾
牛馬不可窮 窮不可服
士不可窮 窮不可任
國不可窮 窮不可竊也

풀이하면 다음과 같다.

옷감을 절약하지 말라. 절약하면 종복들에게 옷을 지어줄 수 없다.

우마(牛馬)를 피곤하게 하지 말라. 우마가 피곤하면 탈 수가 없다.

선비를 곤궁하게 하지 말라. 곤궁하게 하면 활용할 수가 없다.

나라를 피폐하게 하지 말라. 피폐하게 하면 나라가 성립되지 못한다.

안영과 공자

《논어》에는 공자가 안영을 평가한 다음과 같은 유명한 말이 나온다.

"안평중은 남과 사귀는 데 능하였으며 오래 사귀어도 공경하였다(안영은 어떤 사람이든 금세 친숙해졌으며 아무리 친해져도 상대방에 대한 공경을 잊지 않았다)."

또한 《안자춘추》에는 여러 군데에서 공자가 안영의 언행을 평가한 말들이 나오는데, 그 어느 대목을 보더라도 안영에 대한 탄복을 느낄 수 있다.

예컨대 이런 말이 나온다.

안영이 노나라에 사신으로 와서 국왕을 알현했을 때 공자는 후학을 위하여 제자들에게 안영의 언행을 견학하게 하였다. 이를 견학하고 돌아온 제자 중의 한 사람인 자공(子貢)이 공자에게 다음과 같이 보고했다.

"안영이 예(禮)에 정통하다는 말은 터무니없는 소리입니다. 예에 이르기를 '계단에 오르되 넘지를 않고, 당상(堂上)에서 달리지 않으며, 옥을 받을 때 무릎을 꿇지 않는다' 고 하였습니다. 그런데 안영은 이와 반대로 행동하였습니다. 안영이 예에 정통하다는 말은 헛소리입니다."

계단을 오를 때는 한 단씩 천천히 오르고, 당상에서는 빨리 걷지 않고, 옥을 받을 때는 무릎을 꿇지 않는 것이 당시 외국 사신이 왕을 알현할 때 지켜야 할 예절이었다. 그런데 안영의 행동이 이와 정 딴판이었다는 말이다.

예란 인간의 행동 규범으로 공자는 일찍부터 이를 매우 중요하게 여겼다. 훌륭한 선배(공자와 안영의 나이 차는 약 서른 살

정도다)로 경애해 마지않는 안영이 예를 무시했다면 공자로서는 이를 묵인할 수 없었다. 공자는 안영을 만나 그 진의를 따졌다. 안영은 공자에게 이렇게 답했다.

"당상에서는 군신이 서는 자리가 각각 정해져 있고, 군주가 한 걸음 걸으면 신하는 두 걸음을 걷는다고 알고 있네. 그런데 노나라 임금은 빠른 걸음으로 다가왔기 때문에 정한 자리에 제시간에 닿기 위해 나는 계단을 달리듯이 올라야 했고, 당상에서도 빠른 걸음으로 걷지 않으면 안 되었네. 또 옥을 받을 때도 노나라 임금의 자세가 낮았으므로 꿇어 앉아 받지 않으면 안 되었다네. 이에 관해 나는 또한 이렇게 알고 있다네. '인륜의 기본을 이루는 첫째 덕에 관해서는 약간의 어긋남도 없어야 한다. 그러나 둘째 덕을 실행할 때는 상황에 맞게 대처하는 편이 좋다.' 나는 임기응변의 조치로 약간의 방편을 취한 것이라네."

안영의 말을 공손히 경청한 공자는 돌아와서 제자들에게 이렇게 말하였다.

"불법(不法)의 예는 안자만이 능히 행할 수 있다."

불법의 예란 예를 넘어선 예라는 뜻으로 이것 또한 최상의 찬사라 할 수 있다. 이처럼 공자는 안영에게 깊이 경도되어 그 인물됨을 높게 평가했다.

그렇다면 안영은 공자를 어떻게 보았을까?

공자는 36세 때 노나라 소공(昭公)의 뒤를 따라 제나라로 건너갔다. 경공을 설득하여 되도록 자기가 생각하는 이상 정치를 제나라에서 실현해 보고자 하는 의도에서였다. 제나라에서는 마침 안영이 재상에 재위하고 있었다.

《사기》의 〈공자세가(孔子世家)〉에 따르면, 제나라에 간 공자는 태사(太師 : 음악관)와 음악을 논하면서 순임금의 음악인 소(韶)를 배우고, 그 아름다운 음률에 감탄하여 3개월 동안 고기 맛을 잊었다고 한다. 악(樂), 곧 음악은 '예·악'이라고 나란히 불릴 만큼 당시 군자에게는 중요한 교양 과목 가운데 하나였다. 공자는 제나라에 전해 내려오는 순의 음악을 배우려고 열심이었다. '3개월이나 고기 맛을 모를 정도'로 열심히 매진한다는 소문은 금세 제나라 사람들 사이에 소문으로 퍼져 나갔다.

마침내 그 소문이 경공의 귀에도 닿았다. 어느 날, 경공은 공자를 만나 정치의 요체(要諦)를 물었는데 공자는 이렇게 대답했다.

"군주는 군주로서, 신하는 신하로서, 아비는 아비로서, 자식은 자식으로서 각기 본분을 다하는 것입니다."

경공은 진심으로 감복했다.

"그렇도다. 그렇지 않고서는 아무리 재정이 풍부하더라도 안심할 수가 없지!"

며칠 후 경공은 다시 공자를 불러 정치에 임할 때 가져야 할 마음가짐에 대해 물었다. 공자는 다음과 같이 대답했다.

"첫째는 재정을 절약해야 합니다."

이 말을 듣고 기뻐한 경공은 이계(尼谿)의 땅을 공자에게 봉읍(封邑)으로 주고 그를 임용하려고 했다. 그런데 이 임용에 반대를 한 이가 있었으니 바로 재상 안영이었다.

"유자(儒者)는 말을 잘합니다. 그렇지만 그들의 말을 그대로 실행에 옮기면 어처구니없는 일이 벌어집니다. 그들은 오만하고 자만하는 자들이므로 아랫사람으로 부릴 수가 없습니다. 또한 그들은 복상(服喪)의 예를 중시하고 가산을 기울여서라도 장례를 성대하게 치르는데, 만약 백성들이 이를 본받게 되면 걷잡을 수 없게 될 것입니다. 게다가 그들은 여러 나라를 떠돌면서 연설을 하고 걸식을 합니다. 그런 무리에게 나라의 정치를 맡겨서는 안 됩니다. 주(周)나라의 문왕(文王)은 이미 가셨고, 주나라 왕실까지 몰락하여 예악도 쇠퇴한 지 오래되었습니다. 그런데도 지금 공자는 의례(儀禮)를 성대히 꾸미고 등강(登降), 보행(步行)의 예를 번잡하게 했습니다. 하나 요즘 세상에 옛날의 예를 부활하려고 한들 헛수고로 끝날 것이 자명합니다. 주군께서 이러한 인물을 임용하는 것은 결코 백성을 위한 일이 아닙니다."

경공은 공자의 임명을 단념하지 않을 수 없었다.

훗날 유가를 믿는 많은 사람들이 사실무근이라며 이 일화를 부정하였다. 공자가 존경하는 안영이 공자에 대해 이렇게 심한 대접을 할 리 없다는 심정에서 그러하였으리라. 그렇지만 사실 이 이야기는 사실이라 해도 전혀 이상할 것이 없다. 당시 36세에 불과한 공자는 예악에 대해 남보다 특출하게 파고들었기 때문에 일부 사람들에게는 인정을 받기 시작했다고 해도 일반 사람들에게는 아직 무명에 가까운 존재였다. 정치에 대한 경험도 거의 없는 상황이었다. 따라서 후세의 성인상(聖人像)을 이 시기의 공자에게 적용하는 데는 다소 무리가 있다.

한편 안영은 60세를 넘어 원숙한 경지에 달한 노련한 정치가였다. 그런 안영이 볼 때 공자의 임용은 그 자체가 모험이었다. 두 사람의 관계를 놓고 보았을 때 서른 살이라는 나이 차가 크게 작용했음이 틀림없다.

《좌전》, 《사기》, 《안자춘추》

『상앙』

상앙(기원전 390~338년)

위앙(衞鞅), 공손앙(公孫鞅)으로 불리며 훗날 진(秦)
에서 상(商)과 어(於)의 땅에 봉해졌기에 상군(商君)
이란 존칭을 얻었다. 위(衞)의 공족(公族) 집안에서
태어나 위(魏)의 재상 공숙좌(公叔座)의 지우(知遇)
를 받았으나 그의 죽음과 함께 위(魏)를 떠나 진의
효공(재위 : 기원전 361~338년)을 모시어 '상군의
변법(變法)'으로 일컬어지는 근본적인 정치 개혁을
실행하여 진의 부강에 공헌하였다. 그러나 효공이
사망한 후 반대 세력의 반격으로 비참한 최후를 맞
이했다.

상 앙과 그 시대

상앙이 어떤 시대에 어떤 정치를 한 정치가인지 먼저 요점을 간추려서 소개해 보자.

상앙은 기원전 390년, 위(衛)나라에서 태어났기 때문에 위앙이라고도 한다. 또한 왕실의 피를 이어받았다고 하여 공손앙이라 하기도 한다. 상앙의 상(商)이란 성씨는 훗날 상과 어의 땅에 봉해졌기 때문에 얻는 것으로, 상군은 그 존칭이다.

상앙은 기원전 338년에 진(秦)에서 거열(車裂 : 죄인의 사지를 다섯 대의 수레에 묶어서 찢어버리는 혹형)이라는 극형에 처해짐으로써 52년 동안의 파란만장한 생을 마감하였다. 따라서 상앙이 활약한 시대는 자산이나 안영의 시대를 토대로 따져 보면 약 2백 년 후, 중국의 시대 구분으로 따지면 전국 시대 중기에 해당한다.

보통 중국의 전국 시대는 진(晉)이라는 중원의 강대국을 한씨(韓氏), 조씨(趙氏), 위씨(魏氏)의 세 경(중신)이 분할하여 독립한 기원전 453년부터 진(秦)의 시황제가 천하를 통일한 기원전 221년까지를 말한다

이 시대는 실력 본위의 완전한 약육강식 시대였다. 춘추 시대

에 이백 개가 넘는 나라들이 전쟁을 되풀이하면서 차츰 도태되어 결국 마지막까지 남은 주요 국가는 전한(前韓), 위, 조(趙) 이외에 북의 연, 동의 제, 남의 초, 서의 진(秦)의 7개 국에 지나지 않았다(이를 전국칠웅(戰國七雄)이라고 한다). 전국 시대에 들어서면 이 칠웅들의 피비린내 나는 쟁패전(爭覇戰)이 펼쳐진다.

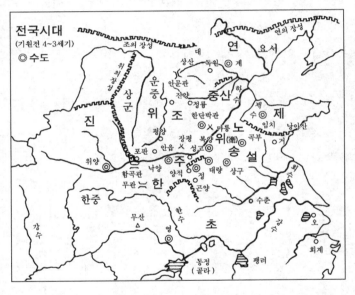

'칠웅' 중에서 먼저 두각을 드러낸 나라는 위(魏)나라이다. 위는 문후(文侯, 재위 : 기원전 445~396년)의 시대에 법가(法家)의 이리(李悝)를 재상에 기용하고, 그가 내놓은 방책에 따른

국정 개혁에 성공함으로써 전국 시대 초기의 지도자 자리를 거머쥐었다. 기원전 4세기 중엽부터 동쪽의 제(齊)와 서쪽의 진(秦), 이 양국이 대두하여 위와 더불어 국제 정세를 움직여 나갔으니, 이것이 바로 전국 시대 중기의 상황이었다.

전국 시대의 후반은 중기보다 더욱 암울했다. 제나라의 세력이 점차 쇠약해진 데 비해 진나라가 강대함을 자랑하여 서서히 다른 6개 국을 침략하고 병탄하더니 마침내 시황제의 손에서 천하를 통일하기에 이르렀다.

전국 시대 초기의 진나라는 정치나 문화 방면에서 그야말로 후진국에 해당했으며 '벽원(僻遠)'의 땅에서 고립을 면치 못했다. 그러한 진이 중기에 들어 급속도로 두각을 나타내어 시대를 움직이는 거대한 세력으로 성장할 수 있었던 까닭은 다름 아닌 상앙의 활약이 있었기 때문이다.

그렇다면 상앙은 어떤 활약을 했을까? 그는 진의 효공(孝公, 재위 : 기원전 361~338년) 아래에서 '상군의 변법'이라 일컫는 광범위하고 근원적인 정치 개혁을 단행하였고, 그 결과 "그 나라를 풍요롭게 하고 군대를 강하게 하였다(《한비자(韓非子)》〈정법편(定法篇 : 전국 시대 말기에 법치주의를 주창한 한(韓)나라의 한비(韓非)와 그 일파의 논저(論著). 이 책은 한비가 죽은 다음 전한(前漢) 중기 이전에 지금의 형태로 정리되었다고 추정된다—역주))", "군사를 동원하여 영토를 넓히고, 군사를 쉽게 하여 나라를 부유케 하니 천하에 진나라에 대항할 나라가 없다(《전국책(戰國策)》〈진책(秦策 : 중국 전한 시대의 유향(劉向)이 편찬한 책. 원저자는 알 수 없으며 주로 중국 전국 시대에 활약한 책사(策士)와 모사(謀士)들의 문장을 모은 책이다—역주))", "백성들은 공전(公戰)에 나가 용감하게 싸우고 사투를 두려워하지 않아 마을마다 치안이 잘 유지된다(《사기》〈상군열전(商君列傳))》"와 같은 평을 들을 정도로 눈부신 성공을 거두었다. 이 성공을 토대로 후진국 진나라는 일약 최강의 선진국으로 뛰어올라 훗날 시황제가 천하를 통일하는 데 밑거름을 만들었다. 이러한 극적인 정치 개혁을 달성해 낸 정치가가 바로 상앙이었다.

상앙은 사상유파의 색깔론으로 따지자면 법가에 해당된다. 그것도 법가를 대표하는 기수 중의 기수였다. 법가라고 하면 우리는 흔히 한비(韓非, ?~기원전 234년)를 떠올린다. 확실히 그의 저서로 알려진 《한비자》는 법가의 사상을 남김없이 전하고 있다. 그러나 한비는 어디까지나 학자이자 이론가이지 실행 면에서의 업적은 하나도 없다. 이에 비해 상앙은 법가 노선을 충실하게 실행하고 눈부신 실적을 올린 정치가이다. 게다가 많은 부분이 비록 후대 사람들의 손에 의해 각색되었다고는 하나 《상군서(商君書:《상자(商子)》라고도 한다. 그러나 상앙 이후의 사실까지 기술되어 있는 데다 《한비자》에도 당시에 이 책이 존재했다는 글이 나오는 점으로 보아 전국 시대 말기에 그 주요 부분이 편집되었다고 추정된다―역주)》라는 이론 면에서의 업적까지 남겼다. 《상군서》는 이론의 정교하고 치밀함에 있어서 《한비자》에 한발 뒤지기는 하나 그래도 현실에서의 성공을 토대로 한 탄탄한 윤곽을 지녔다.

법가를 말할 때 실천은 물론 이론 면에서도 상앙은 절대로 소홀히 할 수 없는 인물이다. 그런 의미에서 적어도 상앙은 한비와 나란한 법가의 대표 인물이라 할 수 있다.

공숙좌와 상앙

상앙은 위(衛)나라 왕실의 핏줄을 이어받았으나 당시 위나라는 위(魏)의 위력 아래에 있어 복양(濮陽)이라는 작은 도시 하나를 간신히 유지하는 존재에 지나지 않았다. 따라서 형명학(刑名

學 : 법가의 학문. 관리를 등용할 때 그 사람의 주장[名]과 실제 성적[刑]이 일치하느냐 아니냐를 따져 상과 벌을 정하고 등용할지를 결정해야 한다는 학설—역주)을 배운 어린 상앙은 먼저 위(魏)나라의 재상 공숙좌를 섬겼으며 중서자(中庶子)라는 낮은 벼슬자리에 앉아 있었다. 중서자란 공족을 모시는 관리이므로 학문보다도 출신 성분을 생각해서 내려준 벼슬인지도 모른다. 상앙을 장래가 촉망되는 젊은이로 인정한 공숙좌는 위왕(혜왕(惠王))에게 상앙을 추천을 할 생각이었다.

그런데 공숙좌는 그만 병으로 쓰러지고 말았다. 증상이 중하여 혜왕이 직접 병문안을 왔는데, 그 기회를 틈타 공숙좌는 상앙을 후임 재상으로 추천하였다. 이 일화에서 간접적으로 상앙의 인물됨을 알 수 있으므로 좀 더 자세히 알아보자.

혜왕은 병석이 누운 공숙좌에게 근심 어린 얼굴로 물었다.

"그대의 병이 악화되어 자리에서 일어나지 못하게 되면 장차 나랏일을 누구에게 맡겨야 한단 말이오?"

공숙좌가 말하였다.

"제가 데리고 있는 식객 중에 공손앙(상앙)이라는 자가 있습니다. 아직 젊으나 뛰어난 재능을 지닌 자입니다. 이 남자에게 모든 일을 맡기셔도 좋으리라 생각합니다."

그러나 혜왕은 가타부타 말이 없었다. 한동안 입을 열지 않더니 그대로 돌아가려고 하였다. 그러자 공숙자가 주의에 있는 사람들을 물리치더니 이렇게 말하였다.

"만약 상앙을 등용하지 않으시려거든 반드시 죽이셔야 합니다. 다른 나라로 도망가지 못하도록 주의하시기 바랍니다."

혜왕은 고개를 끄덕이고 돌아갔다. 왕이 돌아가자 공숙좌는 상앙을 불렀다.

"방금 왕께서 다음 재상으로 누구를 써야 하느냐고 물으시기에 자네를 추천했네. 대답이 없으셨는데 아무래도 찬성을 하시지 않을 듯싶네. 나로서는 신하보다는 주군을 우선할 수밖에 없네. 하여 만약 자네를 쓰지 않으시려거든 반드시 죽이라고 아뢰었다네. 왕께서 고개를 끄덕이셨으니 붙잡히지 않으려면 서둘러 도망치시게."

상앙은 이렇게 대답했다.

"그럴 일은 없을 겁니다. 왕께서 저를 등용하라는 승상의 진언을 듣지 않으셨다면 저를 죽이라는 말도 받아들이지 않으실 겁니다."

상앙은 침착한 태도를 보이며 도망치려 하지 않았다.

한편 혜왕은 공숙좌의 집을 나와 측근에게 이렇게 말했다.

"슬프게도 공숙좌의 병이 위독한 듯하구나. 국정을 공손앙에게 맡기라고 하다니, 아무래도 착란 증세가 심각한 모양이야."

그리고 마침내 공숙좌가 세상을 떴다. 상앙은 앞으로의 처신에 대해 심사숙고해야만 했다.

이 이야기에는 상앙 이외에 공숙좌와 혜왕이 등장한다. 공숙좌는 상앙의 비범한 재능을 알아보고 후임 재상으로 추천하였고 등용할 마음이 없으면 죽이라고까지 말했다. 만약 상앙이 다른 나라로 가서 다른 임금을 섬기면 반드시 위나라가 위협을 받을 것이란 뜻이다. 그러나 그는 그렇게 혹독한 진언을 한 후에 곧바로 상앙을 불러 '도망치라'고 충고하는 '정 많은 사람'이기도 했다. 어느 쪽이든 상앙의 비범함을 높이 평가했기 때문이라 하겠다.

다른 한 사람인 혜왕은 어떠한가? 젊은 인재를 등용할 의욕도 없고 공숙좌의 배려도 이해하지 못하였다. 혜왕은 이때 공숙좌의 진언을 받아들이지 않아 훗날 깊은 후회를 하게 된다.

효공(孝公)과 만나다

위나라에서 자신을 깊이 이해해 주던 공숙좌가 죽어 등용의 기회가 사라지자 상앙은 앞으로 어찌 처신할지에 대해 깊이 생각했다. 마침 위의 서쪽에 자리잡은 진(秦)나라에서는 21세의 젊은 군주 효공이 즉위하여 국정을 개혁하려던 참이었다.

진은 그 옛날, 목공(穆公, 재위 : 기원전 659~622년)의 시대에 국정을 정돈하여 영토를 확대하고 서융(西戎)의 패자로서 중원 여러 나라로부터 존중을 받았다. 목공은 이 활약으로 '춘추오패(春秋五覇)'에 들기도 하였으나 목공이 사망한 후 범군(凡君), 암군(暗君)이 그 뒤를 위어 국위를 손상시키고 말았다. 게다가 중원에서 상당히 멀리 떨어진 서쪽의 변방 옹주(雍州)에 수도를 세운 탓에 중원 여러 나라로부터 오랑캐(야만족) 취급을 받아 회맹(국제회의)에 초대되지도 못하였다. 국제 사회에서 동료라는 인정도 받지 못한 채 계속 무시당한 것이다.

나아가 전국 시대에 들어서면 동쪽의 이웃 나라인 위(魏)의 세력이 강해진다. 진은 그 압력을 그대로 받아 대폭으로 영토를 침식당하는 비참한 운명을 맞이하였다.

이 역경에 분기한 것이 효공의 선왕인 헌공(獻公, 재위 : 기원전 384~362년)이다. 헌공은 내정을 바로 세우고자 노력을 아끼지 않았고 그 말년에는 숙적인 위나라와 세 번 싸워 세 번 모두 승리를 거두는 눈부신 전과(戰果)를 올렸으나 재위 24년에 뜻을 이루지 못하고 숨을 거두었다.

젊고 영민한 군주 효공은 아버지 헌공의 유지를 받들어 진나라의 맹위를 떨치겠노라고 정열을 불태웠다. 효공은 먼저 인재 등용이 선결이라고 여기고 나라 안에 다음과 같은 포고를 내렸다.

"옛날 우리의 선왕이신 목공께서는 기산(岐山), 옹주 부근에 나라를 세우시고 덕을 쌓아 무력을 충실하게 하셨다. 그 결과 동쪽으로는 진의 내란을 가라앉혀 국경을 용문강에까지 확대하셨고, 서로는 융(戎)과 적(狄)을 귀속시키셨다. 이렇게 영토를 천리 밖까지 확대하였으니 그 업적을 높이 사 천자에서 패자로 인정받아 제후는 빠짐없이 축하의 뜻을 표하였다. 이에 후세를 위해 나라의 기초를 쌓으셨으나 그 위업에도 불구하고 여공(여公), 조공(躁公), 간공(簡公), 출공(出公)으로 대를 이어감에 따라 나라 안의 혼란이 계속되어 나라 밖을 정벌할 여력이 없었다. 그러나 삼진(三晉)에게 우리 선군께서 물려주신 하서(河西)의 땅을 빼앗겨 제후에게 모욕을 받았으니 이런 치욕이 또 어디 있겠는가. 그 후 헌공께서 즉위하시어 변경에서 난리를 일으킨 야만족을 진정시키고 목공의 치세를 재현하려 하셨으니, 이 헌공의 뜻을 생각하면 나는 지금도 마음이 아파 어찌할 바를 모르겠다. 이에 빈객을 비롯한 군신에게 고한다. 기묘한 꾀를 내어 우리 진을 강대하게 하는 자에게는 높은 관직과 영토를 하사하겠노라."

이것이 그 유명한 '초현령(招賢令)'이다.

위나라에서 이 포고령을 전해 들은 상앙은 서둘러 진나라로 건너가 효공의 측근인 경감(景監)이란 자의 소개로 왕을 알현하고 싶다는 뜻을 전했다.

상앙은 다행히도 효공의 알현을 허락받아 자신의 포부를 개진하였는데, 이것이 그리 간단하게 받아들여지지는 않았다. 효공의 마음을 휘어잡을 때까지 상앙은 세 번이나 알현해야만 했다.

먼저 첫 번째 알현했을 때의 일이다. 상앙의 의논이 좀 길어지는 듯하여 효공은 거의 졸면서 들었다. 상앙이 물러나자 효공은 상앙을 소개한 경감을 나무랐다.

"자네가 소개한 이는 지껄이길 좋아하는구려. 저런 이를 어디에 쓰겠소?"

경감은 어찌하여 일을 이 지경으로 만드느냐고 상앙을 책망했다. 그러자 상앙은 이렇게 대답했다.

"저는 제왕이 걸어야 할 길을 설명하였는데 왕께서 깨닫지 못한 듯하옵니다."

그런데 닷새가 지난 후 효공은 다시 상앙을 만나고 싶다 하였고 이리하여 두 번째 접견을 맞이하였다.

이때 상앙은 열을 다하여 설명을 했다. 그러나 이번에도 효공의 동의를 얻어내지는 못하였다. 전번과 마찬가지로 상앙이 물러나자 효공이 경감을 힐책했고, 경감은 다시 상앙을 책망했다. 상앙은 이렇게 대답했다.

"저는 왕이 가야 할 길을 설명했으나 왕께서 이해하지 못하셨습니다. 한 번 더 알현하게 해주십시오."

이리하여 세 번째로 알현하게 되었다. 이번에는 효공이 상앙의 이야기를 마음에 들어 했으나 아직 그를 등용하겠다는 말은 하지 않았다. 그러나 상앙이 퇴출하자 효공은 경감에게 말했다.

"다시 보았소. 그대가 소개한 이는 말을 꽤 잘하더군."

상앙은 경감에게 말했다.

"이번에는 패자의 도리를 말하였는데 상당히 마음에 들어 하시는 눈치였습니다. 부디 다시 한 번 만나게 해주십시오. 왕의 생각을 이제 알았으니."

결국 네 번째로 알현했을 때 효공은 저도 모르게 이야기에 열중하였다. 담화는 수일에 걸쳐 계속되었으나 효공은 전혀 지루

해하지 않았다. 이를 이상하게 여긴 경감이 상앙에게 물었다.

"주군께서 매우 기뻐하신 듯한데 도대체 어떻게 하여 우리 주군의 마음을 사로잡았소?"

상앙이 대답하기를,

"저는 처음에 제왕의 도(道)를 시행하면 하(夏), 은(殷), 주(周)의 태평성대에 비길 만한 업적을 이룩할 수 있다고 설명하였습니다. 그러나 왕께서는 '그것을 이룩하는 데 너무 오랜 시일이 걸려 결과를 기다리기 어렵다. 당대에 이름을 천하에 알려야 명군(名君)이라 할 수 있거늘 제왕이니 왕이니 하여 몇십 년, 몇백 년을 기다려야 한단 말인가?' 하고 받아들이지 않으셨습니다. 그리하여 그 다음에는 부국강병의 방책을 진언하였는데 왕께서는 기뻐하시며 귀를 기울이셨습니다. 단순히 부국강병만 원해서는 은이나 주의 덕에 비할 바가 아니옵니다만."

이것이 《사기》에 나온 두 사람의 접견 모습인데 잘 생각해 보면 조금 기묘한 느낌이 든다. '형명학'을 공부한 상앙이 진심으로 제왕의 길이나 왕의 길을 설명할 리가 없기 때문이다. "효공을 섬기고자 제왕의 길, 왕의 길을 설명한 것은 마음에도 없는 이야기일 뿐 그 본질이 아니다"라고 사마천도 평가하였듯이, 이는 아무래도 상앙의 작전으로 보인다. 그리고 이 작전은 그대로

적중하여 상앙은 효공의 깊은 신뢰를 얻어냈고 마침내 국정을
일임받아 근본적인 개혁에 착수하였다.

어전회의(御前會議)

'상군의 변법' 이라 일컫는 상앙의 개혁은 사실 정치, 경제, 사
회, 문화의 각종 방면에 걸친 광범위하고 심각한 '혁명' 이었다.
그 목적은 중앙 집권 체제의 확립에 따른 부국강병이었으며, 그
내용을 살펴보아도 농본주의와 법치주의를 두 기둥으로 삼고 있
다. 자세한 사항은 뒤에서 다시 언급하겠으나 어쨌든 이에 따라
가장 타격을 받은 이는 사실상 나라의 정치를 담당하던 경과 대
부였다.

효공은 상앙의 주장을 지지하였으나 막상 실행에 옮길 때는
그리 쉽게 결단을 내리지 못하였다. 어느 날, 효공은 중신들을
모아놓고 이 변법에 시행에 대해 의견을 나누었다.

먼저 도화선에 불을 붙인 사람은 상앙이었다.

"무슨 일을 시작할 때 의심부터 하면 그 일을 결코 성공시킬

수 없습니다. 남보다 뛰어난 행동을 하는 사람은 본래 세상의 비난을 받기 마련이고, 홀로 지혜를 지닌 사람은 백성의 경멸을 받는 법입니다. 또한 우매한 사람은 일의 성과가 어떻게 될지 예측하지 못하며, 지혜로운 사람은 일의 징조가 나타나기 전에 앞날을 예견합니다. 백성은 함께 일을 계획할 수는 없으나 함께 일의 성과를 즐길 수는 있습니다. 지고한 덕을 지닌 사람은 속설을 따르지 아니하고, 큰 공을 이루는 사람은 여러 사람과 모의하여 일을 결정하지 않습니다. 무릇 성인이란 진실로 나라를 부강하게 할 수 있는 일이면 법에 어긋나도 시행하고, 백성을 이롭게 할 수 있는 일이면 예에 어긋나도 실천하는 법입니다."

상앙의 이 같은 말을 들은 효공은 마치 자기 뜻과 일치한다는 듯이 고개를 끄덕였다.

이때 감룡(甘龍)이라는 중신이 나서서 반론을 제기하였다.

"아닙니다, 그렇지 않습니다. 관습을 바꾸지 않고도 백성을 잘 이끄는 자가 성인이며, 법을 고치지 않고도 훌륭한 정치를 펴는 자가 지혜로운 자입니다. 관습에 따라 백성을 다스리면 도리에서 벗어나지도 않을 뿐 아니라 효과까지 있습니다. 마찬가지로 기존의 법에 따라 나라를 다스리면 실무를 행하는 관리가 이미 그 법에 익숙한 상태인지라 백성도 안심하고 따를 수 있습니다."

상앙이 이에 반박하였다.

"감룡의 의견은 너무 통속적입니다. 범인(凡人)은 옛 관습에 안주하려 하고 학자(學者)는 지식에만 만족하려 합니다. 이 양쪽은 기존의 법은 지킬 수는 있겠으나 단지 그뿐입니다. 정해진 법 이외에는 달리 눈을 돌리려고 하지 않지요. 자고로 예와 법은 그 형태가 한 가지가 아닙니다. 하(夏), 은, 주의 3대는 예의 형태가 각기 달랐으나 모두 왕자(王者)가 되었고, 춘추오패는 서로 다른 법을 토대로 패자가 되었습니다. 즉, 어느 시대에서나 지혜로운 자가 법을 만들고 어리석은 자가 그 법을 따르는 법입니다. 또한 현명한 자가 예를 새롭게 하고 불초자가 그에 속박당합니다."

그러자 이번에는 두지(杜摯)라는 중신이 반대를 하였다.

"도구를 쓸 때도 그 효용이 열 배 정도 차이 나지 않는 이상은 쉽게 바꾸지 않는 법입니다. 하찮은 도구가 그러할진대 나라의 법은 그 이익이 백 배는 되어야 비로소 바꿀 수 있습니다. 어떠한 일이든 지금까지 내려온 예에 따라 처리하면 그릇됨이 없으리라 생각합니다."

상앙은 이 말을 듣고 단호한 태도로 반박하였다.

"정치를 하는 방법은 한 가지가 아닙니다. 국가에 이익이 된다면 이를 마다하지 말고 반드시 바꾸어야 합니다. 예컨대, 탕왕(湯

王), 무왕(武王)은 전해 내려오는 도를 따르지 않고도 왕의 자리에 올랐고, 하의 걸왕(桀王)와 은의 주왕(紂王)은 전해 내려오는 예를 바꾸지 않았는데도 멸망하였습니다. 그러므로 관습에 어긋난다 하여 꼭 비난해야 할 것은 아닙니다. 또한 전해 내려오는 예를 따른다고 하여 꼭 칭찬할 일도 아닌 줄 압니다."

이 어전회의에서 반대파는 상앙의 앞에서 완전히 패하였다. 효공은 상앙을 좌서장(左庶長)이라는 요직에 발탁하여 국정을 개혁하라고 명을 내렸다. 효공 6년(기원전 356년)의 일이다.

상군의 변법

'상군의 변법'은 제1차와 제2차로 나뉘어 시행되었다. 기원전 356년에 시행된 제1차 변법의 주요 내용은 다음과 같다.

一. 호적을 작성하고 다섯 가구를 오(伍)로 묶고 열 가구를 십(什)으로 묶어 백성끼리 서로 감시하고 고발하게 하는 연좌제(緣坐制)를 마련하였다. 즉, 상대방이 죄인인 줄 알면서도 고발하지 않는 자는 요참(腰斬 : 죄인의 허리를 베어 죽이는 형벌—역주)의 형벌에 처하고, 고발한 자에게는 적의 수급(首級)을 받친 것과 동등한 상을 내렸다. 또한 범죄자를 숨겨준 집이 있으면 그 집이 속한 '십오(什伍)'를 연좌하여 적에게 항복한 행동과 맞먹는 형벌을 가하였다. 또한 여관에 숙박할 때는 증명서를 휴대하도록 하였다. 이러한 연좌제를 시행한 목적은 나라 곳곳에 중앙 정부의 위령(威令)을 관철하고 중앙 집권 체제의 확립을 꾀하기 위해서였다.

二. 한 집에 성년 남자가 두 명 이상 있을 때는 반드시 분가하여 독립하게 하였고, 분가하지 않으면 세금을 두 배로 물렸다. 이 제도의 목적은 인구의 증가와 생산력의 향상에 있었다. 인구가 희박하여 생산력이 낮은 후진국 진나라를 부강하게 하기 위해서는 이 방법도 적절한 대책이었다고 할 수 있다.

三. 전공(戰功)을 세운 자에게는 그 정도에 따라 작위(爵位)를 주었고, 적의 수급을 베어 온 자에게는 작일급(爵一級), 관위(官位)를 바라는 자에게는 오십석(五十石)의 관(官)을 주고, 이하 그에 준하는 상금을 내렸다. 또한 사사로이 싸울 때는 그 정도에 따라 형벌을 과하였다. 이 제도의 목적은 작위와 관위를 전공에 연결시키고 사사로운 싸움을 금지함에 따라 백성의 힘을 적과 싸우는 데 쓰게 하여 강병(强兵)의 열매를 맺게 하는 데 있었다.

四. 농경과 직물을 장려하고, 곡물과 옷감을 많이 상납하는 자는 부역(賦役)을 면제해 주었다. 한편, 상업 등의 말업(末業)에 종사하기를 원하는 자, 게으른 탓에 가난한 자는 처자식을 모두 관(官)에서 몰수하여 노비로 부렸다. 이 제도의 목적은 어디까지 농업의 장려에 있었다.

五. 공족이나 귀족과 같은 명문 집안이라 해도 전공이 없는 자는 심사하여 그 신분을 박탈하였다. 작위의 등급은 모두 전공에 따라 규정하였고, 그 등급에 따라 전지(田地), 가옥의 넓이, 가신과 노비의 수, 의복 등도 단계적으로 결정하였다. 이는 경, 대부의 세습 특권을 박탈하고, 전공을 기준으로 한 새로운 등급 제도를 확립하기 위해서였다.

六. 시서(詩書)를 불태워 없애고 법령을 사회 규범의 핵심으로 삼아 중시하였다. 떠돌아다니면서 설교하는 일을 금하였고 '경전지사(耕戰之士)'를 존중하였다. '경전지사'란 농경과 전투에 종사하는 백성을 말한다.

'상군의 변법'은 이뿐만이 아니었다. 철저히 개혁하고자 6년
후인 기원전 350년에 제2차 변법을 시행하였다. 그 내용은 다음
과 같다.

一. 옹주에서 위양으로 천도하여 대규모 궁전을 세웠다. 이는
   종래의 옹주가 너무 비좁은 탓도 있었으나 동시에 인심을
   새롭게 하려는 목적도 있었다.
二. 향(鄕), 읍(邑), 취(聚 : 촌락) 등의 지방 단위를 통합하여 현
   제(縣制)를 선포하고, 합계 41현을 설치하여 현마다 령
   (令 : 현지사), 승(丞 : 부지사)을 두고 이들을 중앙 정부에
   서 임명하였다. 그때까지 향, 읍 등의 지방 단위는 각각
   경, 대부가 차지하여 자기들 마음대로 다스렸다. 그 틀을
   부수고 중앙 정부의 위령을 관철하는 데 이 제도의 목적이
   있었다.
三. 농지 개혁을 단행하고, 정전제(井田制)를 폐지하여 원전제
   (轅田制)를 채용하였다. 정전제는 주대(周代)의 제도로, 사
   방 1리의 토지를 '정(井)' 자로 아홉 등분하여 그 경계에
   논두렁을 만들었다. 한가운데의 한 구획만 공전(公田)으로

삼아 수확물을 왕후에게 헌납하고, 주위의 여러 구회는 전부 경과 대부가 영유하여 각각의 구획을 한 가족의 노비에게 경작하게 하면서 수확물 역시 모두 경과 대부가 소유하였다. 이에 비해 원전제는 자유롭게 사고팔 수 있는 토지제도였다. 따라서 '결렬천맥(決裂阡陌 : '논두렁을 무너뜨리다' 라는 뜻《전국책》)' 하여 정전제를 폐지한 이 농지 개혁은 농업 생산력의 향상을 꾀하면서 자작농인 '경전지사' 를 육성하는 데 목적이 있었다. 이에 따라 종래의 경, 대부에 예속된 노비도 생산, 전공, 죄인의 고발과 같은 공적에 따라 그 신분이 풀리면서 '서민' 으로 거듭날 길이 주어졌다.

四. 전국적인 규모로 도량형을 통일하였다. 이 역시 중앙 집권 체제 확립의 일환으로 실시되었다.

五. 융적(서쪽의 야만족)의 풍속을 완전히 제거하고자 부자형제의 동실거주(同室居住)를 금지하였다.

이상이 전후 2회에 걸쳐 실시된 '상군의 변법' 이다. 경, 대부의 세습 특권을 박탈하고 농경과 전공을 장려하여 '경전지사' 의 육성을 꾀하며 중앙 집권 체제의 확립을 노린다는 데 그 목적이 있다.

신상필벌

信賞必罰. 공이 있는 자에게는 반드시 상을 주고, 죄가 있는 사람에게는 반드시 벌을 준다는 뜻으로, 상과 벌을 공정하고 엄중하게 하는 일을 이르는 말—역주

'상군의 변법'은 마침내 법령(法令)의 형태로 포고될 준비를 끝마쳤다. 그러나 상앙은 상당한 불안감에 휩싸였다. 과연 백성들이 이 법령을 잘 따라줄까? 백성들이 이 법령을 잘 따르게 하려면 무엇보다도 먼저 그들의 신뢰를 얻어야 한다. 공을 세운 자에게는 상을 주고 죄를 범한 자에게는 벌을 내린다는 이 기본이 정부의 공약대로 확실하게 실행된다는 사실을 백성들에게 보여주어야 했다.

상앙은 한 가지 꾀를 생각해 냈다. 하인에게 명을 내려 높이가 삼 장(三丈)에 달하는 나무를 도읍지의 남쪽 문 옆에 세우게 하고, "이를 북문으로 옮기는 자에게는 천 금을 하사하겠노라" 하

고 포고하였다.

순식간에 구경꾼들이 모여들었으나 누구 하나 믿는 이가 없었다.

그리하여 이번에는 "옮긴 자에게는 5천 금을 하사하노라"라고 하고 상금을 다섯 배로 늘렸다. 그러자 한 남자가 반신반의하며 이를 북문에 옮겼다. 상앙은 수많은 구경꾼들이 둘러싸인 곳에서 그 남자에게 5천금을 주어 포고에 거짓이 없음을 알렸다. "백성들의 신뢰를 얻지 못하면 나라가 설 수 없다 (《논어》)"는 정치의 요체를 표현한 말도 있는데, 상앙은 불과 5천금으로 '신'(信 : 허위가 없음)을 얻은 셈이다.

이리하여 '변법'이 잇달아 포고되었다. 그러나 막상 법이 시행되자 백성들 사이에서 불평불만이 속출하였고 불과 1년 만에 신법의 불합리성을 호소하는 자가 수천 명에 달하였다고 한다. 그 대부분이 개혁으로 불이익을 당한 자, 즉 특권 계급과 그 대변인들이었음이 분명하다.

때때로 신법을 집행하는 중간에 중대한 시련이 닥치기도 하였다. 태자(太子)가 사형 판결을 받은 공족 한 사람을 감싸준 것이다. 범인을 감싼 자는 범인과 동죄(同罪)로 여기는 신법에 비추어보면 태자도 사형을 피할 수 없었다. 상앙은 처음에 "백성이 법을 지키지 않는 까닭은 윗사람이 이를 범하였기 때문이다"라고 말하며 태자를 법에 따라 처리하려고 했으나 차마 왕위를 계승할 태자를 죽일 수는 없었다. 결국 상앙은 효공과 상의하여 태자의 시종장(侍從長)인 공자건(公子虔)에게 코를 깎는 형벌을 대신 받게 하였고, 태자의 교육을 담당한 공손가(公孫賈)에게 문신을 새기는 형벌을 가하였다.

공자건이나 공손가는 모두 명문 귀족(대부) 출신이었다. "대부 이상에게는 형을 가하지 않는다(《예기(禮記 : 유가의 경전이자 오경(五經)의 하나로, 《주례(周禮)》, 《의례(儀禮)》와 함께 삼례(三禮)라고 한다. 《의례》가 예의 경문(經文)이라면 《예기》는 그 설명서에 해당한다 — 역주)》)", 즉 형벌은 일반 서민에게만 적용하지 대부에게는 적용하지 않는다는 전통 규범이 이로써 일거에 무너지고 말았다. 법 앞에는 귀족도 서민도 없다는 '법가'의 진면목이 확실하게 나타난 셈이다.

이 사건을 계기로 나라 안의 모든 이가 법에 복종하게 되었다. 이렇게 십 년의 세월이 흐르자 진나라는 몰라볼 정도로 안정되었고, 처음에는 신법에 불만을 부르짖던 무리도 손바닥을 뒤집듯이 신법을 예찬하기에 이르렀다. 상앙은 이러한 무리에 대해서도 "그들은 세상을 어지럽힌 백성이다"라며 일일이 변경으로 이주하게 하였다고 한다.

그 이후로는 법에 가타부타 말을 다는 사람이 완전히 사라졌다.

상앙은 이렇게 법 집행에 대해서는 가혹할 정도로 엄격하였다. 그것이 즉 '법가'라 불리는 사람들의 특징인데, 상앙은 그 전형적인 인물이었다. 《사기》의 작자 사마천이 상앙을 일러 "그 천성이 각박하고 인정이 적다"고 평하였는데, 지금 살펴본 이런 냉정함 때문에 그러한 평가를 내렸을 것이다. 그러나 사실 이렇게 엄격했기에 '변법'을 성공시켜 진을 부강하게 키울 수 있었다고 말할 수 있다.

전략사상(戰略思想)

전국 시대라는 전대미문의 격동기에 근본적인 정치 개혁을 성공시킨 상앙은 중국의 3천 년 역사 속에서도 초일류의 혁명 정치가였으나 그 반면에 전략사상가로서의 모습은 그다지 알려지지 않았다. 그러나 그는 전쟁 지도자로서도 뛰어난 점을 지녔다.

상앙의 전쟁관은 기본적으로 정치 우위의 사상에 근거를 두었고, 전략사상에도 그 관점이 녹아 있다. 아래에 《상군서》 안에서 그의 전략사상을 가장 잘 나타냈다고 보이는 〈전법편(戰法篇)〉을 소개하기로 하겠다.

전쟁 계획을 짤 때는 반드시 정치상의 승리를 목표로 해야 한다. 정치상 승리하지 못하면 백성은 서로 다투게 된다. 서로 다투지 않으면 백성은 자기 개인의 주장을 펴지 않고, 군주의 뜻을 자기 뜻처럼 생각하여 행동한다. 그러므로 왕의 정치란 백성으로 하여금 사사로운 싸움을 하지 않도록 하고 대신 나라끼리의 싸움에서는 용감하게 맞서도록 한다. 그렇게 하면 백성은 어떤 강적을 만나더라도 죽음을 두려워하지 않고 있는 힘을 다해 싸운다.

적이 완전히 패해도 추격해서는 안 된다. 옛 병법서에도 '큰 승리를 거두었어도 십 리 이상 추격하지 말고, 작은 승리를 거두었어도 오 리 이상 추격하지 말라' 고 하였다.

군사를 동원할 때는 적의 힘을 먼저 헤아려야 한다. 정치가 적만 못하면 싸워서는 안 된다. 식량의 비축이 적만 못하면 지구전을 펴서는 안 된다. 군사의 수가 적만 못하면 먼저 진공해서는 안 된다. 모든 점에서 적보다 나을 때만 일거에 쳐야 한다. 용병의 원칙은 신중함에 있다. 적의 상황을 연구하고 병력의 과다를 간파하면 싸우기 전에 이미 승패의 귀추를 알 수 있다.

왕이 된 자의 군대는 승리하여도 교만하지 않고 패하여도 원망하지 않는다. 승리하여 교만하지 않는 까닭은 전술이 뛰어남을 알기 때문이다. 패하여도 원망하지 않는 까닭은 패한 원인을 잘 알기 때문이다.

만약 적과 아군의 군사력이 필적하다면 승패는 지휘관의 능력에 달려 있다. 만약 정부가 작전 계획을 통일하여 책정하였다면 지휘관의 능력에 상관없이 승리를 거머쥘 수 있다. 정부가 백성을 제압하는 방법을 오랫동안 장악할 수 있다면 나라는 반드시 강해지고 왕의 위업을 달성할 수 있다. 백성이 군주의 명령에 복종하면 나라는 부강해지고 군대는 천하무적이 된다. 이를 지속할 수 있으면 반드시 왕의 위업을 달성할 수 있다.

전략상의 실패란 상대방의 유인 작전에 넘어가 적진 깊이 공격해 들어가는 것이다. 이렇게 하면 적이 아군의 등을 막고 옆구리를 찌른다. 병사는 피곤해 지치고 굶주림과 갈증에 고통스러워하며 질병에 걸린다. 이는 패하는 길이다. 그러므로 지휘관은 병사를 장악할 때 좋은 말에 오를 때와 마찬가지로 그 능력을 충분히 발휘하게 해야 한다.

상 앙의 병법

'변법'을 실행한 지 15년이 흐르자 진나라는 몰라볼 정도로 강대해졌다. 생활은 안정되었고 사람들은 사사로이 다투는 대신 용감하게 나라를 위한 싸움에 힘을 기울였다.

그 무렵(기원전 343년), 숙적 위(魏)나라는 군사 손빈이 이끄는 제(齊)나라의 군대에 대패하여(마룽(馬陵)의 전투) 큰 손상을 입었다.

상앙은 그 이듬해(기원전 342년)에 효공에게 '때가 왔다'고 진언하였다.

"위(魏)나라는 뱃속의 종양과 같은 존재입니다. 이기거나 지거나, 길은 둘 중 하나입니다. 위는 서쪽에 험준한 산들을 끼고 안읍(安邑)에 수도를 두었으며 우리나라와 황하(黃河)를 경계로 인접하여 중원의 부를 독점하고 있습니다. 또한 유리하다 싶으면 우리나라를 공격하고, 불리하다 싶으면 동쪽으로 창끝을 겨눕니다. 현재, 주군의 위광에 힘입어 우리나라는 융성하였으나 위는 제나라와 벌인 싸움에서 대패하여 제후의 업신여김을 받고 있습니다. 위를 치시려거든 지금이 적기입니다. 위는 반드시 우리나라의 공격을 막아내지 못하고 동쪽으로 수도를 옮길 겁니다. 그러면 우리나라는 천연의 산하를 요해처로 두고 동방의 제후를 제압할 수 있으니 이것이야말로 제왕의 업적이라고 할 수 있습니다."

효공은 이 말에 긍정의 뜻을 표하고 상앙을 장군으로 임명하여 위나라를 공격하게 하였다. 상앙은 15년간 한결같이 키워온 '경전지사'를 이끌고 용감무쌍하게 출진하였다. 위나라는 공자앙(公子卬)을 장군으로 내세워 전쟁에 임하였다.

진나라 군대는 자신감에 넘치는 최강의 병사들이었다. 이에 비해 위나라 군사는 그 지난해에 제(齊)나라에 패한 데다 되풀이되는 싸움에 지쳐 제대로 투지를 찾아볼 수 없었다. 그러나 "용병의 원칙은 모름지기 신중을 기하는 데 있다"고 인식한 상앙은 돌다리도 두드려 보고 건넌다는 신중한 태도로 일관하였다.

양쪽 군대가 대치하고 있는 상황에서 상앙은 한 가지 꾀를 생각해 내고 예부터 알고 지내던 공자앙에게 친서를 보내 이런 뜻을 전하였다.

"나는 일찍이 위나라에서 그대와 친하게 사귀었소. 그러나 지금은 어떠하오? 서로 적이 되어 공격하는 처지니 옛일을 생각하면 슬픔이 밀려온다오. 아무쪼록 직접 만나 평화의 맹세를 주고받고, 서로 기분 좋게 병사를 물리는 편이 어떻겠소? 그리한다면 귀국도 우리나라도 모두 안녕과 태평을 지킬 수 있으리라 생각하오."

공자앙은 이 꾐에 빠져 회맹한 후 술자리를 벌였다. 그런데 상앙은 그 자리에 무장한 병사들을 몰래 숨겨두고 공자앙을 습격하여 체포해 버렸다. 위나라 군대는 대장을 잃어 전의를 상실하였고 상앙은 큰 어려움 없이 이들을 격파하여 귀국 길에 올랐다.

사실 이 싸움에서 상앙은 공자앙에게 사기를 친 것이나 진배없다. 사마천도 "위나라의 장수 공자앙을 기만하였다(《사기》)"며 상앙의 '각박함'을 증명하는 소재로 삼았을 정도다.

그러나 이 말은 어쩐지 다른 목적이 있어 일부러 하는 비난이란 느낌이 든다. '비정(非情)'은 병가(兵家)에서 늘 있는 일이며 '속이는 일[欺]'은 작전의 한 가지이기 때문이다. 99% 이길 수 있는 상대방에게 일부러 '속임수'를 써서 완벽하고 안전한 승리를 노렸다는 점에서 오히려 '상앙의 병법'의 진면목을 확인할 수 있다.

이 전투의 후일담인데, 위나라는 제나라에 패한 후에 다시 진

(秦)나라에 패하여 국력이 완전히 땅에 떨어지고 말았다. 공포에 떤 위나라 혜왕(惠王)은 진(秦)에 사자를 보내어 일전에 진에서 빼앗은 하서(河西)의 땅을 반환한다는 조건으로 화의를 청하였다. 이리하여 진나라의 압력에 놀란 위나라는 마침내 수도인 안읍을 버리고 대량(大梁)으로 천도하는 지경에 처하였다.

혜왕은 절실히 후회했다고 한다.

"그때 공숙좌의 말을 듣지 않은 것이 천추의 한이로구나!"

상앙의 최후

위 군을 일축하고 수도 함양(咸陽)으로 개선한 상앙은 그 공을 인정받아 상과 어의 땅에 봉해졌다. 약 10년 전, 대량조(大良造 : 재상)에 임명되어 국정의 실권을 일임받은 그는 또 한 번 명예로운 칭호를 얻어 그야말로 명성을 날리게 되었다.

그러나 '차면 기우는' 것이 세상의 이치다.

3년 후인 기원전 338년, 효공이 병을 얻어 45세의 나이로 눈을 감았고, 결국 상앙이 실각하는 원인이 되었다. 상앙에게는 적이 많았다. 특히 '변법'의 시행으로 특권을 박탈당하여 숨을 죽이고 살아온 공족이나 외척 중에는 상앙을 원수 대하듯 하는 이가 적지 않았다. 상앙으로서는 효공의 흔들리지 않는 신뢰만이 방패막이였건만 그런 효공이 세상을 떠났으니 상앙의 운명은 바람 앞의 등불과 같은 신세였다.

사실 이때 상앙이 안전을 도모하는 데는 두 가지 길이 있었다.

하나는 효공의 후임자로서 진나라의 왕위를 잇는 길이었다. 일단 왕위에 오르기만 하면 신하의 책략을 막는 일 정도는 식은 죽 먹기다. 일설에 따르면 효공 스스로 상앙에게 진의 왕위를 양보하려는 뜻을 비쳤다고 한다. 그러나 웬일인지 상앙은 이를 거절하였다. "효공이 병석에 누워 일어날 수 없게 되자 상군(商君)에게 왕위를 넘기려고 하였다. 그러나 사절하였다(《전국책》)."

다른 한 가지는 모든 것을 버리고 은퇴하는 길이었다.

《사기》에는 상앙이 최고의 권력을 휘두르던 이 시기에 조량(趙良)이라는 인물이 등장하여 "덕을 따르는 자는 영화를 누리고, 힘을 따르는 자는 멸망한다"는 말을 인용하며 은퇴를 권했다는 이야기가 나온다. 그러나 상앙은 이 권고에 귀를 기울이지 않았다.

마침내 효공의 뒤를 이어 태자가 왕위에 올랐다. 이 사람이 혜왕(惠王)이다. 공자건(公子虔)의 일파는 곧바로 상앙이 모반을 꾀하고 있다고 밀고하였다. 혜왕도 태자 시절에 상앙에게 호되게 당한 적이 있었으므로 얼씨구나 하고 경리(警吏)에게 명을 내려 체포하게 하였다.

상앙은 하는 수 없이 국외로 탈출을 꾀하였다. 간신히 국경인 함곡관(函谷關)에 다다라 여룡옥(旅龍屋)이란 여관에 묵게 되었다. 한데 여관 주인은 그가 상앙이란 사실을 알 까닭이 없었다.

"상앙님이 정하신 법률에 따라 증명서가 없는 분은 묵을 수가 없습니다. 만약 묵게 해드리면 저도 죄를 뒤집어쓰니."

주인은 이렇게 말하며 상앙을 받아주지 않았다. 상앙은 저도 모르게 탄식을 하였다.

"아아, 내가 만든 법에 내가 걸려들었구나! 법의 폐해가 이리도 큰지 몰랐구나."

상앙은 뜻을 정하고 위나라로 도망치려고 하였다. 그러나 위나라 사람들은 그가 공자앙을 속여 위나라 군사를 무찌른 일을 잊지 않았기 때문에 받아들이려 하지 않았다. 그뿐 아니라 상앙이 다른 나라로 도망치려 하자, "진나라는 강대국이다. 그런 진나라의 국적(國賊)을 송환하지 않으면 미움을 사게 된다"며 그를 진나라로 돌려보냈다. 상앙은 진나라에 들어서자 영지인 상(商)

으로 도망쳐 자신의 일족과 상의 군대를 이끌고 정(鄭)나라로 가고자 했다. 그러나 그 소식을 들은 진나라는 군대를 일으켜 상앙을 추격하였고 마침내 상앙은 정나라의 민지(澠池)에서 살해당하였다.

혜왕은 사람들에게 본을 보이고자 상앙의 사체를 거열(車裂 : 사람의 팔과 다리를 각각 다른 수레에 묶고, 그 수레를 반대 방향으로 끌어서 찢어 죽이는 형벌—역주)에 처하고 이렇게 포고하였다.

"모반을 꾀한 자의 말로를 보라."

상앙의 일족 역시 모두 살해되었다. 한 세대를 풍미한 혁명가는 이렇게 생을 마감하였다.

혜왕은 상앙을 희생양으로 삼았으나 상앙이 시행한 개혁노선은 그대로 답습하여 하나도 고치지 않았다. 이에 진나라는 이후에도 계속해서 부강의 길을 걸어 백 년 후, 시황제의 손에서 천하 통일을 이루었다. 시황제의 위업도 그 근원을 따라 올라가면 상앙이라는 불행한 선구자의 활약이 밑바탕에 깔려 있다고 할 수 있다.

(《전국책》, 《사기》, 《상군서》)

『맹상군』

맹상군(?~기원전 279년)
성은 전(田), 이름은 문(文). 아버지인 정곽군(靖郭
君) 전영(田嬰)은 제나라 위왕(威王)의 막내 아들. 아
버지가 사망한 후 영지인 설(薛)을 물려받아 식객
수천 명을 거느림에 따라 그 명성이 제후에게 알려
졌다. 제나라 민왕(湣王, 재위 : 기원전 300~284
년)의 재상이 되어 초대를 받아 진나라로 가던 중에
위기에 처했으나 '계명구도(鷄鳴狗盜)'로 탈출하였
다. 다시 한 번 제나라의 재상이 되었으나 민왕과
마음이 맞지 않아 위(魏)로 건너가 재상이 된다. 말
년에는 자립하였고 설에서 세상을 떴다.

전국(戰國)의 사군(四君)

　전국 시대 말기, 서력으로 말하면 기원전 3세기 전반에 해당되는 이 시기에 살벌한 시대상을 화려하게 채색한 자들이 있었으니 바로 '전국 시대의 사군' 이라 부르는 정치가 네 명이었다. 제나라의 맹상군, 조(趙)나라의 평원군(平原君), 초나라의 춘신군(春申君), 위(魏)나라의 신릉군(信陵君)이 바로 그들이다.

　이 시대는 '상군의 변법' 에 의해 강대국의 대열에 오른 제나라가 동방의 6개 국에 대해 서서히 압력을 가하기 시작한 시기에 해당한다. 맹상군을 비롯한 '전국의 사군' 은 이러한 시대 정황 속에서 각 나라의 재상, 장군에 임명되어 국정을 이끌어 나갔다. 그 국제적 명망이나 지명도는 왕을 웃돌 지경이었다.

　한대(漢代)의 유자(儒者) 가의(賈誼)는 자신의 저서《과진론(過秦論 : 가의는 진나라 멸망의 원인을 분석하여 한 왕조에 귀감을 제공하고자 이 책을 지었으며, 날카로운 필치와 논리 정연한 명문으로 알려졌다. 가혹한 형벌과 법률이 나라를 다스리는 기본이 아님을 강조하였다─역주)》에서 이렇게 말하였다.

　"(진은) 효공이 사망한 이후에도 혜왕, 무왕(武王)이 그 위업을 이어받아 남으로는 한중(漢中)을 합병하고, 서로는 파촉(巴

蜀)을 공략하였으며, 동으로 비옥한 땅을 탈취하고, 북으로는 요
해처를 수중에 넣었다. 그러자 동방의 제후는 이를 두려워하여
회맹을 열고 진의 약체화를 꾀하자고 합의했다. 또한 진기(珍
器), 중옥(重玉)의 땅을 아낌없이 내주어 천하의 인재를 불러 모
아 동맹을 맺어 진나라에 대항하였다. 이때 제(齊)나라에 맹상
군, 조나라에 평원군, 초나라에 춘신군, 위나라에 신릉군이 나타
났다. 이 사군(四君)은 모두 현명하고 지혜로운 충신이었으며
관용과 후덕함으로 남을 아끼었고, 현명한 이를 존경하고 선비
를 중히 써 합종(合從 : 진나라에 대한 동맹)을 약속하여 연횡
(連衡 : 진과 맺은 동맹)을 파괴하였다."

또한 사마천은 이렇게 말하였다.

"춘신군이 초의 재상이 되었을 무렵, 제나라에 맹상군, 조나
라에 평원군, 위나라에 신릉군이 있었다. 이들은 마치 서로 경쟁
하듯이 빈객(賓客)을 초청하여 국정의 실권을 잡았다(《사기》〈
춘신군열전(春申君列傳)〉)."

그러나 그들을 일개 정치가나 재상으로 본다면 그렇게 높은
평가를 내릴 수만은 없다. 예컨대, 맹상군은 제나라 민왕의 재상
으로, 또한 후에는 위나라의 재상으로 국정에 임했으나 높이 살
만한 치적(治績)이 있다고는 생각하지 않는다. 대외 전쟁에서

두세 번의 승리를 거두기는 했으나 이 역시 어느 정도를 그의 공적으로 돌려야 할지 의문이다. 또한 평원군 역시 사마천의 평가를 빌리면, "혼탁한 세상의 아름다운 공자였으나 대국(大局)을 꿰뚫어 보는 눈을 지니지는 못하였다"고 하였다. 사마천은 춘신군에 대해서도 "결단을 내려야 할 때 내리지 못하면 오히려 화를 입는다"라는 속담을 빌려 정치에서의 그의 처세에 의문을 던졌다.

네 사람 가운데 조금 예외인 사람이 위나라의 신릉군이다. 신릉군은 위나라 장군으로서 두 번에 걸쳐 압도적으로 우세한 진(秦)의 대군을 물리친 실적을 남겼다. 사마천도 그에 대해서는 "공자의 위엄을 천하에 떨쳤다", "그 이름, 제후 가운데 가장 뛰어나니 명불허전이로다"라며 그 명성이 헛되이 퍼진 것이 아니라고 지적하였다. 그러나 이 신릉군 역시 진나라의 이간 공작에 빠져 날마다 술로 지새우다가 결국 알코올 중독으로 사망하였다. 나라를 짊어지고 바로 세워야 할 정치가로서 무언가 중요한 것이 빠졌다고 말하지 않을 수 없다.

그렇다면 이들의 이름이 천하에 널리 퍼진 까닭이 무엇일까? 이는 앞을 다투어 인재를 초대하고 그들을 식객으로서 부양했기 때문이다. 식객의 수를 경합하는 것이 당시의 유행이었으며 세상 사람들도 그것을 높이 쳐주었다. 그들은 오늘날의 풍속으로 말하면 언론계의 총아나 다름없었다.

여기에서 한 가지 알아두어야 할 사항이 있는데, 바로 식객의 사회적 생태이다. 가만히 앉아 밥만 축내는 그런 식객을 떠올린 다면 어림도 없는 착각이다. 당시 씨족 제도의 멍에에서 해방된 '선비'는 일시적으로 권세가에 기식(寄食)하여 영달의 기회를 기다렸는데, 이들이 바로 '식객'이다. 이들은 학자이자 세객(說 客)이었으며 어쨌든 한 가지 재주에 능통하면 흔쾌히 받아들여 졌다. 이들을 초대한 쪽에서 본다면 식객은 커다란 정치 자본이 자 명성을 쌓는 데 이용할 수 있는 한 가지 수단이기도 했다. 이 에 비해 '식객'으로서는 어쨌든 생활을 보장받을 수 있고 운 좋 게 재능을 인정받으면 영달의 기회까지 붙잡을 수 있으니 양쪽 모두 공생의 관계가 성립하여 '식객'을 부양하는 풍습이 널리 퍼지게 되었다.

그러나 늘 상옥(上玉)만 모이는 것은 아니었다. 옥과 돌이 한 데 섞인 상태, 아니, 오히려 아무런 도움이 되지 못하는 돌과 같 은 무리가 더 많았다. 예컨대, 사마천은 맹상군전을 정리하고자 그의 영지인 설에 취재 여행을 떠났는데, 당시의 감상을 이렇게 설명하였다.

"설은 무뢰한이 많아 이웃 나라인 노와 전혀 다른 기풍을 지녔다. 설에 사는 사람에게 물어보니 이곳은 일찍이 맹상군이 영주였을 무렵 협객과 범죄자가 많이 모여들어 그렇게 되었다고 한다. 맹상군이 식객을 많이 모으는 데 소질이 있던 것은 틀림없는 사실인 듯하다."

'식객' 부양은 인기를 끄는 한 가지 도구였기 때문에 부양하는 쪽에서는 싫더라도 이러한 불량배에게 자세를 낮추어 대접해 주어야만 했다. 조금이라도 오만한 태도를 취하면 '식객' 들은 너나 할 것 없이 자리를 박차고 일어났다. '선비를 대하는 법을 모르는 사람' 이라는 뜻이다. 그러면 오만한 태도를 보인 그 사람은 그 순간부터 낮은 평가를 받게 된다.

식객의 측면에서 보면 다시없는 즐거운 시대였음이 분명하다. 재능만 있으면 발휘할 기회가 얼마든지 찾아왔고, 없으면 없는 대로 그 나름의 자유분방한 생활을 즐길 수 있었다. 그야말로 식객이 만세를 부를 만한 시대였다.

'전국 사군' 은 이러한 시대 배경 속에서 등장하였다. 그 대표로서 여기에서는 '계명구도' 의 고사로 유명한 맹상군을 들었으나 사실 주인공은 맹상군보다는 그를 둘러싼 식객들이며, 나아가 시대 정황 그 자체라 할 수 있다.

자라난 내력

맹상군의 성은 전이고 이름은 문이다. 아버지인 정곽군 전영은 제나라 위왕의 막내 아들로, 선왕(宣王)의 배다른 동생에 해당한다. 여기에서 말하는 제나라는 관중이나 안영이 돌보던 그 제나라가 아니라 기원전 387년에 중신 전씨(田氏)가 정권을 휘어잡고 새롭게 창설한 나라를 말한다. 국토는 그대로 계승하였으나 왕실의 혈통은 완전히 다르다. 옛날의 제나라와 구별하기 위해 이 새로운 제나라를 '전제(田齊 : 전씨의 제나라)' 라 일컫는다. 어쨌든 이 전제(이하, 제나라로 통일)는 4대째인 위왕(재위 : 기원전 356~320년), 5대째인 선왕(재위 : 기원전 319~301년)의 시대에 전성기를 맞이하여 그 여광(餘光)이 다음의 민왕의 치세 전반에까지 이어진다.

제나라가 융성하게 된 계기는 기원전 353년의 '계릉(桂陵)의 전투' 와 기원전 343년의 '마릉의 전투' 에서 당시의 강대국인 위(魏)를 물리쳤기 때문이다. 이 싸움에서 《손빈병법(孫臏兵法 : 저자 손빈의 연대는 알려지지 않았으나 맹자와 비슷한 전국 시대 중기에 활동한 전략가이자 《손자병법(孫子兵法)》의 저자인 손무(孫武)의 후손이다. 《손빈병법》은 전국 시대를 대표하는 병법서이다─역주)》의 저자 손빈이 제나라의 군사로 활약한 사실은 너무나도 유명한 일화인데, 사실 이 싸움에는 맹상군의 아버지인 전영도 젊은 장군의 자격으로 함께 참가하였다.

전영은 그 후 형인 선왕 아래에서 11년간 재상을 역임하다가 설(지금의 쉬저우[徐州] 북방)에 봉해져 그곳의 영주가 되었다. 맹상군은 그 전영의 아들이었기 때문에 그야말로 명문 중의 명문가에서 태어난 공자였다.

맹상군은 어려서부터 매우 영특한 아이였다. 이에 관해 다음과 같은 일화가 전해진다.

맹상군은 전영의 아들이었으나 사실 신분이 비천한 첩의 자식이었다. 5월 5일에 태어났기 때문에 전영은 "키울 수 없으니 내다 버려라" 하고 첩에게 명령하였다. 그러나 첩은 전영을 속이고 몰래 맹상군을 키웠다. 마침내 맹상군이 청년이 되었을 때 그의 어머니는 형제들의 중재로 부자간에 대면을 하게 하였다. 이때 처음으로 맹상군이 살아 있다는 사실을 알게 된 전영은 노발대발하여 문(文 : 맹상군)의 어머니를 책망하였다.

(田齊略系圖)
전제의 약계도

(田知) —— 전지

(侯剡) —— 후염

(桓公) —— 환공

(威王) —— 위왕

(宣王) —— 선왕

(湣王) —— 민왕

(襄王) —— 양왕

(王建) —— 왕건

(田嬰) —— 전영

(田文·孟嘗君) —— 전문·맹상군

"내가 버리라고 하였건만 어찌하여 키웠소!"

그러자 맹상군이 앞으로 나아가 이마를 땅에 대고 이렇게 말하였다.

"황송하오나 5월 5일에 태어난 아이를 기르지 말아야 하는 연유를 설명해 주시옵소서."

"5월 5일에 태어난 아이가 키가 문에 닿을 정도로 자라면 그 아비를 죽인다고 하였다. 하여 너를 버렸느니라."

"그렇다면 사람의 운명은 하늘이 정하는 것이옵니까, 문이 정하는 것이옵니까?"

아버지가 말을 잇지 못하는 모습을 보고 맹상군은 다시 입을 열었다.

"하늘이 사람의 운명을 정한다면 아버지가 걱정하실 까닭이 무엇입니까? 만약 문이 운명을 정한다면 문을 더 높게 만들면 되지 않사옵니까?"

맹상군이 이렇게 말하자 제아무리 전영이라도 할 말이 없었다.

그 후 맹상군은 다시 기회를 엿보아 아버지에게 질문을 하였다.

"아들의 아들을 무엇이라 하옵니까?"

"손자라 한다."

"손자의 손자를 무엇이라 하옵니까?"

"현손이라 한다."

"그럼, 현손의 현손을 무엇이라 하옵니까?"

"모르겠구나."

맹상군은 자세를 바로 하고 이렇게 말하였다.

"아버지는 제나라의 재상으로 세 분의 왕을 섬기셨습니다. 그 동안 제나라의 영토는 조금도 넓어지지 않았건만 우리 집안은 만금의 부를 쌓았습니다. 한데 문하에는 단 한 명의 현재(賢才)도 나오지 않았습니다. '장군의 집에 장군이 나오고, 재상이 집에 재상이 나온다'고 하였는데, 현재 우리 집안은 어떻습니까? 아버지를 모시는 여관(女官)들은 모두 비단을 땅에 끌고 다니고 노비조차 쌀밥과 고기를 배불리 먹으며 사치를 일삼고 있습니다. 그러나 한 발 밖으로 나가면 선비들이 굶어 죽고 얼어 죽고 있습니다. 지금, 아버지는 재물을 쌓는 데 열심이시지만 도대체 누구에게 그 재물을 남길 생각이십니까? 무엇이라 부르는지도 모를 자손들에게 남기시렵니까? 재물을 모으는 데 치중하다 보면 나랏일에 소홀히 할 수밖에 없지 않겠습니까? 소자, 무례하였으나 이 점이 염려되어 여쭈었습니다."

이 일이 있은 후부터 전영은 아들을 다시 보았고 집안일을 맡겨 식객을 접대하게 하였다. 그러자 식객이 날이 갈수록 늘어 맹상군의 이름은 여러 나라에 알려졌다.

전영은 제후의 요청에 따라 맹상군을 후계자로 선택하였다. 당시 전영의 아들은 모두 40명이나 되었다고 한다. 그 가운데서 첩의 자식이 후계자로 선택된 것이다. 그가 얼마나 인기를 끌었는지 충분히 짐작할 수 있으리라. 이는 식객을 다루는 방법이 교묘하여 그들의 마음을 휘어잡아 그들의 입을 빌려 여러 나라에 선전을 하게 했기 때문이다.

마침내 전영이 세상을 떠나 맹상군이 대를 이어 설의 영주가 되었다.

식객 수천 명

맹상군은 설의 영주로서 널리 여러 나라에서 식객을 초대하였다. 소문이 퍼지자 도망 중인 죄인까지 찾아왔으나 맹상군은 그들을 대접하는 데 소홀함이 없었다. 그러다 보니 식객의 수가 점차 불어 마침내는 수천 명에 달하였고, 천하의 인사(人士)가 속속 설의 땅으로 모여들었다. 또한 맹상군은 식객의 귀천에 상관없이 모두 대등하게 대우하였다.

평소 식객들은 생활을 보장받으며 한가로운 나날을 보내지만 주군에게 무슨 일이 생겼을 때는 그간에 살펴준 은혜에 보답하는 것이 관례였다. 그러나 전국 시대도 사람들의 마음이 각박하기는 지금과 다르지 않았다. 일단 유사시에 이들의 움직임을 기대하려면 평소부터 사람들의 마음을 휘어잡아 "이 사람을 위해서라면 목숨이 아깝지 않다"는 생각을 하게끔 해야 했다. 그러니 이를 위해서는 식객을 대함에 결코 소홀할 수 없었다.

맹상군은 새로운 식객과 대면할 때면 그 사람의 부모형제에 관한 이야기를 묻고, 그것을 병풍 뒤에 몰래 앉힌 서기로 하여금 받아쓰게 하였다. 그리고 식객이 밖으로 나가면 곧바로 그 사람의 집에 하인을 시켜 선물을 가져다주게 하였다.

어느 날 맹상군이 손님을 맞아 같이 저녁을 먹고 있었는데 가솔 중 누군가가 등불 앞에 서는 바람에 잘 보이지 않게 되었다. 식객은 자기 음식과 맹상군의 음식에 차이가 있음을 숨기려고 저러는 모양이라고 화를 내며 젓가락을 내려놓고 밖으로 나가려고 하였다. 그러자 맹상군은 자기 밥그릇과 식객의 밥그릇을 바꾸어 음식에 아무런 차이가 없음을 증명하였다. 식객은 너무도 부끄러운 나머지 스스로 목을 찔러 죽었다. 이 일이 있은 후 더 많은 식객들이 맹상군의 집에 모여들었다.

　사실 맹상군은 어느 식객이든 공평하게 대하였으나 식객들은 하나같이 맹상군이 자기를 더 특별하게 여긴다고 생각하였다. 그만큼 식객을 다루는 맹상군의 솜씨는 교묘하였다. 하나 식객의 수는 몇천에 달하였고, 개중에는 학문보다 잔재주에 능한 사람도 많았다. 맹상군은 이런 사람들에게까지 관용과 인정을 베풀어야 했다.

　《전국책》에 다음과 같은 일화가 나온다.

　맹상군은 하후장(夏侯章)이라는 식객에게 말 네 마리와 백 사람 분의 식량을 내주어 후대하였다. 그런데 하후장은 입만 열면 맹상군을 비난하였다. 어떤 사람이 그 사실을 맹상군에게 알렸는데, 맹상군은 쓴웃음을 지며 이렇게 말하였다.

　"상관없소. 그대로 두시오."

　동지번청(董之繁靑)이라는 식객이 보다 못하여 하후장에게 도대체 왜 그러느냐고 힐문하였다. 그러자 하후장은 이렇게 대답하였다고 한다.

　"맹상군은 제후의 신분이 아닌데도 나에게 말 네 마리와 백 사람 분의 식량을 내주었소. 나는 털끝만큼의 공도 없이 이렇게 받고만 있소이다. 내가 맹상군을 비난하는 까닭은 조금이나마

공을 세우고 싶기 때문이오. 우리 주군 맹상군이 유덕하다는 평가를 받는 까닭은 내가 그토록 험담을 했는데도 전혀 개의치 않았기 때문이오. 하여 나는 이 한 몸 바쳐 주군을 섬기고 있으니 험담만큼은 그만둘 수가 없구려."

참으로 기묘한 이론이나 일리가 전혀 없다고도 할 수 없다. 남들의 언동에 일일이 참견을 하고 신경을 곤두세워서는 인기를 끌 수 없기 때문이다.

이런 일화도 있다.

맹상군이 제나라의 재상에 올랐을 때의 일이다. 식객 중에 맹상군의 첩과 밀통하는 자가 있었다. 이 사실을 안 다른 식객이 맹상군에게 이렇게 말하였다.

"식객의 몸으로 주군의 여자와 밀통을 하다니, 절대로 있을 수 없는 일입니다. 서둘러 손을 쓰셔야 합니다."

맹상군은 이렇게 답하였다.

"뭐, 그대로 둬도 괜찮지 않겠소? 미인에게 매료되는 것이 인지상정이외다. 내버려 두시오."

이리하여 1년이 지났다. 맹상군은 자신의 첩과 밀통한 식객을 불렀다.

"우리 집에 오신 지도 오래되었는데 변변한 직위 하나 드리지 못해 정말로 송구하옵니다. 그렇다고 작은 직위를 드리면 성에 차지 않으시겠지요? 저는 위(衛)나라의 왕과 친분이 있습니다. 어떻습니까? 마차와 얼마간의 돈을 준비해 드릴 테니 위나라로 떠나 위나라 왕을 섬길 생각이 없으신지요?"

식객은 위나라로 떠났고 그곳에서 중히 쓰였다.

그 후, 제나라와 위나라의 관계가 단절되어 위나라는 다른 여러 나라와 함께 제나라를 공격하려고 하였다. 이때 당시의 식객이 이렇게 위나라 왕에게 진언하였다.

"신이 이렇게 주군을 섬기게 된 것은 맹상군이 하찮은 신을 추천해 주었기 때문입니다. 제나라와 위나라의 선군께서는 서로 말과 양의 피를 나누어 마시며 '제와 위의 양국은 자자손손에 이르기까지 창을 겨누지 않겠다. 만약 창을 겨눈다면 목숨을 걸고 복수하리라' 하고 맹세하셨습니다. 한데 주군께서는 지금 여러 나라와 손을 잡고 제나라를 공격하려고 하십니다. 이는 선군의 맹약에도 반하고, 일찍이 맹상군과 맺은 우정에도 반하는 일입니다. 부디 제나라를 공격하려는 뜻을 거두어주십시오. 그렇지 않으면 신, 이 자리에서 목숨을 끊겠나이다."

이 말을 들은 위나라 왕은 제나라를 칠 생각을 거두었다.

제나라 사람들은 이 소식을 듣고 이렇게 말했다고 한다.

"맹상군은 참으로 선행을 베풀었도다. 전쟁의 피해를 막는 공을 세웠도다."

이러한 이야기는 사람들의 입에서 입으로 전해져 마침내 맹상군의 명성을 높이는 데 큰 영향을 끼쳤다.

계명구도

앞서도 말했듯이 식객 중에는 학문이 뛰어난 자도, 그렇지 않은 자도 있었다. 이렇게 아무런 재주가 없어 보이던 식객이 생각도 못한 활약을 하여 맹상군을 위기에서 구해낸 일화가 있으니, 바로 '계명구도'의 고사(故事)다.

아마도 이는 제나라 민왕이 즉위하고 맹상군이 그 재상으로 임명된 기원전 300년 무렵의 일이리라. 진(秦)나라의 소왕(昭王)은 소문으로만 듣던 맹상군을 꼭 한 번 만나보고 싶었다. 그리하여 동생인 경양군(涇陽君)을 제나라에 인질로 보내고 대신 맹상군을 진나라로 초청하였다. 동생을 인질로 보낸 소왕의 집념도 대단하지만 그만큼 맹상군의 명성이 여러 나라에 자자했다고 할 수 있다.

맹상군은 그 소식을 듣고 딱히 안 갈 이유가 없다고 생각했다. 식객들이 한결같이 반대를 하고 나섰으나 맹상군의 뜻을 꺾지는 못하였다. 그리하여 식객으로 있던 소진(蘇秦 : 소전 참조)이라는 떠돌이 선비가 "진나라는 호랑이나 이리처럼 사나운 나라입니다. 그런 곳에 갔다가 만일 돌아오지 못하게 되면 그거야말로 세상의 비웃음을 사게 될 것입니다" 하고 맹상군을 말렸다. 맹상군은 그 말을 듣고 일단 진나라로 떠나는 일을 보류하였다. 그러나 소왕은 포기하지 않았다. 이번에는 제나라의 민왕을 설득하는 바람에 민왕이 직접 "다녀오시게" 하고 등을 떠밀었다. 왕명이 떨어졌으니 아니 갈 수도 없었다. 맹상군은 수많은 식객을 이끌고 진나라로 향하였다. 때는 기원전 299년의 일이었다.

진나라의 소왕은 맹상군을 맞이하자마자 재상으로 삼으려고 하였다. 그러나 곧바로 중신들의 강력한 반대에 부딪쳤다.

"맹상군이 당대의 일류 인물임은 확실하나, 그는 제나라의 왕족입니다. 국정을 맡긴다면 제나라의 이익을 첫째로 여길 테고 우리 진나라의 이익을 그 다음으로 생각할 것입니다. 이는 너무도 위험한 일입니다."

소왕은 급히 마음을 바꾸어 이번에는 맹상군을 붙잡아 감금하고 기회를 봐서 주살하려고 하였다. 위험에 처한 맹상군은 한 가지 꾀를 생각하여 소왕의 애첩에게 하인을 보내 부디 석방되도록 힘을 써달라고 부탁하였다. 그러자 그 애첩은 대신 '호백구(狐白裘 : 여우 가죽으로 만든 겉옷)'를 달라고 하였다. 맹상군은 진나라로 올 때 천 금의 가치가 있는 천하일품 '호백구'를 가져오긴 했으나 이미 소왕에게 헌상한 뒤였다. 그리하여 식객들을 불러 모아 상의하였는데 이렇다 할 꾀가 나오지 않았다.

이때였다. 제일 끝자리에서 개 흉내를 내며 도적질을 하는 것이 특기인 한 남자(구도(狗盜))가 나섰다.

"제게 맡겨주십시오."

이 남자는 밤이 되자 왕궁의 벽을 타고 넘어 호백구를 훔쳐 냈다. 이 호백구는 애첩의 손으로 넘어갔고 맹상군은 석방되기에 이르렀다.

맹상군은 석방되자마자 왕의 마음이 바뀌기 전에 서둘러 진나라를 탈출하고자 하였다. 그리하여 한밤중에 국경인 함곡관에 당도하였다.

한편, 소왕은 그사이에 다시 마음이 바뀌어 맹상군을 잡아들이려고 하였다. 그러나 맹상군은 이미 출발한 뒤였기 때문에 추적대는 역마차를 타고 함곡관으로 내달렸다.

당시 관문은 첫닭이 울기 전에는 절대로 문을 열어주지 않았다. 하지만 야반도주를 한 맹상군으로서는 닭의 울음소리를 기다릴 여유가 없었다. 조금이라도 지체했다가는 소왕에게 붙잡힐 우려가 있었다. 이때 닭 울음소리를 잘 흉내 내는 한 사람(계명(鷄鳴))이 앞으로 나왔다. 이 남자가 닭 울음소리를 흉내 내자 인근의 닭들이 일제히 울음을 터뜨렸고, 이 소리를 들은 문지기들은 아침이 밝은 줄 알고 관문을 열어주었다. 일행이 탈출한 직후에 추적대가 도착했으나 이미 손을 쓰기에는 늦어 빈손으로 돌아갈 수밖에 없었다.

맹상군이 처음에 이 '계명'과 '구도'를 식객으로 맞이했을 때 다른 식객들은 일제히 불평을 늘어놓았다. 그러나 이 두 사람의 활약으로 위기를 모면하게 되자 다른 식객들은 새삼 맹상군에게 감복하였다고 한다.

Ⅲ 토삼굴(狡兔三窟)

진나라를 탈출한 맹상군은 조나라의 평원군에게로 발길을 돌려 그곳에서 잠시 머문 뒤 이듬해 제나라로 돌아왔다. 한편, 제나라의 민왕은 자기 명령으로 진나라에 간 만큼 책임을 느끼고 있었다. 그래서 다시 한 번 맹상군을 재상으로 임명하여 제나라의 국정을 맡기기로 하였다.

이 무렵, 또 한 사람의 식객이 등장한다. 평소 아무런 재주도 없어 보이던 이 남자가 맹상군을 위기에서 구해내는데, 이 남자의 이름은 《사기》에서는 풍환(馮驩), 《전국책》에서는 풍훤(馮諼)이라 나온다. 어느 쪽이든 이야기의 내용은 비슷하므로 여기에서는 《전국책》에서 인용하도록 하겠다.

제나라에 풍훤(馮諼)이라는 사람이 있었다. 가난하여 스스로 생계를 꾸리기 어려워지자 다른 이에게 부탁하여 맹상군의 식객이 되려고 하였다.

맹상군이 그를 소개한 사람에게 물었다.

"그분은 무엇을 좋아합니까?"

"딱히 이렇다 할 것은……."

"그럼, 장기가 무엇입니까?"

"그것 역시……."

맹상군은 웃으면서 식객으로 받아들이는 데 승낙하였다.

가신들은 주군이 그를 가벼이 여기는 모습을 보고 나물과 밥만 올렸다. 그로부터 얼마 후, 풍훤은 기둥에 기대어 장검을 튕기며 노래를 불렀다.

"장검아, 돌아갈거나, 네게 생선을 먹여줄 수가 없으니……."

가신들이 그 이야기를 맹상군에게 전하였다.

"좀 더 정성을 다해 대접하여라."

풍훤은 생선 반찬이 식탁에 오르는 식객으로 승격하였다. 그로부터 또 얼마 후, 풍훤은 장검을 튕기며 노래를 불렀다.

"장검아, 돌아갈거나, 밖에 나가려는 데 마차도 없으니……."

가신들이 웃으면서 맹상군에게 이 이야기를 전하였다.

"그에게 마차를 내주어라."

풍훤은 마차가 당도하자 냉큼 뛰어올라 장검을 끌어안고 친구를 방문하였다.

그런데 풍훤이 그로부터 얼마 후에 또다시 장검을 튕기며 노래를 부르는 것이 아닌가?

가신들은 고개를 절레절레 흔들며 욕심이 많은 자라 비난하였다. 맹상군이 "저 남자에게 부모가 있느냐?" 하고 묻자, 가신이 "나이 드신 모친이 있다고 하옵니다" 하고 대답하였다. 그리하여 맹상군은 달마다 생활비를 대주어 살아가는 데 어려움이 없도록 보살펴 주었다. 그 후 풍훤은 다시는 노래를 부르지 않았다.

맹상군의 식객에는 세 가지 등급이 있었다고 한다. 묵는 방에 따라 위로부터 '대사(代舍)', '행사(幸舍)', '전사(傳舍)'로 나뉘었고, '대사'에 사는 식객에게는 마차를 내려주었고(차객(車客)), 행사에 사는 식객에게는 생선 반찬이 달린 밥상을 차려주었다(어객(魚客)). 풍훤은 장검을 튕기며 노래를 하는 동안에 어느새 최고급 대우를 받는 식객에까지 승격한 셈이다. 아무리 평판이 중요했다고는 하나 아무런 재주도 없어 보이는 상대방의 요구를 웃으면서 받아준 맹상군은 역시 비범한 인물이 아니었던 모양이다. 게다가 풍훤과 같은 생활 방식이 받아들여졌으니 꽤나 너그러운 시대였다고 할 수 있다.

그 후 맹상군은 식객들에게 이러한 신청서를 돌렸다.

우리 영지인 설에 가서 빚을 회수해 올 희망자를 찾는다. 단, 회계에 능한 사람이어야 한다.

그러자 풍훤이 신청서에 자신의 이름을 적어 냈다. 맹상군은 그 이름을 곧바로 기억하지 못하고 하인에게 이 자가 누구냐고 물었다. 그러자 하인이 "저번에 장검아, 돌아갈거나 하고 노래를 부르던 자이옵니다" 하고 대답하였다.

맹상군은 빙긋이 웃으며 이렇게 말하였다.

"역시 쓸모없는 사람은 아니었군. 한데 참으로 미안하게도 아직 한 번도 만난 적이 없군."

맹상군은 풍훤을 불러 감사의 뜻을 전했다.

"요즘 나랏일을 살피느라 선생께 실례를 범했습니다. 그런데도 화를 내지 않으시고 설에까지 돈을 회수하러 가신다니, 과연 옳은 일인지 염려되옵니다."

"아니옵니다. 다녀오겠습니다."

풍훤은 여장을 꾸려 마차에 차용 증서를 싣고 설의 땅으로 향하였다. 그는 떠나면서 맹상군에게 물었다.

"수금이 끝나면 무엇을 사가지고 올까요?"

맹상군이 대답하였다.

"제게 부족한 것을 사다 주셨으면 합니다."

설에 도착한 풍훤은 맹상군에게 돈을 얻어다 쓴 자들을 모두 불러 모았다. 그리고 한 사람도 남김없이 차용 증서를 갖고 오게 하여 자신이 들고 간 증서와 대조해 보았다. 그런 후에 "영주님의 명령이시다"라며 그 자리에서 증서를 모두 불태워 버렸다. 순간 사람들은 너나 할 것 없이 만세를 불렀다.

풍훤은 서둘러 돌아와 아침 일찍부터 맹상군에게 뵙기를 청하였다. 맹상군은 풍훤이 일을 처리하는 속도가 하도 빨라 입이 벌어질 지경이었다. 서둘러 의복을 갖추고 풍훤을 만나보았다.

"아니, 그새 징수를 끝내셨단 말입니까? 이렇게 빠를 줄은……."

"네."

"그럼, 무엇을 사 오셨습니까?"

"이 저택에 부족한 것을 사 오라고 하셨는데 이곳에는 금은보화가 산더미처럼 쌓여 있습니다. 마구간에는 말이 그득하고 별채에는 미인이 넘쳐흐릅니다. 생각해 보니 부족한 것은 은의(恩義)뿐이었습니다. 하여 은의를 사 왔습니다."

"은의라 하시면……."

"주군께서는 설의 영주로서 설의 백성들에게 언제나 받기만 하셨지 한 번도 자비를 베풀지 않았습니다. 저는 주군의 명령에 반하여 징수를 관두고 증서를 모두 불살랐습니다. 그러자 사람들은 일제히 만세를 외쳤습니다. 제가 말하는 은의란 바로 이것입니다."

맹상군은 어이가 없었다.

"알았습니다. 이제 그만 물러가 주십시오."

그리고 1년이 지났다.

민왕은 맹상군을 해임하고자 하였다. 그 직접적인 계기는 진(秦)나라와 초나라의 꾐에 빠졌기 때문인데, 사촌지간이긴 했으나 당시 민왕과 맹상군의 사이는 그리 좋지 못하였다. 범용한 민왕으로서는 국제적으로 명성이 높은 맹상군의 존재가 두려웠는지도 모른다.

맹상군은 재상 자리에서 물러나 영지인 설로 향하였다. 그런데 백 리 앞에서부터 설 사람들이 달려나와 맹상군을 기쁘게 맞는 것이 아닌가? 아무리 영주라고는 하나 유례가 없는 일이었다. 맹상군이 가만히 살펴보니 노인에서 어린이에 이르기까지 안 나온 이가 없었다. 맹상군은 놀라운 기색을 숨기지 않고 풍훤을 돌아보았다.

"은의를 샀다는 말이 이런 뜻이었군요."

"교활한 토끼는 구멍을 세 개나 뚫습니다. 지금 주군께서는 한 개의 굴을 뚫었을 뿐입니다. 따라서 아직 베개를 높이 베고 근심없이 잠을 즐기시면 안 됩니다. 주군을 위해 나머지 굴도 뚫어드리겠습니다."

그 유명한 '교토삼굴'이란 말은 여기에서 유래하였다.

풍훤의 활약은 이제부터였다. 풍훤은 맹상군에게서 받은 마차 50량과 금 500근을 가지고 위(魏)의 도읍지인 대량으로 건너가 혜왕을 설득하였다(덧붙이면 《사기》에는 위가 아닌 진(秦)으로

갔다고 나와 있다).

"제나라는 재상인 맹상군을 해임하였습니다. 이분을 받아들이는 나라는 국력, 병력 모두 강대해질 수 있습니다."

혜왕은 그때까지의 재상을 상장군으로 강등하여 그 자리를 비운 다음, 사자에게 황금 천 근과 마차 백 대를 딸려 보내 맹상군을 모셔오라고 하였다.

풍훤은 사자가 당도하기 전에 서둘러 맹상군에게 돌아가 못을 박았다.

"금 천 근과 마차 백 대면 최고의 대우입니다. 이 소문은 민왕에게도 들어가겠지요."

위나라의 사자는 세 번이나 오고 갔으나 맹상군은 모두 거절하여 받아들이지 않았다.

일이 이렇게 되자 다급해진 쪽은 민왕이었다. 서둘러 중신을 통해 황금 천 근과 장식한 마차 두 대, 패도(佩刀) 한 자루, 친히 쓴 편지 한 통을 보내 자신의 잘못을 사과하였다.

"종묘의 앙화를 받아 아첨하는 자들의 말에 현혹되어 어리석은 짓을 범하였소. 나는 어찌해도 좋으나 종묘의 장래를 어찌 걱정하지 않을 수 있겠소. 부디 한 번 더 재나라로 돌아와 정치를 맡아주시오."

풍훤은 이번에도 못을 박았다.

"선왕의 제기(祭器)를 받으시어 설에 종묘를 세우십시오."

종묘가 완성되자 풍훤은 맹상군에게 보고하였다.

"이로써 세 가지 굴이 모두 완성되었습니다. 당분간은 베개를 높이 하고 편히 쉬셔도 됩니다."

이리하여 맹상군은 재상의 자리로 복귀하였다. 모두 장검을 퉁기며 대우 개선을 요구하던 저 성가신 풍훤의 활약이 있었기에 가능한 일이었다.

식객의 생태

《전국책》의 이야기는 여기에서 끝을 맺었으나 《사기》에는 그 뒤에 또 하나의 이야기가 붙어 있다.

맹상군이 제나라의 재상에서 해임되었을 때 식객들은 하나둘씩 맹상군의 곁을 떠났다. 한데 다시 본래의 자리로 돌아왔으므로 풍훤은 예전의 식객들을 다시 불러 모으려고 하였다. 그러자 맹상군은 못마땅한 표정을 지었다.

"나는 늘 식객을 환영했고 대우하는 점에서도 소홀함이 없었소. 하여 예전에 3천 명에 달하는 식객이 있었음은 선생께서도 잘 아실 것이외다. 그런데 그 식객들은 내가 재상에서 해임되었다는 소식을 듣자마자 이 몸을 버리고 도망치듯 떠났소. 지금 선생의 힘으로 본래 자리로 돌아왔으나 그 무리가 무슨 낯짝이 있어 돌아오겠습니까? 만약 돌아오는 자가 있다면 그 얼굴에 침을 뱉어 희롱이라도 하고 싶은 심정이오."

그러자 풍훤은 말에서 내려 깊숙이 절을 하였다. 맹상군도 황급히 마차에서 내려 절을 받으면서 물었다.

"선생께서는 그 무리를 대신해서 사죄를 할 작정이십니까?"

"그럴 리가 있겠습니까? 전 그저 경의 말이 틀렸기에 이러는 것입니다. 무릇 사물에는 반드시 그 끝이 있고, 모든 일에는 당연한 이치가 있는 법입니다."

"제가 우매하여 선생께서 무엇을 말씀하시는지 잘 모르겠습니다."

"그렇다면 말씀드리지요. 무릇 살아 있는 것은 반드시 죽습니다. 이것은 사물이 반드시 맞이하는 결과입니다. 부귀하면 선비가 모이고 가난하면 친구가 적습니다. 이는 모든 일의 당연한 이치입니다. 비유를 들어보겠습니다. 주군께서는 아침에 시장으로 들어가는 자를 본 적이 있으십니까? 새벽녘에는 시장의 이곳저곳을 헤집고 다니지만 해질녘에는 서둘러 지나가기 바빠 뒤도 돌아보지 않습니다. 왜 그럴까요? 아침을 좋아하고 저녁을 싫어해서가 아닙니다. 아침에는 이익을 기대할 수 있는 상품이 무척 많기 때문입니다. 주군도 이와 같습니다. 재상에서 해임된 순간 식객들은 모두 도망치듯 빠져나갔습니다. 그러나 원망하는 마음을 내세워 그들이 돌아오는 것을 거부해서는 안 됩니다. 부디 전처럼 환영해 주십시오."

맹상군은 깨달은 바가 커서 고개를 들지 못하였다.

"선생의 가르침을 따르겠습니다."

국제 정치의 소용돌이 속에서

맹상군이 식객을 3천 명이나 거느리고 그 국제적 명성에 힘입어 정치 활동을 한 것이 기원전 3세기 초, 약 20년 정도이다. 이

시기의 국제 정치는 그 유명한 '합종'과 '연횡'이라는 두 가지 외교 전략을 축으로 펼쳐졌다. '합종'이란 강대국 진(秦)에 대항하기 위한 공수동맹(攻守同盟)으로, 이른바 대기업에 대한 중소기업 연합체와 같았다. 이에 비해 '연횡'이란 진과 맺은 화친동맹(和親同盟)으로, 대기업과 손을 잡음으로써 그 존위를 꾀하는 전략이다.

그러는 동안 세상에서는 책사와 세객(유설지사(遊說之士)), 식객이 곳곳에서 활약하며 권모술수와 모략 활동이 꽃을 피우는 가운데 어제는 합종, 오늘은 연횡, 그리고 내일은 다시 합종을 맺어 한 치 앞을 내다볼 수 없는 상황으로 치달았다. 이 혼돈 속에서 서서히 진(秦)이 우위를 차지한 것이 이 시기, 즉 기원전 3세기 초의 특징이다.

맹상군의 정치를 살펴볼 때 이 시대의 파도에 정면으로 농락당했다고 말할 수 있다. 그는 어느 면에서 보아도 새로운 시대를 개척해 나가는 유형의 정치가가 아니었다. 그 점에서는 명문 출신이라는 점과 큰 연관이 있으리라 생각된다. 사실 아버지가 물려준 기반에 힘입어 어중이떠중이들을 웃으면서 받아들인 것만으로 명성이 굴러 들어온다면 애써 나아가 위험을 감수할 필요가 없다. 게다가 맹상군은 그 막하에 3천 명이 넘는 식객이 모임으로써 한 시대를 상징하는 인물로 성장하였다. 정치가로서는 높은 평가를 받을 수 없으나 일개 인간으로서는 참으로 행복한 삶이었는지도 모른다.

이러한 시대 배경을 참고로 하여 정치가 맹상군이 걸어간 길을 한번 정리해 보자.

기원전 301년, 제나라에서는 선왕이 죽고 그 아들 민왕이 보위에 올랐다. 민왕은 명망이 높은 사촌 맹상군을 재상으로 기용하였다. 이때, 맹상군은 한, 위(魏) 양국과 합종하여 남방의 초나라를 무찔렀다. 이를 '수사(垂沙)의 전투'라 한다. 그 결과, 제나라의 위신이 크게 향상되었다. 두려움이 생긴 진(秦)의 소왕은 서둘러 동생인 경양군을 인질로 보내고 대신 맹상군을 불러 재상을 맡아달라고 청하였다. 맹상군은 민왕의 명령에 따라 진나라로 향했다. 그러나 소왕은 그사이에 마음을 바꾸어 맹상군을 감금했고, 맹상군은 그 위험에서 '계명구도'의 활약으로 목숨을 건졌다. 사실 이때 소왕의 마음이 바뀐 까닭은 제나라와 진나라의 결탁을 두려워한 조나라의 음모가 있었기 때문이다. 어찌 보면 맹상군 쪽에서 올바른 정세 판단을 하지 못하였는지도 모른다.

맹상군이 진에서 도망쳐 나와 제나라의 재상에 복귀한 것이 기원전 298년, 민왕 3년의 일이다. 그리고 재상에서 해임되어 제나라를 떠난 것이 기원전 294년, 민왕 7년의 일이다. 풍훤의 일화는 아마도 이 4년 동안에 일어났을 것이다. 재상 직위에 있던 4년 동안 맹상군은 진나라에 대항하는 '합종' 책을 외교 방침의 토대로 삼았다.

기원전 298년, 제나라는 한, 위 양국과 손을 잡고 대군을 동원하여 진에 대한 진공 작전을 펼쳤다. 연합군은 함곡관까지 공격해 들어가 진나라를 굴복시켰고 그 여세를 몰아 이번에는 북의 연나라로 말 머리를 돌려 여기에서도 큰 승리를 거두었다. 이 두 전역(戰役)은 맹상군이 재상에 재위한 기간 중에 일어난 일이므로 그가 중심 역할을 담당했음을 쉽게 상상할 수 있다. 이 무렵이 어쩌면 맹상군의 정치 생활 가운데 절정기에 해당할지도 모른다. 제나라 역시 두 싸움의 승리로 동쪽의 웅국(雄國)으로서 그 지위를 확립한 듯이 보였다.

그러나 여기에서 민왕의 마음은 백팔십도로 변한다. 맹상군이 추진해 온 '합종' 책을 버리고 '연횡' 책을 도입하여 진나라 출신인 여례(呂禮)를 재상으로 기용하였다. 맹상군은 하는 수 없이 영지인 설로 돌아갔다. 진과 손을 잡은 민왕의 목적은 송(宋)에 있었다. 송은 제나라의 남쪽에 있던 약소국인데, 본래 진과 맺은 관계가 밀접하여 경솔하게 손을 놓지 않았다. 따라서 제나라가 송에 힘을 쓰려면 진과 송의 우호 관계를 절단시켜야 했다. 민왕은 이를 의도하여 진나라에 접근하였고, 진나라도 제나라와 손을 잡음으로써 안심하고 한나라와 위나라를 공격할 수 있다는 이점이 있었다.

그러나 그 후 10년 동안 민왕의 외교책에서는 일관성을 전혀 찾아볼 수가 없다. 진과 손을 잡았나 싶으면 이번에는 5개 국 연합군에 붙어 진을 공격했고, 이것이 실패로 돌아가자 곧바로 진과 화친하였다. 그러다 다시 암수를 써서 진을 공격하는 식이었다. 그리고 혼잡한 틈을 타 예전부터 노리고 있던 송을 일거에 멸망시켰으니 기원전 286년의 일이다. 그러나 이것이 결국은 민왕의 목숨을 앗아간다. 제나라의 위세에 두려움을 품은 여러 나라가 하나로 뭉쳐 반제연합(反齊聯合)을 결성하고 기원전 284년, 일제히 제나라를 습격해 들어왔다. 6개 국이 동시에 공격해 들어오자 제아무리 강한 제나라도 버텨내지 못하였다. 제나라 군사는 패하고 또 패하여 마침내 민왕은 수도를 버리고 거(莒)의 땅으로 도망쳤으나 그곳에서 살해당하여 제나라 역시 멸망하였다.

재상에서 해임되어 영지인 설로 들어간 맹상군은 기원전 288년 무렵에 위나라로 도망을 쳐서 그곳에서 재상에 등용되어 그 반제

연합의 결성에 힘을 다하였다고 한다. 일찍이 제나라의 재상이었던 인물이 이번에는 태도를 완전히 바꾸어 제나라를 공격하는 쪽의 참모를 맡은 것이다. 전국 시대 당시에는 늘 있는 평범한 일이었다고는 하나 역시 운명의 얄궂은 장난 같다는 느낌을 지울 수 없다.

그 후, 제나라에서는 패전의 혼란 속에서 양왕이 즉위하였다. 어느 정도 판도를 회복하여 명맥을 유지하였으나 양왕은 상당한 세력을 지닌 맹상군에게 두려움을 느껴 화해를 요구했고, 친밀한 관계를 회복하였다. 맹상군은 말년에 어느 제후에게도 속하지 않고 중립을 지키면서 영지 설에서 파란만장하고 부귀한 생애를 마쳤다고 한다.

《전국책》,《사기》

『이사』

이사(?~기원전 208년)

이사(?~BC 208)는 초(楚)의 상채(上蔡) 출신으로, 순경(荀卿) 밑에서 '제왕의 길'을 배우고 진(秦)의 승상인 여불위(呂不韋)의 식객이 되었다. 여불위의 추천으로 진왕(시황제)을 섬기어 장사(張史), 객경(客卿), 정위(廷尉)로 계속해서 승진하였으며 모략 활동의 책임자로 활약하였다. 시황제의 천하 통일(기원전 221년) 후에는 승상의 자리에 올라 보좌하였고, 군현제도를 확립하였다. 시황제의 사후(기원전 210년), 2세 황제 호해(胡亥)를 옹립하였으나 기원전 208년, 중상모략에 빠져 요참형(腰斬刑)을 당하였다.

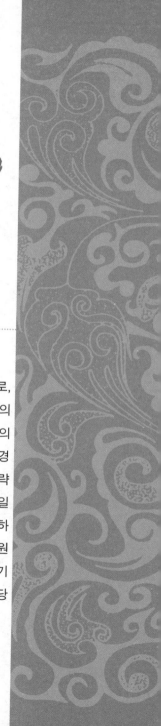

시황제의 승상

진왕 정(政), 훗날의 시황제(재위 : 기원전 247～210년)는 기원전 221년, 중국 통일을 달성하여 중국 역사상 최초로 황제의 자리에 올랐다. 공전의 위업이라 말하지 않을 수 없다. 이 시황제의 위업을 보좌한 사람이 바로 법가 정치가인 이사였다.

이사는 진왕 정의 아래에서 귀중한 정책을 내어 천하 통일에 공헌했을 뿐 아니라, 진 왕조의 창설과 함께 승상에 올라 국정의 입안을 집행하는 데 중심 역할을 담당하였다. 예컨대, 뒤에서 살펴볼 군현제도의 확립, 문자 도량형 통일, 아방궁(阿房宮)과 만리장성의 건설, '분서(焚書)'의 실시 등 후세에 큰 영향을 끼친 정책은 모두 그의 머리에서 나와 시황제의 승낙을 받아 시행되었다.

사마천은 그의 저서 《사기》에서 법가 정치가에 대해 꽤나 짠 점수를 주었다. 예컨대, 이미 소개한 상앙에 대해서는 "상군은 천성이 각박하고 인정이 적은 사람이었다. 그가 진나라에서 악명을 떨친 것도 당연한 일이다(〈상군열전〉)"라고 비판하였고, 《한비자》의 작가인 한비에 대해서도 "한비는 법령을 정하여 옳고 그름을 밝혔으나 그 본질이 각박하여 은정이 부족하다(《노자

(老子)》〈한비열전 : 춘추 시대 말기에 노자(老子)가 한 관문지기의 요청으로 책 두 권을 써주었는데 이것이 《노자》다. 도가사상의 효시로 알려져 있다—역주〉"고 비판하였다.

이러한 법가에 대한 차가운 시선은 이사에 대해서도 예외가 아니었다. 〈이사열전(李斯列傳)〉의 끝에 덧붙인 평가에서 사마천은 이렇게 비판하였다.

"이사는 미천한 출신이지만 제후를 찾아 진나라를 섬겼다. 열국의 약점에 편승하여 시황제의 제업(帝業)을 보좌하고 자신도 승상의 자리에 올라 중용되었다. 그는 '제왕의 길'을 배웠으나 국정에 임해서는 시황제의 결점을 보완하려 하지 않았다. 높은 작록(爵祿)을 받아먹으면서 시황제의 뜻을 거스르지 않으려고 아첨과 영합을 일삼았다. 법령을 엄하게 집행하였고, 조고(趙高)의 사설(邪說)에 부화(附和)하여 적장자인 부소(扶蘇)를 폐하고 서자인 호해(湖亥)를 옹립하였다. 제후가 진나라에 반기를 들자 당황하여 2세 황제께 간하려 했으나 때는 이미 늦었다. 세상 사람들은 이사를 일러 충성을 다했는데도 다섯 가지 대죄 때문에 문책을 받아 주살되었다며 동정을 보내지만, 본래 이 견해는 잘못되었다. 만약 지금 든 결점이 없다면 그의 공적은 주공단(周公旦)이나 소공석(召公奭)과 비할 만하다."

사마천이 왜 법가를 이토록 혹독하게 비판하였을까? 가장 큰 원인은 사마천이 태어난 한대(漢代)에는 이미 유가 학문이 정통 학문으로 공인되어 기타 '제자백가(諸子百家)', 특히 유가를 철저하게 탄핵해 온 법가의 학문이 이단 취급을 받는 상황이었기 때문이다. 사마천도 이러한 조류 변화에 영향을 받았음을 지적하지 않을 수 없다.

또 한 가지 이유는 법령을 엄격하게 집행하여 신상필벌에 따라 중앙 권력의 강화를 꾀한다는 법가의 이론은 권력 확립, 즉 '창업'의 이론으로서는 안성맞춤이나 권력 유지, 즉 '수성(守成)'의 이론으로서는 본질적으로 융합할 수 없는 성격을 지니고 있기 때문이다. 상앙이나 이사가 모두 국정에서 눈부신 치적을 올렸음에도 비참한 최후(상앙은 거열형, 이사는 요참형)를 맞이한 것은 이와 관계가 깊으며, 체제가 확실히 자리 잡힌 태평성대에 태어난 사마천이 법가를 낮게 평가한 것도 이에 무관하지 않다.

다시 이야기를 이사로 돌려보자. 시황제를 보좌하여 통일을 완수한 이사의 공적은 이 책에서 든 재상 열 명 중에서도 최고 삼인방에 들어 3천 년 역사 속에서 찬란하게 빛을 발한다. 명재상이라 부르기에는 좀 망설여지는 점이 있으나 그가 이룩한 업적의 크기만 놓고 본다면 관중, 상앙을 훨씬 웃돈다. 그러나 그 반면에 시황제 사망 후에 이사가 내린 정치적 판단은 무르기 그지없다. 일신상의 처세는 더욱 치졸하여 과연 동일인물인가 싶을 정도이다.

자, 그렇다면 지금부터 이사의 성공과 실패를 살펴보도록 하자.

청운의 뜻

이사(?~기원전 208년)는 초나라의 상채(지금의 허난 성)에서 태어났다. 이름도 없는 서민 출신이었다. 젊어서는 지방 관아에서 문서를 담당하는 하급 관리였는데, 당시에 관한 이러한 일화가 전해 내려온다.

어느 날 그는 관청 화장실에서 쥐가 인분을 먹고 있는 모습을 보았다. 무심히 보고 있자니, 화장실의 쥐는 사람이나 개의 낌새에 신경을 곤두세우면서 언제나 오들오들 떨고 있었다. 그러다 어느 날 곳간에 들어갔는데 그곳에서도 쥐가 곡식을 먹고 있었다. 그것도 훌륭한 건물 안에서 사람이나 개에 신경 쓸 생각을 하지 않고 아주 여유를 부리며 돌아다니기까지 하였다. 이 두 가지 모습을 본 이사는 저도 모르게 탄식하였다.

"사람도 마찬가지다. 이러니저러니 해도 결국에는 어떤 자리에 있느냐에 따라 그 사람의 가치가 결정되는 법이다."

이에 각오를 새롭게 다진 이사는 당시 최고의 유학자로 손꼽힌 순경을 찾아갔다.

순경, 즉 《순자(荀子 : 주(周)나라 때의 유학자 순자의 사상(思想)을 집록한 책으로, 처음에는 《손경신서(孫卿新書)》라 하였다. 현본은 20권 33편으로 되어 있으며, 권학(勸學), 예론(禮論), 성악론(性惡論)이 중심을 이룬다ー역주)》의 저자인 순자(荀子)를 말한다. 그는 유가의 학통을 이어 선배 학자인 맹자가 '성선설(性善說)'을 주장한 데 비해 인간의 성격은 본래 악하다는 '성악설(性惡說)'을 주장한 이단 사상가로, 그 사상은 눈에 띄게 법가에 경도되어 있다. 조(趙)나라 사람으로, 50세가 되어 비로소 제(齊)나라에 유학을 하여 당시 학문 연구의 성지로 알려진 '직하(稷下)'에서 학문을 깊이 연구하고 그곳의 지도자가 되었다.

그러나 천하에 이름을 떨치던 '직하의 학문'도 제나라의 위세가 쇠약해짐에 따라 쇠퇴의 길을 걸었다. 순경은 때마침 자신을 중상모략하는 말을 들어 제나라를 떠나 남쪽의 초나라로 향하여 재상 춘신군의 추천으로 난릉(蘭陵 : 지금의 산둥 성)의 영(令 : 장관)에 등용되었다. 춘신군이 세상을 뜨자 순경도 영에서 해임되었는데, 그 후에도 계속해서 난릉에 머물며 학문을 가르치고 저술에 전념하였으며 그 명성은 널리 퍼져 나갔다.

청운의 뜻을 품은 이사는 먼길을 마다 않고 이 순경을 찾아가 그곳에서 '제왕의 길[帝王之術]'을 배웠다. 이쯤에서 우리가 알 아두어야 할 것은 당시 동문 중에 한나라의 귀공자라는 용모가 수려한 한 청년이 있었다는 사실이다. 말을 할 때는 상당히 더듬 거리는 버릇이 있었으나 명석한 머리만큼은 타의 추종을 불허하였다. 이사가 아무리 노력해도 이 청년만큼은 따라잡지 못하였다. 이사의 뇌리에 깊이 새겨진 이 청년의 이름은 한비, 바로 훗날 법가의 이론을 집대성한 《한비자》의 저자이다.

이렇게 유가의 학통을 이어받았을 순경의 문하생 중에서 한쪽은 실천 면에서, 다른 한쪽은 이론 면에서 법가를 대표하는 이단아 두 명이 배출된 것이다. 순경은 이 사실 때문에 점차 후대의 교조(敎條 : 역사적 환경이나 구체적 현실과 관계없이 어떠한 상황에서도 절대로 변하지 않는 진리인 듯 믿고 따르는 것—역주)적인 유가사상가들의 미움을 사서 그 자신까지 이단 취급을 받는 지경에 처하지만, 색안경을 벗고 보면 오히려 이것이 순경의 명예였다고 할 수 있다.

어쨌든 순경의 문하에서 학문을 끝마친 이사는 장차 자신이 섬겨야 할 나라를 놓고 고민에 빠졌다.

"손쉬운 쪽은 고향인 초나라이지만 초왕은 참으로 변변찮은 인물이어서 도저히 섬길 기분이 나지 않는다. 그렇다고 약소국을 섬기자니 공명을 세우는 수단이 되지 못한다. 역시 서쪽으로 가서 진나라를 섬겨야겠다." 이런 이사의 생각에서 그가 무척이나 공명과 이익을 중요하게 여겼음을 엿볼 수 있다. 이사는 생각이 정리되자 스승인 순경에게 하직 인사를 하러 갔다.

"때를 얻었을 때는 시위를 늦추지 말라고 하였습니다. 지금은 열국이 항쟁을 벌이고 있어 유세지사(遊說之士)가 주역이 될 때입니다. 천하의 형세를 보아하니 현재 가장 우세를 차지한 쪽은 진나라로 천하를 병합하여 이에 군림하리라 보입니다. 따라서 지금이야말로 선비가 나설 차례입니다. 아무런 관직도 없는 사람에게는 그야말로 절호의 기회가 아니겠습니까? 아무런 관직도 없으면서 위로 발전하기를 좇지 않는 자는 금수와 다를 바가 없습니다. 그저 인간의 탈을 쓰고 거리를 걷는 일밖에 하지 못하는 무능력자에 지나지 않습니다.

무릇 인간은 지위가 낮을수록 부끄러움을 느끼고 가난할수록 슬픔을 느낍니다. 언제까지나 그러한 처지에 안주하며 세상에 등을 지고 앉아 부귀를 미워하고 무위(無爲)를 주장하는 것은 인간의 본성에 반하는 일입니다. 저는 이제부터 진나라로 건너가 진왕에게 제 생각을 피력하고자 하옵니다."

제아무리 젊은 혈기라고는 하나 스승을 대하는 제자의 말투로 보기에는 좀 무리가 있다. 다소나마 예의에 어긋났다고도 할 수 있다.

이러한 제자를 스승인 순경은 어찌 보았을까? 안타깝게도 《사기》에는 그에 대한 기록이 전혀 나와 있지 않다. 다른 자료에 따르면 훗날 이사가 진의 승상에 임명되었을 때 순경은 "이 때문에 먹지 못한다(《염철론(鹽鐵論)》)"고 말하였다고 한다. 몇 가지 해석이 성립하는데, 가장 솔직한 해석 한 가지를 취하자면 '제자의 말로를 생각하니 밥도 넘어가지 않는다'고 할 수 있다. 역시 이사의 장점과 단점을 잘 알고 있었다고 봐야 할 것이다.

모략 활동

이사가 진에 도착한 것은 장양왕(莊襄王)이 죽고 정, 즉 훗날의 시황제가 즉위한 직후였다. 정은 아직 소년에 지나지 않았고, 승상인 여불위가 정치의 실권을 장악하여 위세를 떨치고 있었다. 이사는 우선 이 여불위의 식객이 되어 기회를 엿보기로 하였다.

여불위는 본래 상인 출신이었는데 투기(投機)로 길러진 감이 날카로워서 사람을 판단하는 점에서도 예민한 촉각을 지니고 있었다. 그는 이사의 재능을 높이 평가하고 진왕 정의 시종으로 천거하였다.

몇 년 후, 진왕 정은 여불위의 슬하에서 벗어나 늠름한 청년으로 성장하여 자기 손으로 직접 천하를 병합하겠다는 원대한 야심을 불태우기 시작했다. 이때를 기다리던 이사는 기회를 잡아 진왕 정에게 다음과 같이 권하였다.

"큰일을 이루려면 상대방의 잘못을 약점으로 잡아 가차없이 두드려야 합니다. 소인(小人)은 그러한 기미를 알아차리지 못하므로 모처럼 찾아온 좋은 기회도 그대로 흘려 버리고 맙니다.

옛날 우리 진나라의 목공(穆公)은 패자(覇者)가 되었으면서도 동쪽의 여러 나라를 병합하지 못하였습니다. 그 까닭이 무엇이 겠습니까? 당시에는 제후의 수가 많은 데다 주(周)왕실의 위력이 강대하여 패자 다섯 명이 번갈아가며 흥하여 주왕실을 존중했기 때문입니다. 그러나 그 후, 주왕실이 쇠퇴하여 여러 나라가 서로 침약을 일삼은 결과, 진나라의 효공 때 중원은 6개 국으로 통합되었습니다. 진은 효공 이후로 실로 6대에 걸쳐 그 6개 국위에 군림하였으니 5개 국이 모두 진나라의 가신(家臣)과 같은 존재로 완전히 진의 위광에 복종하였습니다. 지금 진의 국력은 강대하고 대왕은 현명하십니다. 이 두 조건을 겸비하였으니 제후를 멸하여 천하를 통일하는 것은 예컨대 밥솥 위의 먼지를 쓸어내는 일과 같아서 지극히도 간단하옵니다.

지금이야말로 절호의 기회입니다. 지금 손을 쓰지 않으면 제후가 다시 세력을 키워 합종하여 대항해 올 것입니다. 그러면 제아무리 좋은 계책을 지니고 있어도 천하를 통일할 수 없습니다.”

이 말은 당시 진왕 정의 뜻과 완전히 부합하였다. 정은 이사의 의견에 크게 수긍하고 서둘러 장사(長史 : 대신부관(大臣副官))로 발탁하여 제후 내부의 이간 공작, 즉 모략지사(謀略之士)로 파견하여 제후의 중신 중에서 재물로 매수할 수 있는 자에게는 많은 뇌물을 주고, 협력을 거부하는 이는 은밀히 제거하여 군신

간의 불화를 조장하는, 지금으로 말하면 모략 활동의 책임자로 임명하였다.

이 모사 활동의 실제 예를 〈전경중원세가(田敬仲完世家)〉(《사기》)에서 인용해 보자. 제나라에서 일어난 일이다.

"후승(后勝)이 제나라의 재상이 되었다. 후승은 진(秦)에서 몰래 다액의 증여금을 받아 수많은 빈객을 진에 보냈다. 진은 그들에게 다시 많은 돈을 주었다. 그들은 모두 진의 반간(反間 : 역이용하는 간첩)이 되어 귀국하였고, 제(齊)나라의 왕에게 합종에서 탈퇴하고 전쟁 준비를 중지하며 5개 국 원조를 정지하라고 요구하였다. 이리하여 진은 5개 국을 멸할 수 있었다. 5개 국이 멸하여 진나라 군대가 제나라의 수도 임치를 침공하였을 때 제나라 백성 가운데 저항하는 이가 한 사람도 없었다."

진이 불과 9년 만에 다른 5개 국을 공격하여 멸할 수 있었던 까닭은 군사력에서 우위를 차지한 탓도 있지만, 이와 동시에 이러한 상대국의 체제를 내부에서 무너뜨리는 모략 활동에 성공을 거두었기 때문이다. 이러한 꾀를 내어 실행에 옮긴 사람이 바로 이사였다.

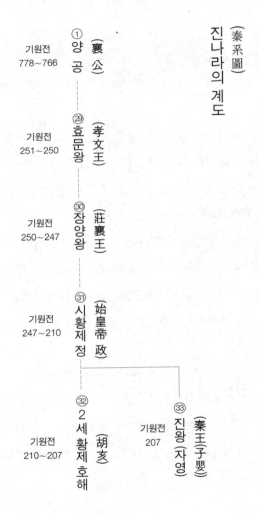

(秦系圖)

진나라의 계도

기원전 778~766	① 양공 (襄公)	
기원전 251~250	㉙ 효문왕 (孝文王)	
기원전 250~247	㉚ 장양왕 (莊襄王)	
기원전 247~210	㉛ 시황제 정 (始皇帝 政)	
기원전 210~207	㉜ 2세 황제 호해 (胡亥)	기원전 207 ㉝ 진왕 (자영) (秦王(子嬰))

상 진황축객서(上秦皇逐客書)

막힘없이 출세 가도를 달리던 이사에게 마침내 중대한 위기가 닥쳤다. '축객령(逐客令)', 즉 진나라에서 봉록을 받는 외국인들을 타국으로 추방해야 한다는 명령이 반포되었다. 이사 역시 그 안에 포함되어 추방 처분을 받아야 하는 처지였다.

'축객령'이 반포된 데는 사실 이러한 내막이 있었다.

기원전 237년(진왕 정 10년), 이웃의 한(韓)나라 출신으로 진나라에서 벼슬을 하던 정국(鄭國)이라는 기술자가 진왕 정에게 관개수로를 만들어야 한다고 진언하였다. 정은 그 의견을 전면 받아들여 정국에게 진나라 영내를 관통하던 경수(涇水)와 위수(渭水)에 대대적인 관개 공사를 실시하라고 지시하였다. 그런데 이 공사가 한나라의 모략임이 밝혀졌다. 해가 갈수록 강력해지는 진의 압력에 공포를 느낀 한나라가 일부러 정국을 파견하여 대규모 공사를 시작하도록 꾸민 것이다.

공사 자체는 진나라의 이익과 합치한다는 정의 판단 아래 계속하게 되었으나 왕족과 대신들은 전부터 타국인이 중용되는 데 불만이 많던 터라 그 사건을 계기로 노골적으로 불만을 나타냈다. 진왕 정도 어쩔 수 없는 상황인지라 급기야 '축객령'을 반포하기에 이르렀다.

사실 이 명령이 실시되면 진나라 정치에 큰 영향을 끼치게 된다. 진나라는 상앙 이래로 장의(張儀), 범자(范雎), 채택(蔡澤) 등 큰 업적을 이룬 역대 재상이 모두 타국 출신이었기 때문이다. 진나라는 타국 출신자의 두뇌와 재능에 의존하여 강국의 대열에 든 나라였다. 한데 이제 와서 타국 출신자를 추방한다면 인재라는 측면에서 큰 손실을 입게 될 뿐 아니라 앞으로의 정치 전략에도 타격을 입을 것이 분명했다.

'축객령'은 또한 이사에게 사활이 걸린 문제였다. 당연히 그도 해당자 명단에 올랐는데, 여기에서 국외로 추방되면 지금까지의 노력이 모두 수포로 돌아간다. 이사는 진왕 정에게 '축객령'을 철회해야 한다며 필사적인 심정으로 서신 한 통을 보냈다. 이것이 그 유명한 '상진왕축객서'이다.

그 안에서 이사는 먼저 상앙, 장의, 범자들의 예를 들어 진의 부강이 타국 출신자의 헌책(獻策)과 활약에 바탕을 두었음을 역설하면서 이렇게 말하였다.

"신이 듣기로 땅이 넓은 나라는 곡식이 많고 나라가 크면 인구가 많으며 군대가 강한 나라는 병졸이 용감하다 하였습니다. 또한 태산은 흙을 외부에 양보하지 않기 때문에 거대해질 수 있고, 황하와 바다는 가는 물줄기도 가리지 않고 받아들이기 때문에 깊어질 수 있으며, 왕은 여러 사람을 물리치지 않기 때문에 그 덕을 밝힐 수 있습니다. 그리하여 땅은 사방을 가리지 않고 모두 그 왕의 땅이 되며, 사람이라면 다른 나라를 따지지 않고 모두 그의 신하가 되고, 사시사철 언제나 아름다우니 귀신마저 복을 내려줍니다. 이것이 옛날 오제(五帝)와 삼왕(三王)의 왕들께 적이 없는 까닭입니다. 그러나 지금 왕께서 내리시는 그 조치는 자국의 백성을 버려 적국의 자산이 되게 하고, 타국 출신의 인사들을 물리침으로써 다른 제후의 패업을 돕게 하며, 천하의 선비들로 하여금 모두 물러나 감히 서쪽의 진나라로 들어오지 못하도록 막는 일입니다. 이는 이른바 적에게 무기를 빌려주고 도둑에게 양식을 대주는 것과 같습니다. 물건 중에서도 주옥(珠玉)과 음악 등 진나라에서 나지 않았으면서도 귀중한 것들이 적지 않고, 사람 중에서도 진나라 출신이 아닌데도 진에 충성을 다하고자 하는 인사가 많습니다. 지금 타국 출신자들을 내쫓아 적국에 보탬을 주고 백성을 버려 원수에게 이익이 되게 하시면 나라 안은 인재가 부족하게 되고 밖으로는 제후에게 원한을 사게 됩니다. 그러면 나라의 안녕과 태평을 바라고 싶어도 그럴 수가 없게 됩니다."

진왕 정은 이 상서에 감동을 받아 '축객령'을 철회하였다. 일설에 따르면, 이사는 국경 부근까지 송환되었다가 철회 명령이 떨어져 다시 제자리로 돌아갔다고 한다. 비록 이사는 자신의 처지를 생각하여 이 '축객령'을 철회시켰지만, 인재 확보라는 점에서 진의 정치에 큰 도움을 준 것도 사실이니 이를 이사의 공적 가운데 하나로 여겨도 무방할 것이다.

덧붙여 '태산불사토양(泰山不辭土壤)'이라는 유명한 말은 이사의 이 서신에서 유래하였다. 한문 애호가를 위해 그 부분의 원문을 소개한다.

"泰山不辭土壤 故 能成其大 河不擇細流 故 能就其深 王者不衆庶 故 能明其德."

한비의 최후

이 상소로 이사의 존재를 새롭게 인식한 진왕 정은 축객령을 철회하고 그를 정위(廷尉)로 임명하였다. 이는 승상, 어사대부(御史大夫)에 이은 막강한 자리였다. 이때 이사에게는 또 다른 위기가 닥쳐왔다. 사실 그렇게 큰 사건은 아니었으나 적어도 이사 자신에게는 극히 심각한 문제일 수밖에 없었다. 일찍이 순경의 문하에서 함께 공부한 한비가 진에 찾아왔기 때문이다.

한비는 순경을 떠나 귀국한 후 이따금 한나라 왕에게 부국강병책을 일러주었으나 높은 관직에 등용되지는 못하였기 때문에 하는 수 없이 그대로 한나라에 머물면서 저술에 전념하였다. 그 성과가 오늘날까지 전해지는 《한비자》인데, 마침 이 책을 진왕 정에게 가져다준 이가 있었다. 정은 《한비자》를 읽고 저도 모르게 탄성을 자아냈다.

"이 책을 지은 자를 만날 수만 있다면 죽어도 좋다, 죽어도 좋아."

그러자 그 옆에서 이사가 이렇게 말하였다.

"그 책을 쓴 자는 한비라는 남자입니다."

이사는 한비가 일찍이 순경 밑에서 자기와 함께 공부를 한 동문이며 머리가 매우 뛰어난 인물임을 그대로 고했으리라. 정은 한비를 손에 넣고 싶다는 일념 하나로 한나라를 공격해 들어갔다. 그렇게 하면 한나라가 한비를 사자로 내세울 것이라 예측했기 때문이다. 그 예측대로 한나라는 화해를 청하며 한비를 사자로 보내왔다. 정은 한비와 말을 나눌 생각에 크게 들떠 있었다.

일이 이렇게 풀리자 이사는 걱정에 휩싸일 수밖에 없었다. 학문에서 자기보다 한비가 뛰어나다는 사실을 알고 있던 이사는 만약 한비가 진왕 정에게 발탁된다면 자신의 입지가 위태롭게 될 것이라 판단하였다. 그래서 동료인 요가(姚賈)라는 자와 담합하여 진왕 정에게 이렇게 고하였다.

"한비는 누가 뭐라고 해도 한나라의 공자입니다. 진나라가 제후를 병탄하려는 지금, 그 남자는 한나라를 생각하여 진나라를 위해 전력을 다하지 않을 텐데 이는 인지상정입니다. 그렇다고 진나라에 오래 두었다가 그대로 돌려보내면 장차 화근이 되겠지요. 이 기회에 법에 따라 엄벌에 처해야 합니다."

진왕 정은 이 말에 동요되어 한비를 옥에 가두었고, 이사는 서둘러 옥중에 독약을 보내 자살을 강요하였다. 한비는 진왕을 만나 변명하려고 했으나 허락을 받지 못하였다. 얼마 안 있어 진왕은 마음을 바꾸어 한비를 사면하고자 감옥에 사람을 보냈으나 때는 이미 늦어 한비의 목숨이 끊긴 후였다. 기원전 233년(진왕 정 14년)의 일이다.

비록 자신의 신분을 지키기 위한 계책이었으나 우리는 여기에서 이사의 그릇이 그리 크지 않음을 엿볼 수 있다.

郡현제도 확립

진왕 정은 230년, 한을 공격하여 멸망시킨 것을 시작으로 조, 연, 위, 초, 제 등 남은 5개 국을 잇달아 공략하여 마침내 천하 통일을 이룩하였다. 기원전 221년의 일이다. 직접 군대를 이끌고 공략전에 종사한 사람은 왕전(王翦) 이하의 여러 장군인데, 정을 보좌하여 공략 계획의 책정에 책임을 맡은 중심 인물은 정위 이사였다. 관직상으로는 승상인 왕관(王綰), 어사대부인 풍겁(馮劫)이 위에 있었으나 실제로 담당한 일은 이사가 훨씬 많았다. 정의 신뢰도 이미 이사에게로 기울어져 있었다.

어쨌든 천하를 평정한 진왕 정은 이 해에 왕관, 풍겁, 이사의 요청에 따라 '황제(皇帝)'의 명칭을 쓰기로 결정하였으니, 중국 역사상 최초의 황제였다.

이어서 평정한 천하를 어떠한 방식으로 통치해야 하느냐가 문제로 떠올랐다. 이 문제에 대해서는 중신끼리의 의견이 크게 갈리었다. 왕관 이하, 이사를 제외한 중신 모두가 '봉건제(封建制)'의 채용을 주장하였다.

진의 정치 권력 기구

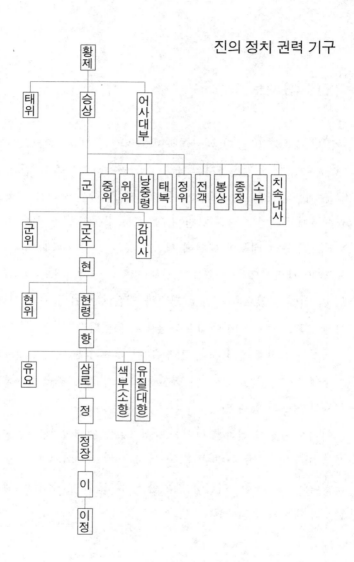

'봉건제'란 주대(周代)에 실시한 제도로 공족이나 공신에게 토지와 백성을 나누어 주고, 그 영유를 자손에게 상속시키는 방식이다. 알기 쉽게 말하면 지방에 몇 개의 반(半)독립군(왕국)을 만들고 이를 중앙 정부(왕조)가 완만하게 통제하는 형식이다.

왕관은 이렇게 주장하였다.

"이제 겨우 제후를 무너뜨리고 통일을 달성하였는데 연, 제, 초는 너무도 먼 곳에 있습니다. 그곳에 왕을 두시지 않으면 완전히 장악하기 어렵습니다. 부디 여러 황태자들을 왕으로 봉하십시오."

이에 대해 의연한 태도로 반박을 하는 이가 있었으니 바로 이사였다.

"주나라의 문왕(文王)과 무왕(武王)은 많은 왕자와 동족을 왕으로 봉했습니다만 대를 거듭하고 혈연이 멀어짐에 따라 서로 적대시하여 대립하기에 이르렀습니다. 더욱이 제후 간의 항쟁에 이르러서는 손을 쓸 도리가 없었습니다. 이리하여 주왕실의 권위는 땅에 떨어졌습니다. 다행스럽게도 이제야 천하는 폐하의 위덕으로 통일되어 군현(郡縣)으로 편성되었습니다. 그러니 여러 왕자나 군신들에게는 국고의 수입을 떼어서 충분한 포상을 하사하는 것이 합당합니다. 국가의 통제를 유지하면서 인심의 이반(離反)을 방지하는 일이야말로 치안 유지의 핵심이옵니다. 지금 새삼스럽게 제후를 세우는 일은 백해무익한 처사로밖에 보이지 않습니다."

시황제는 판단을 내렸다.

"천하 만민이 끝없는 전란의 고통을 겪은 까닭은 제후가 존재했기 때문이다. 다행히 조종의 가호에 힘입어 우리 진나라가 평화를 가져온 지금, 또다시 제후를 둔다면 눈을 멀쩡히 뜨고도 전화의 씨앗을 뿌리는 일이 되리라. 이래서는 입으로만 평화를 바라는 일이 될 터이니 정위의 의견에 따르도록 하라."

이로써 '군현제'가 정식으로 채용되었다. 군현제란 전국을 36개 군(郡)으로 가르고, 다시 현(縣)으로 갈라 중앙 정부에서 통괄하여 다스리는 제도이다. 군에는 군수(郡守), 군위(郡尉), 군감(郡監)을 두고, 현에는 현령(縣令), 현위(縣尉), 현승(縣丞)을 두어 민정(民政), 군사(軍事), 감찰(監察)의 3권을 나누어 맡아 처리하게 하였다. 이 관리들은 모두 중앙 정부, 즉 시황제가 직접 임명하였으며 황제의 뜻에 따라 언제든 전임되었다. 이리하여 황제의 위령이 중국 전역에 달하는 체제가 완성되었다.

군현제는 군권 강화로 중앙 집권 체제의 확립을 꾀하려고 한 법가로서는 당연한 주장이었는데, 이 제도의 채용은 중국 정치

제도사에서 획기적인 의미를 지니게 되었다. 진나라 이후의 모든 중국 왕조가 그 운영이나 명칭에서 약간의 차이는 있었지만 기본적으로는 진나라의 이 군현제를 규범으로 삼았기 때문이다. 따라서 이를 헌책한 이사의 공적은 정치제도사에서 찬란한 빛을 발하였다.

이 해에는 또한 통일 국가 체제 만들기의 일환으로, 도량형 통일, 문자의 서체(書體) 통일 등이 시행되었다. 특히 문자는 그때까지 나라마다 서체가 달랐으나 '소전(小篆)'이라는 표준 문자를 제정하여 그 통일을 꾀하였다.

분서갱유(焚書坑儒)

훗날 시황제의 악명을 높인 사건이 있었으니 바로 그 유명한 '분서갱유'이다. 이 사건 때문에 시황제는 문화의 탄압자니 폭군이니 하는 인상을 남겼는데, 과연 이것이 사실일까? 또한 이 사건에서 이사는 어떤 역할을 담당했을까? 먼저 '분서' 사건부터 알아보자.

결론부터 말하면 '분서' 사건은 이사가 낸 정책에 따라 시행되었다. 그러한 점에서 보면 이 사건의 직접적인 책임자는 이사였다.

사건의 발단은 이러하였다. 기원전 221년(시황제 34년), 함양궁(咸陽宮)에서 시황제를 둘러싼 주연이 열렸는데 제나라 출신의 순우월(淳于越)이라는 학자가 느닷없이 봉건제의 장점을 역설하면서 그 복원을 진언하였다.

"은과 주 왕조가 천 년이 넘도록 번영을 누린 까닭은 자제와 공신을 제후로 봉하여 왕실의 병풍으로 삼았기 때문이라 들었습니다. 한데 폐하께서는 천하를 장악하셨으나 그 자제 분들은 모두 일개 평민에 지나지 않습니다. 장차, 만일에 하나 제나라의 전상(田常)이나 진(晉)의 육경(六卿)처럼 제위를 노리는 자가 나온다면 어찌 제국을 유지할 수 있겠는지요? 무슨 일이든 옛일을 본보기로 삼아야지, 그렇지 않고 그냥 흘러보내시면 아니 됩니다."

군현제가 혁신적인 법가 노선이라면 '옛일을 본보기로 삼아야 한다'는 순우월의 주장은 복고적인 유가 노선에 해당하였다. 사실 사상 노선이 어쨌든 간에 군현제가 획기적인 제도인만큼 이를 의심하는 사람이 많던 것도 사실이다.

시황제는 이 문제에 대한 검토를 승상인 이사에게 맡겼다. 당시 이사는 신하로서는 최고의 자리인 승상에 올라 명실상부하게 정치의 실권을 장악하였다. 시황제는 전제군주의 전형적인 인물처럼 보이는데, 이러한 중대한 정치 문제가 발행하면 군현제를 채용했을 때와 마찬가지로 먼저 신하들에게 의견을 물어본 다음에 판결을 내렸다. 시황제는 우리가 흔히 생각하는 그런 폭군이 아니라 오히려 뛰어난 군주였다고 할 수 있다.

승상인 이사는 시황제의 하문에 상서를 올려 답하였다. 그 안에서 매우 흥미롭게도 이사는 군현제에 관해 단 한 마디도 언급하지 않았다. 군현제는 이미 시행을 끝마친 정책이므로 더는 의논할 여지가 없다고 생각했는지도 모른다. 그보다 이사가 참을 수 없던 것은 무슨 일에든 '옛날에는 이러하였다' 하고 토를 달아 현대를 비판하는 학자들의 무책임하고 소극적인 태도였다. 그들의 언설에는 발전적인 요소가 하나도 없었다. 단순한 비난을 위한 비난, 그 이상도 그 이하도 아니었다. 이사는 그렇게 생각할 수밖에 없었다.

이사는 시황제의 하문에 답하여 이러한 정책을 제시하였다.

"그 옛날, 천하는 어지러워 통일되지 못하였고 제후의 난립을 초래하였습니다. 당시의 언설을 보면 모두 상고의 세상을 이상

향으로 보아 현대를 비판하고 황당무계한 주장으로 현실을 혼란하게 하였으며, 자신의 말만 옳다면서 위정자를 비난하였습니다. 오늘날 폐하가 천하를 통일하여 사물의 가치 기준을 정하시고 황제라는 유일한 자리에 오르셨음에도 자신의 말만 옳다고 여기는 자들은 여전히 폐하의 법제도를 비난하고 포고가 내려지면 비판을 덧붙입니다. 또한 불만을 품는 데 그치지 않고 거리로 나가 제멋대로 이에 대해 토론을 하기까지 합니다. 어디 그뿐입니까? 폐하를 비난하고 폐하의 명령에 이의를 제기함으로써 허명을 떨치고 도당을 지어 날이 새는 줄을 모르고 비난을 일삼고 있습니다. 이러한 무리를 방치하시면 결국 폐하의 권위에 먹칠을 할 것이 분명합니다. 즉시 단속하셔야 하옵니다. 그 방법으로 먼저 학술, 시서, 백가의 저서를 소유한 자에게 그 폐기를 명하시옵소서. 명령에 따라 30일 이내에 폐기하지 않은 자는 자자형(刺字刑 : 얼굴이나 팔뚝의 살을 따고 홈을 내어 먹물로 죄명을 찍어 넣던 형벌—역주)에 처하고 성을 쌓는 노역에 처하시옵소서. 소유를 허락하는 책은 의약, 점복(占卜), 농사에 관한 서적으로 한정해야 합니다. 그리고 학문에 뜻이 있는 자가 있으면 관리를 스승으로 삼게 하소서. 이것이 신의 생각이옵니다.”

이상은 《사기》 〈이사열전(李斯列傳)〉에서 인용한 글인데, 〈 시황본기(始皇本紀)〉에 나오는 내용이 더 자세하다.

"사관이 기록한 것 중에서 진나라에 관한 것 외에는 모조리 태워 없애다. 시서(詩書), 백가의 저서를 지닌 자는 군수에게 제출하여 태워 없애다. 다만, 박사(博士)가 직무상 지닌 것은 예외로 한다. 감히 시서를 논하는 자가 있으면 죽을죄로 다스려 저잣거리에서 집행하도록 한다. 옛날의 예를 들어 현대를 비판하는 자는 일족을 몰살한다. 위반한 자를 알면서도 방치한 관리는 같은 죄로 다스린다."

이를 보면 '분서' 라고는 하나 모든 책을 태운 것이 아니라 어느 정도 조건을 붙였음을 알 수 있다. 그러나 어쨌든 이는 일종의 우민정책(愚民政策)에 해당한다. 군권(君權) 강화를 중시하는 법가의 사고방식에서 보면 당연한 귀결이었다. 일찍이 상앙이 진(秦)에서 한 일을 이번에는 전국 규모로 실행한 셈이다.

이리하여 분서는 이사가 헌책하여 시황제가 승인을 내리고 다시 이사가 실행에 옮겼다. 그렇다면 '갱유' 는 어떠할까? 〈시황본기〉(《사기》)에 따르면 이러하다.

말년의 시황제는 불로장생에 몰두하여 방사(方士)들을 총애하였다. 방사란 불로불사(不老不死)의 영약이나 점복을 생업으로 삼는 무리를 이른다. 이들은 갖은 감언이설로 시황제의 비위를 맞추었고 어쩌다 일이 잘 안 풀리면 주살을 당할까 두려워 도 망치는 데 바빴다.

기원전 212년, 노생(盧生)과 후생(侯生)이라는 두 방사가 일이 뜻대로 되지 않자 갑자기 모습을 감추었다. 그러자 시황제도 더는 참지 못하고 노발대발 성을 냈다. 두 사람을 믿은 만큼 그 화도 대단하였다.

"나는 천하의 태평성세를 위해 쓸모없는 서적을 몰수하여 모조리 불태워 버리고 학문과 방술에 능한 자를 불러 모았다. 그런데 불로장생약을 만들어낸다고 하더니 한중(韓衆)이란 자는 소리 소문 없이 사라졌고, 서시(徐市)란 자는 막대한 비용을 있는 대로 축냈으면서 약은커녕 사리사욕만 채웠다는 소문이 돌고 있다. 나는 이들에게 진심으로 경의를 표하며 최고의 대우를 해주었건만 그런 나를 비방하고 나의 부덕함을 천하에 퍼뜨리고 다닌다고 하며, 도시에 불러들인 학자들 중에도 수상한 언사로 백성들의 정신을 빼놓는 자가 있다고 한다."

재미있게도 무엇 하나 뜻대로 되지 않는 일이 없는 시황제가 '방사'에게만큼은 농락을 당하였다. 그러나 뜻밖에 불똥이 튄

학자들은 참으로 난감한 지경에 처하였다. 시황제는 검찰관에게 명하여 학자들을 한 사람도 남기지 말고 조사하게 하였고, 학자들은 서로 죄를 넘겨씌우면서 발뺌을 하였다. 결국 시황제는 460여 명을 법에 위반했다는 명목으로 함양에서 산 채로 매장하고, 이를 전국에 포고하여 본보기로 삼았다고 한다.

이 일화에 이사의 이름은 나오지 않지만 당시 승상의 지위에 있었으므로 당연히 일의 집행을 맡았으리라는 사실을 짐작할 수 있다. 사마천이 "시황제의 결점을 보완하려고 하지 않고 아첨을 일삼았다"고 비난한 것은 바로 이러한 점을 지적했는지도 모른다.

趙고의 음모

기원전 210년, 시황제는 순행(巡行) 중에 병을 얻어 사구(沙丘 : 지금의 허베이 성[河北省] 핑샹[平鄕] 동북)에서 50세의 나이로 세상을 떠났다. 그렇게 불로불사에 집착한 인물치고는 참으로 어처구니없는 짧은 생애가 아닐 수 없다. 이 순행에는 승상인 이사도 참여하였다. 이사는 후계자 싸움이나 불평분자의 반란이 일어날 것을 두려워하여 시황의 죽음을 숨기고 순행을 계속하였고, 수도인 함양에 돌아오고 나서야 비로소 국상이 났음을 알렸다. 이사의 이 정치적 판단은 옳았을지 몰라도 그가 국왕의 죽음을 숨긴 사이에 그만 커다란 비극이 싹트고 말았다.

자신의 죽음이 임박했음을 깨달은 시황제는 환관인 조고를 침소로 불러 장자 부소(扶蘇) 앞으로 서신을 쓰게 하였다. "군(軍)은 몽염(蒙恬)에게 맡기고 함양으로 돌아가 내 유해를 맞이하여 장례를 치르게 하라"라는 내용이었다.

부소는 2년 전의 갱유 사건 때 시황제에게 그 일의 부당함을 간하다가 노여움을 사서 북방군 사령관인 몽염의 감독관이라는 명목으로 북쪽 변방으로 추방된 상태였다. 누구 하나 간하려 하지 않은 부친 시황제에게 감히 간한 점에서 보면 상당한 인물이었음에 틀림없다. 시황제는 이런 부소에게 후사를 맡기려고 하였다.

그러나 일은 시황제의 뜻대로 풀리지 않았다. 이때 암약한 사람이 바로 조고다. 조고는 자신의 지위를 유지하고 영달을 꾀하려면 부소에게 후사를 맡기지 말아야 한다고 생각하였다. 대신 막내인 호해는 자신의 가르침을 받은 왕자여서 얼마든지 자기 뜻대로 조종할 수 있었다. 게다가 마침 호해는 순행에 참가하여 일을 꾸미기 좋았다. 그래서 간사한 꾀를 생각해 낸 조고는 먼저 호해를 설득하기 시작했다.

"이대로 일이 진행된다면 부소 왕자가 돌아오셔서 황제에 오르시게 됩니다. 그러면 왕자께서는 땅 한 조각 지닐 수 없습니다. 그래도 괜찮으시겠습니까?"

"당연하지요. 내가 듣기로 유능한 군주는 신하를 잘 알고, 현명한 아버지는 아들을 잘 안다고 하였소이다. 선황께서 붕어(崩御)하실 때까지 아무도 제후로 봉하지 않으셨으니 이 몸 같은 말자(末子)가 땅 한 치 없는 게 당연하지 않겠소?"

"꼭 그렇지는 않습니다. 이제 천하를 다스릴 큰 권한을 잡는 일은 공자님과 승상 이사, 그리고 제게 달렸으니 도모하기에 따라 달라질 것입니다. 남을 신하로 삼는 것과 남의 신하가 되는 것, 또 남을 억누르고 다스리는 일과 남에게 억눌리고 다스림받는 일이 어찌 같을 수 있겠습니까?"

"형을 제치고 아우가 나서는 것은 불의이며, 형, 곧 부소에게 죽을까 두려워하여 선황의 조서를 받들지 않는 것은 불효입니다. 또한 재주가 얕고 능력이 뒤지면서 억지로 남의 공로를 빼앗는 것이야말로 참된 무능이지요. 이 세 가지는 사람과 하늘의 도리에 어긋나는 일이니 천하가 복종하지 않을 테고, 나아가 자신

의 몸까지 위태롭게 하는 일입니다. 어디 그뿐입니까? 끝내는 사
직마저 흔들리게 될 겁니다."

호해는 난색을 표하였으나 결국 집요한 조고의 설득에 넘어가
고 말았다. 이제 남은 사람은 승상 이사였다. 조고는 호해를 설
득하자마자 곧바로 이사에게로 달려가 포섭에 나섰다. 그러나
이사를 설득하는 일은 호해처럼 간단하지 않았다. 이사는 쌀쌀
맞게 조고의 이야기를 물리쳤다.

"이 무슨 말씀이시오? 나는 승하하신 폐하의 조칙을 받들어
모실 것이외다. 무릇 충신은 목숨을 바쳐 주군을 모셔야 하고 이
해득실을 따지지 말아야 하오. 또한 효자라면 책모에 가담하여
위험한 일을 벌이지 말아야 하는 법이오. 신하가 직분을 지키는
일 이외에 무엇을 할 수 있단 말이오? 그대는 내게 죄를 범하라
고 말하는 게요? 더는 그런 이야기를 듣고 싶지 않소."

이치를 따지는 말로는 이사의 마음을 움직일 수 없다고 판단
한 조고는 태도를 바꾸어 위협을 가하였다.

"지금 천하의 대세는 호해 공자 쪽으로 기울었소이다. 그 호
해 공자의 마음이 바로 이 손안에 있소이다. 아시겠소? 밖에서
안을 다스리려 하는 것을 '혹(惑)'이라 하고, 아래에서 위를 억
누르려 하는 것을 '적(賊)'이라 하오. 이제 와서 부소를 태자로

맞아 후사를 잇게 하는 것은 바로 혹(惑)이요, 적(賊)이란 말이오. 승상께서 제 말을 따르지 않으신다면 재앙이 자손에까지 미칠 것이오. 참으로 처신이 능한 사람은 재앙을 복으로 돌릴 줄 안다 하였소. 자, 승상께서는 이제 어찌하시겠소?"

만약 거절한다면 목숨을 유지할 수 없을 것이 분명하였다. 이사는 하늘을 우러러 탄식하였다.

"아아! 어지러운 세상을 만나 홀로 죽을 수도 없고 살 수도 없구나. 도대체 어디에 이 한목숨을 맡겨야 할꼬!"

이리하여 호해가 2세 황제에 등극하였다. 조고는 낭중령(郎中令 : 비서실장)의 요직을 차지하여 황제의 신임을 한 몸에 받으면서 국정을 맡아보았다.

이 2세 황제의 옹립극에서 주역은 환관 조고였으며 승상인 이사는 조역에 지나지 않았다. 그러나 조고에게 협력하였음은 부정할 수 없는 사실이다. 아무리 위협을 당했다고는 하나 그가 일신을 걸 각오를 했더라면 충분히 막을 수도 있었으리라. 그러나 이사는 그렇게 하지 않았다. 우리는 이 부분에서 이사의 나약함을 엿볼 수 있다. 그리고 이 나약함은 이사를 무참한 최후로 이끌었다.

무참한 최후

2세 황제 호해는 시황제의 묘소 여산(麗山)과 아방궁의 공사를 다시 시작하였다. 또한 변방의 야만족 진무(鎭撫)에 대해서도 선대의 적극적인 정책을 답습하였다. 따라서 몇십 만에 달하는 사람들이 그 정책에 동원되었고, 조달하는 식량과 물자의 양도 막대하였다. 이윽고 가렴주구(苛斂誅求 : 세금을 가혹하게 거두어들이고, 무리하게 재물을 빼앗음―역주)를 더는 참지 못한 백성들이 각지에서 반란을 일으키기에 이르렀다. 이 반란을 이끈 것이 진승(陳勝)과 오광(吳廣)의 봉기였다(기원전 209년). 2세 황제가 즉위하여 아직 1년도 지나지 않을 때였다. 이는 진 제국을 와해하는 봉화이기도 하였다.

조정에서는 조고가 2세 황제를 농락하여 점차 실권을 장악하였다. 2세 황제는 조정에 나가 여러 대신들과 정무를 논하는 일을 그만두고 궁중 안에 틀어박혔는데, 이 역시 조고의 진언에 따른 처사였다. 정무는 모두 조고를 통해 진상되었고 호해와 조고, 이 두 사람의 상담에 따라 결정되었는데 2세 황제는 조고의 꼭 두각시 인형에 지나지 않았다.

그로부터 조금 뒤의 일인데 이런 일화가 전해진다. 조고는 어느 날 부하의 신뢰 정도를 알아보기로 마음먹고 사슴을 2세 황제에게 헌상하면서 "이것은 말입니다" 하고 말하였다.

2세 황제가 웃으며 말하였다.

"그대가 착각을 하였겠지. 이는 사슴일세."

조고가 고개를 가로젓자 2세는 측근에게 확인해 보았다. 그러자 측근의 반응이 세 부류로 나뉘었다. 어떤 이는 묵묵부답이었고 어떤 이는 조고에 아첨을 하며 "아니옵니다, 말이옵니다" 하고 말하였다. 또 어떤 이는 "사슴이옵니다" 하고 대답하였다. 조고는 이후 남몰래 손을 써서 사슴이라 대답한 자에게 가혹한 형벌을 가하였다고 한다.

'지록위마(指鹿爲馬)'라는 말은 이 이야기에서 유래하였다. 우매한 군주와 간신이 짝을 이루어 다난한 대제국의 키를 잡은 것이다.

잇달은 반란으로 정세가 급변하자 이를 우려한 이사는 그때마다 황제의 배알을 청하였으나 측근인 조고의 저지로 호해를 만날 수가 없었다. 하는 수 없이 누차 상소를 올렸으나 이 역시 받아들여지지 않았다. 받아들이기는커녕 조고에 의해 눈과 귀가

가려진 2세는 오히려 이사의 충성을 의심하는 지경에 이르렀다. 화가 치밀어 오른 이사는 마지막으로 조고를 탄핵해야 한다는 내용의 상서를 제출하였다. 그러나 이것이 결국 이사의 명을 단축시키고 말았다. 2세의 믿음은 완전히 조고에게 기울어져 있었다. 밖에서, 그것도 모반의 의심까지 사는 사람이 아무리 "주군의 측근인 간신을 참하소서" 하고 소리쳐 본들 들릴 리 만무하였다.

결국 이사는 모반의 혐의로 체포되어 일족 모두가 투옥되었다. 조고의 수하가 진상을 밝히는 담당 관리로 나서서 혹독한 고문을 가하였는데, 절망한 이사는 결국 짓지도 않은 죄를 졌다고 고백하였다.

이사가 함양에서 요참형(腰斬刑)에 처해진 것은 기원전 208년 8월, 시황제가 죽은 지 2년 만의 일이었다. 이사는 옥에서 끌려나와 형장으로 향하던 도중에 연좌된 둘째 아들을 돌아보며 이렇게 말했다고 한다.

"옛날 상채(이사의 고향)에 있을 무렵 너와 함께 적견(赤犬)을 데리고 동문 밖에서 자주 토끼를 잡았지. 이제 더는 그럴 수가 없게 되었구나."

이사가 처형된 지 1년 후 진도 멸망하였다.

7

『소하』

소하(?~기원전 193년)

패현(沛縣 : 지금의 장쑤 성[江蘇省]) 출신.

진 시황제 시절에 현의 하급 관리인 주리(主吏)로 일하였다. 기원전 209년, 유방(劉邦 : 한의 고조)의 거병에 참가, 기원전 206년에 유방이 한왕에 봉해졌을 때 그 승상이 되었다. 초의 항우(項羽)와 한의 유방이 싸울 때는 후방 기지인 관중(關中)을 맡았고, 공신(功臣) 가운데 첫째 자리를 차지하였다. 이후에도 승상, 상국(相國)으로서 '구장률(九章律)'을 책정하는 등 한 왕조의 기초를 다지는 데 공헌하였다.

한 왕조의 공신

악전고투 끝에 숙적 항우를 쓰러뜨린 한나라의 고조 유방이 수도 낙양(洛陽)으로 개선하였으니 기원전 202년의 일이다. 유방이 진의 가혹한 정치를 더는 참지 못하고 향리 패(沛)의 땅에서 군사를 일으킨 지 7년, 몇 번인가 사선을 넘나들며 마침내 최대의 난적인 항우를 쓰러뜨리고 이제 천하를 수중에 넣을 수 있게 되었다.

고조 유방은 서둘러 남궁(南宮)에 여러 장군을 모아놓고 전승의 주연을 열었다. 석상에서 고조는 매우 만족스러워하며 모두에게 이렇게 말하였다.

"허심탄회하게 말해 보게. 짐이 천하를 차지한 까닭과 항우가 천하를 잃은 까닭이 무엇인가?"

고기(高起)와 왕릉(王陵) 두 사람이 번갈아가며 대답하였다.

"폐하께서는 오만하여 상대방을 업신여기는 면이 있습니다. 그에 비해 항우는 정이 많아 좋은 신하를 아끼는 편입니다. 그러나 폐하는 도성이나 영토를 공략하면 아낌없이 나누어 한 사람이 모두 차지하는 일이 없도록 하셨거늘 항우는 그렇지 않았습니다. 그는 의심이 많아서 부하가 능력이나 수완을 발휘하려고 하면 오히려 눈엣가시로 여겼습니다. 또한 손에 넣은 것은 모두 자신의 공으로 돌리고 부하에게는 나누어 주지 않았습니다. 이 것이 천하를 잃은 까닭이옵니다."

고조가 대답하였다.

"공들이 하나는 알고 둘은 모르는구려. 참모 안에서 꾀를 생각하여 천 리 밖에서 승리를 결정짓는 점에서 나는 장량(張良)을 이길 수 없소. 내정의 충실, 민생의 안정, 군량 조달, 보급로 확보에서는 소하를 이길 수 없고, 백만 대군을 자유롭게 지휘하여 승리를 거머쥐는 점에서는 한신을 이길 수 없소. 이 세 사람은 모두 걸물(傑物)이오. 나는 이 걸물을 보람있게 활용할 수 있었소. 이것이야말로 내가 천하를 잡은 까닭이오. 항우에게도 범증 (范增)이라는 걸물이 있었으나 그는 이 한 사람밖에 활용하지 못하였고, 이것이 항우가 내 먹잇감이 된 까닭이오."

사람의 공적

고조는 이어서 논공행상(論功行賞)을 하려고 하였다. 그런데 신하들이 저마다 공적을 내세우는 바람에 1년이 지나도록 결말을 내릴 수가 없었다.

마침내 고조는 가장 큰 공적을 올린 사람은 소하라고 하면서 소하에게 가장 큰 봉지(封地)인 찬(酇)을 주었다. 공신들은 저마다 불만을 털어놓았다.

"우리는 몸을 바쳐 제일선에 나가 많게는 백 몇십 번, 적게는 수십 번의 전투에 참가하였습니다. 공훈의 크고 작은 차이는 있으나 한결같이 성을 공격하여 땅을 약정(略定)하였습니다. 그런데 소하는 단 한 번도 전장에 나간 적이 없고 그저 탁자 앞에서 서류만 만지작거리지 않았습니까? 그런데도 우리보다 공이 크다니, 이 무슨 말씀이시옵니까?"

고조가 말하였다.

"그대들은 수렵(狩獵)을 아시오?"

"아옵니다만……."

"그럼, 엽견(獵犬)도 아시오?"

"아옵니다."

"수렵을 할 때 사냥감을 쫓는 것은 개지만 그 개를 부려 포위망을 결정하는 것은 사람이오. 이른바, 그대들은 도망치는 사냥감을 쫓아가 잡았을 뿐이므로 공훈 면에서 '개' 의 공훈에 해당하오. 이에 비해 소하는 그들의 포위망을 지휘하였으니 이는 곧 '사람'의 공훈에 해당하오. 그뿐만이 아니오. 그대들은 몸 하나만 달랑 들고 내게 오지 않았소? 많은 사람을 거느렸다고 해봐야 고작 일족삼인(一族三人) 정도였소. 그러나 소하는 일족은 물론이고 수십 명도 넘은 사람을 전쟁터로 보내왔소. 그 공적도 무시할 수 없소."

신하들은 누구 하나 반론을 제기하지 못하였다고 한다.

이리하여 영지의 배분을 끝내고 마침내 논공행상은 궁중에서의 석차를 결정하는 문제로 이어졌다. 이 문제에서도 신하들은 한결같이 입을 모아 이렇게 말하였다.

"평양후(平陽侯) 조참(曹參)은 몸에 칠십여 곳이나 상처를 입을 정도로 전력을 다해 싸웠고, 공성야전(攻城野戰)에 가장 큰 전공을 세웠습니다. 조참이야말로 으뜸가는 자리를 차지해야 합니다."

고조는 이미 공신들의 반대를 무릅쓰고 소하에게 많은 영지를 하사하였기 때문에 석차에 대해서는 신하들의 의향을 거스를 이유가 없었다. 그러나 마음속으로는 어떻게든 소하를 으뜸가는 자리에 앉히고 싶었다.

이를 꿰뚫어 본 관내후(關內侯) 악군(鄂君)이라는 자가 진언하였다.

"모두의 의견이 맞습니다. 과연 조참은 성을 공략하고 땅을 차지하는 데[攻城略地] 공적을 올렸습니다. 그러나 이는 일시(一時)의 공적에 지나지 않습니다. 잘 생각해 보시옵소서. 폐하가 항우와 공방을 되풀이하기를 5년, 그동안 싸움에 패하여 부하를 잃은 적이 여러 번이고, 간신히 몸만 탈출한 적도 세 번이나 됩니다. 그때마다 소하가 관중(關中)에서 병력을 보충해 주었습니다. 폐하의 명령을 기다리지 않고 수만 명의 부대가 그 위급한 전쟁터로 달려온 것도 한두 번이 아니었습니다. 또한 영양성(榮陽城)에서 항우의 군대와 몇 년에 걸쳐 공방전을 펼쳤을 때도 식량이 부족해지면 소하가 관중에서 보급해 주어 쓸데없는 걱정을 하지 않아도 되었습니다. 이뿐만이 아니옵니다. 폐하는 여러 차례 산동을 적에게 빼앗기셨는데 소하는 폐하가 언제든지 귀국하실 수 있도록 관중을 마지막까지 확보하였습니다. 이것이야말로 만세에 걸친 공적이 아니고 또 무엇이겠습니까? 조참 백 명을 잃는다 해도 우리 한나라는 끄떡없습니다. 또한 조참 백 명 있다고 해서 만전을 기할 수 있는 것도 아닙니다. 일시의 공을 만세의 공보다 높이 평가할 수는 없습니다. 소하를 으뜸가는 자리에, 조참을 버금가는 자리에 올리셔야 하옵니다."

"네 말이 옳다" 하고 고조는 고개를 끄덕였다.

그리고 소하에게 궁중에서 칼을 차고 신을 신도록 허락하였고, 다른 신하처럼 종종걸음으로 다니지 않아도 되도록 특별 대우를 해주었다.

이렇게 고조에게서 공신 제1위라 인정을 받은 소하는 도대체 어떤 인물일까? 또한 한 왕조의 창설에 어떠한 공적을 세웠을까? 지금부터 좀 더 자세히 알아보도록 하자.

소하와 고조

소하(?~기원전 193년)는 패현(지금의 장쑤 성[江蘇省]에 있다) 사람으로, 진의 시황제 시대에 법령에 정통한 탓에 현의 하급 관리로 일을 하였다. 같은 패현 출신인 고조와 인연을 맺은 것도 바로 이때부터였다.

고조 유방은 매우 평범한 농민의 아들로 태어났으나 청년 시절부터 농촌 일을 싫어하여 곧잘 집을 나가 협객들과 친분을 나누었다. 서른이 되어 사수(泗水)의 정장(亭長 : 역참의 장)이라는 하급 관리에 채용되었으나 역참이 일이 눈에 찰 리 없어 동료나 상사를 업신여기며 술과 여자로 세월을 보냈다. 그러나 남과 사귀기를 좋아하고 기질이 활달한 데다 포용력이 뛰어났기 때문에 당시 이미 협객 안에서도 뛰어난 인물로 정평이 나 있었다.

현의 하급 관리인 소하는 그런 고조의 모습을 찬찬히 살펴보았다. 고조가 아직 무명의 서민이었을 때부터 소하는 법률 면에서 누차 편의를 봐주었고 고조가 정장이 된 후에도 이것저것 보살펴 주었다. 고조가 노역을 감독하기 위해 수도인 함양으로 떠날 때도 다른 관리들은 300전을 보내주었으나 소하는 호기있게 500전을 주었다.

소하는 장차의 이익을 생각해서 미리 유방에서 손을 쓴 것일까? 아마 그렇지 않을 것이다. 확실히 결과적으로는 그렇게 되었으나 이때 남보다 200전이나 많이 보내준 상대방이 설마 훗날 황제가 되리라고는 꿈도 꾸지 못했을 것이다. 그저 재미있는 인물이다, 라는 가벼운 생각에서 돌보아주었으리라. 또한 고조에게 사람을 끌어당기는 인간적인 매력이 있었음도 사실일 것이다.

소하는 당시부터 사무 면에서 수완을 발휘하는 데 정평이 난 유능한 관리였다. 어느 날, 중앙에서 감찰관이 감찰을 하러 왔을 때 소하는 그를 도와 일을 척척 처리해 주었다. 이것이 눈에 띄

어 사수군(泗水郡)의 관리로 임용되었는데 그곳에서도 발군의
실력을 발휘하였다. 진의 감찰관은 그런 그를 중앙의 관리로 등
용하려고 했으나 웬일인지 소하가 고사하였기 때문에 하는 수
없이 포기하였다고 한다.

이것이 만약 평화로운 시대였다면 소하는 숙달된 지방 관리로
서, 또한 고조는 협객과 친분이 있는 사람으로서 각각 평범한 생
을 마감했을지도 모른다. 그러나 격동하는 시대의 파도는 이 두
사람의 운명을 크게 흔들어 황제와 재상이라는 생각도 못한 높
은 지위에까지 올려놓았다.

그 원인이 된 것은 당연 시황제의 가혹한 정치였으며, 직접적
인 계기가 된 것은 진승과 오광이 "왕후장상(王侯將相)의 씨는 따
로 있지 않다"며 진나라에 반대하여 일으킨 봉기였다. 대택향(大
澤鄕)이라는 곳에서 반진(反秦) 군대를 일으킨 진승은 파죽지세
로 여러 현을 공략하여 눈덩이처럼 늘어나는 많은 사람들을 이
끌고 북으로 향하였다. 이에 호응하여 반진의 군사를 일으키는
자가 각지에서 속출하여 나라 안은 벌집을 쑤신 듯한 소동이 일
어났다.

이 파도는 곧바로 패현에도 밀어닥쳤다. 패현의 지사(知事)는
멍청하게 있으면 자신도 진승의 군대에 희생될지도 모르니 그럴

바에는 차라리 이쪽에서 먼저 진승의 봉기에 가담하자고 마음을 먹었다. 그런데 주사인 소하와 옥연(獄掾)의 조참이 이를 반대하였다.

"지사께서는 누가 뭐라고 해도 진나라의 관리이십니다. 그런 지사께서 진나라에 등을 돌린다면 패의 젊은이들이 그렇게 호락호락 따르겠습니까? 이렇게 하면 어떻겠습니까? 먼저 지사께서 일찍이 현 밖으로 추방한 무리를 불러들이십시오. 그러면 한 수백 명은 족히 모일 테니 그들을 이용하여 젊은이들에게 위엄을 보인다면 능히 지사님을 따르게 될 것입니다."

지사는 그 의견을 받아들여 부하인 번쾌(樊噲)에게 명하여 유방을 불러오도록 하였다. 당시 유방은 어떤 사정으로 고향인 패현을 떠나 있었는데, 그 사정은 다음과 같다.

몇 년 전, 패수의 정장인 유방은 현의 명령으로 죄인을 여산까지 호송하는 임무를 맡았다. 마침 함양에서 멀지 않은 여산에서는 시황제의 묘소를 짓는 대공사가 한창이었다. 유방은 패현의 죄인을 인솔하여 여산으로 향하였는데, 도중에 죄인들이 잇달아 도망을 치고 말았다. 결국 여산에 도착했을 때는 죄인이 한 사람도 남아나지 않으리라고 판단한 유방은 늪이 많은 땅에 이르렀을 때 더는 앞으로 나아가지 않고 그 자리에 철썩 주저앉아 술을 마시기 시작했다. 그리고 주위가 어두워지자 죄인들을 모조리 풀어주면서 이렇게 말하였다.

"다들 남이 모르는 곳으로 가시게, 나도 이곳에서 도망을 칠 테니."

그 자리에는 혈기 왕성한 장정이 열 명 남짓 있었는데 이런 유방의 행동을 보고 행동을 함께하겠노라고 나섰다. 이리하여 유방은 스스로 나라에서 쫓기는 몸이 되어 망산(芒山), 탕산(碭山) 등 험준한 산악 지대로 몸을 숨겼다.

이러한 반체제 집단을 중국말로 '유구(流寇)'라고 한다. 중국은 워낙 땅덩어리가 커서 이런 유구가 숨을 곳이 얼마든지 있었다. 특히 난세에는 중앙 정부가 혼란에 빠지기 때문에 '유구'는 한층 큰 세력을 키울 수 있었다. 유방의 유구 집단도 유방의 천성이라고 해야 할 통솔력에 힘입어 패현의 지사에게서 환영을 받았을 때는 거의 백 명으로 인원수가 늘어나 있었다. 유방을 부르러 간 번쾌 역시 그 무리에 가담하여 일행을 안내하여 패현으로 돌아왔다.

그런데 유방이 도착하자 지사는 성문을 걸어 잠그고 아무도 들여보내지 않았다. 이들이 반란을 일으킬까 두려웠기 때문이다. 또한 동시에 이 일을 주모한 소하와 조참까지 살해하려 들었

다. 이를 간파한 두 사람은 성벽을 넘어 탈출하여 유방에게 몸을
의탁하였다. 유방은 성안으로 서신을 매단 화살을 쏘아 장로들
에게 이렇게 호소하였다.

"천하 백성들이 오랫동안 진나라의 가혹한 정치에 고통을 받
아왔습니다. 장로들께서 지사에게 의리를 다하여 성을 수비한다
해도 제후가 일제히 봉기한 지금, 패현의 운명은 이미 결정난 것
과 다를 바가 없습니다. 이 위급에서 벗어나려면 현 안의 사람들
이 일치단결하여 지사를 주살하고 젊은이들 중에서 적당한 이를
골라 지도자로 세워 제후에게 호응하는 수밖에 없습니다. 그렇
지 않으면 일족이 모두 살해될 것입니다."

이 글을 읽은 장로들은 결의를 다졌다. 젊은이들도 들고일어
나 지사를 살해하고 성문을 열어 유방 일행을 맞이하였다.
이쯤에서 한 가지 알아두어야 할 사항이 있다. 중국의 성은 곧
한 도시를 뜻한다. 도시(마을이나 집락을 포함하여) 주위에 성
벽을 두른 것이 곧 '성(城)'이었다. 그러므로 그 안에는 군사뿐
아니라 일반 백성들도 전부 함께 살고 있었다.
어쨌든 그리하여 지사를 살해하고 유방 일행을 맞이한 패현

사람들은 새 지사에 유방을 추대하기로 하였다. 그러나 유방은
이를 거절하였다.

"바야흐로 천하가 어지러워지니 제후들이 다투어 일어나고 있
습니다. 이때 무능한 사람을 장수로 세우면 싸움에 져서 땅은 짓
밟히고 사람은 죽거나 다칠 것입니다. 지금 내가 여러 어르신의
명을 받들지 못하는 것은 감히 이 한목숨을 무겁게 여겨서가 아
닙니다. 어리석고 힘이 없어 이 땅과 사람들을 지켜내지 못할까
두려워서입니다. 누구를 패공으로 삼는가는 실로 중대한 일이
니, 부디 신중하게 고르시어 재능있는 이를 세우도록 하십시오."

소하, 조참은 모두 문관(文官)으로 그리 대범하지 못하였다. 그
들은 일이 실패했을 때 진에 의해 일족이 모두 살해될 것을 두려
워하였다. 그래서 옳고 그름을 따지기 전에 유방이 지사의 자리
에 오르기를 바랐다. 한편 장로들도 입을 모아 이렇게 말하였다.

"평소 우리는 귀공(貴公)께 불가사의한 일이 많이 일어났음을
들어왔습니다. 이는 틀림없이 귀공이 귀인이 될 운명을 말해 주
는 것이라 믿습니다. 또한 점을 쳐보아도 귀공만큼 길한 점괘가
나온 이는 아무도 없었습니다."

유방은 극구 사양하다가 더는 도리가 없어 결국 패공(현지사)
의 자리에 올랐고, 소하와 조참이 유방을 보좌하였다. 주군을 보

좌하는 데 으뜸이던 소하의 여생은 이때부터 시작되었다.

소하의 공적

그 후 이삼 천에 달하는 유방의 군대는 기원전 208년, 반진(反秦) 연합군의 명목상 맹주인 초나라 회왕(懷王)의 명을 받고 진나라 수도인 함양 공략에 나섰다. 그 당시 반진 연합군 중에서 최대의 세력을 떨치던 항우(項羽)의 군단은 북방에서 진나라 군과 접전을 벌였다.

유방은 진나라 군대의 반격에 고전하면서도 결국 함양에 육박하여 2년 만에 함락시키는 데 성공하였다.

유방의 막하에 있던 소하는 이 2년에 걸친 전투에서 무엇 하나 전공다운 전공을 세우지 않았다. 그러나 소하의 진가는 이제 발휘되기 시작하였다.

유방이 함양에 제일 먼저 입성하였을 때 부하 장병들은 앞을 다투어 전리품을 찾아 헤매었으나 소하는 금은보화를 돌아보지 않고 오직 승상부(丞相府)나 어사부(御史府)에 보관된 법령 문서를 접수했다. 그리고 이 일은 훗날 극히 큰 의미를 지니게 된다.

유방보다 2개월 뒤에 제후를 이끌고 함양에 입성한 항우는 도시 전체를 하나도 남김없이 불살랐다. 만약 소하가 접수해 두지 않았더라면 이 법령 문서들은 모두 잿더미가 되었으리라. 다행히 소하가 그 문서들을 접수해 둔 덕에 유방은 천하의 요해지, 인구의 많고 적음, 각국의 전력, 백성들의 고충 등을 파악할 수 있었다. 이것은 얼마 후에 천하를 걸고 항우와 벌인 쟁패전에서 엄청난 이익을 가져다주었을 뿐 아니라 한(漢) 왕조의 국정을 궤도에 올려놓는 데도 귀중한 참고 자료로 쓰였다.

유방은 함양에 입성하였을 때 여러 현의 장로와 유력자를 모아 "법은 세 가지뿐이다. 남을 살해한 자는 사형에 처하고, 남을 상해하고 도적질을 한 자는 그 정도에 따라 벌을 내린다. 그 밖의 진나라의 법은 모두 폐기한다(《사기》)"라는 유명한 포고령을 내려 진나라의 가혹한 법령에 고통을 받던 사람들의 환호성을 샀다.

이는 매우 뛰어난 환심술(歡心術)이었다. 그러나 실제로 법이 세 가지밖에 없으면 한 왕조라는 거대한 국가 기구를 운영할 수가 없다. 따라서 훗날 고조가 한나라를 다스리게 되었을 때 소하에게 법령 체계를 명한 것도 매우 당연한 결과라 하겠다. 소하는 고조의 뜻을 받들어 도률(盜律), 적률(賊律), 수률(囚律), 구률(具

律), 호률(戶律), 흥률(興律), 구률(廐律)의 구편(九篇)으로 짜인
'구장률'을 정하였는데, 이 '구장률'을 책정하는 데 기초 자료
로 삼은 것이 바로 함양에서 접수해 둔 진의 법령 문서였다.

덧붙이자면 소하가 정한 이 '구장률'은 '정률(正律)'이라고
도 하여 전한(前漢)과 후한(後漢), 그리고 420년 동안 기본 법전
으로서 중시되었으나 남북조시대(南北朝時代)에 흩어져 지금은
일문(逸文)만 남아 있다.

다시 이야기를 앞으로 돌리자.

진나라를 멸하고 함양을 불태워 버린 항우는 서둘러 자신의
손으로 여러 장군들의 논곤행상을 실시하였다. 사전 결정으로는
함양을 제일 먼저 공략한 자에게 함양 주변의 요충지인 관중(關
中)을 주기로 하였다. 그러나 항우는 유방의 세력 확장을 경계하
여 약속을 파기하고 유방에게 변방인 파(巴), 촉(蜀), 한중(漢中)
을 주고 한왕(漢王)의 칭호를 주었다. 항우의 목적은 방심할 수
없는 유방을 교통이 불편한 한중의 땅으로 쫓아 화근을 없애는
데 있었다.

유방은 논공행상에 불만을 품었다. 부하 중에서도 "항우는 반
드시 베어야 한다"며 탄식하는 이가 적지 않았다. 이때도 소하
는 냉정한 정세 판단을 토대로 필사적으로 유방에게 간하였다.

"한중이 왕이 되는 데 편리한 곳은 아니오나 그래도 지금 이
곳에서 항우와 싸워 죽는 것보다는 낫지 않겠습니까?"

"어찌하여 죽는다고 단정하시오?"

"병사들의 수를 비교했을 때 이길 확률은 백 분의 일도 되지
않습니다. 싸우면 죽음을 면치 못하옵니다. 일단 군사를 이끌고
한중으로 가서서 백성을 보살피고 인재를 모아 파촉을 평정해야
합니다. 그런 후에 삼진(三秦)을 차지하시면 천하를 차지할 수
있습니다."

유방이 냉정히 생각해 보니 과연 소하의 말이 옳았다. 유방은
먼저 한중으로 향하였다. 소하의 판단이 유방을 위험에서 구해
낸 것이다.

소하는 승상(재상)으로서 한왕 유방을 따랐고 이후 이 쌍은
유방이 죽을 때까지 이어졌다.

후방을 튼튼히 하다

항우를 정점으로 하는 신 지배 체제는 1년도 지속되지 못하였

다. 항우의 논공행상에 불만을 품은 제후가 이곳저곳에서 반란을 일으켰기 때문이다. 한왕 유방은 그 기회를 틈타 전부터 노리던 관중을 차지하고 그곳을 발판으로 중원 제패의 길을 나섰다. 이리하여 중국에 다시 동란이 일어났고, 마침내 천하의 정세는 항우와 유방 이 양대 세력의 대결로 좁혀졌다.

두 사람의 싸움은 그야말로 천하를 건 싸움이었다. 3여 년에 걸친 격전을 펼친 이 싸움은 애초 유방에게 불리하게 펼쳐졌다. 싸움을 벌어질 때마다 유방의 군사는 항우의 정예 군대에게 무너져 도망가기 바빴다. 그러나 1, 2년이 지나는 동안 점차 유방의 전략적 우위가 두드러졌다. 항우의 군대는 각지에서 전투를 벌이는 와중에 점점 병력도 소모되고 식량도 바닥을 드러냈으며 군사들의 얼굴에도 피로한 기색이 역력했다.

이에 비해 배후에 관중이라는 풍부한 보급 기지를 둔 유방의 군대는 패하고 패하여도 마치 불사조처럼 다시 전투 태세를 취하였다. 그리고 마침내 대결은 유방의 승리로 끝이 났다.

유방이 항우와 대결한 3여 년 동안 소하는 관중에 머물며 태자 영(盈 : 훗날의 혜제(惠帝))을 섬기며 역양(櫟洋)의 체제 정비에 힘을 쏟았다. 즉, 법규를 제정하고 조묘(祖廟)를 세워 토지의 신과 곡물의 신에게 제사를 지내고, 궁전을 세워 지방 행정을 정비하였다. 게다가 이 모든 사항을 전선에 나가 있는 유방에게 허락을 맡은 후에야 실행하도록 마음을 썼다. 긴급할 때는 스스로 판단을 내렸으나 반드시 유방의 사후 승낙을 받으려고 하였다.

소하는 관중의 인구수를 정확히 파악한 후에 확실한 계산을 토대로 전선으로 물자를 보냈다. 유방은 누차 패배하여 병력을 잃었으나 소하는 그때마다 관중에서 병력을 보충해 주었다. 유방의 승리는 이렇게 후방에서 소하가 시기 적절한 대응을 해주었기에 가능한 일이었다.

소하는 이렇게 발군의 실력을 발휘하였으나 그 처세에서만큼은 신중에 신중을 기하였다.

유방이 항우와 일진일퇴의 공방을 펼칠 때였다. 빈 성을 지키는 소하에게 유방은 여러 차례 사신을 보내어 그 노고를 위로하였다. 이를 들은 포생(鮑生)이라는 남자가 소하에게 충고하였다.

"몸소 전장에 나가 비바람을 맞고 계시는 왕이 이렇게 누차 사신을 보내 후방에 있는 그대를 위로하다니, 이는 그대를 의심한다는 증거가 아니고 또 무엇이겠소? 그대를 따르는 자들 중에 출진할 수 있는 사람은 모두 전장으로 보내시오. 그러면 왕도 그대를 더욱 믿게 될 것이오."

소하는 크게 수긍하여 그 책략을 따랐고 이 조치에 유방은 매우 기뻐하였다. 소하가 수많은 공신을 물리치고 으뜸가는 자리에 추대될 수 있던 까닭도 이러한 소하의 신중한 행동이 있었기에 가능한 일이었다.

국 사무쌍(國士無雙)

유방이 항우에게서 승리를 거두는 데 소하가 담당한 역할은 위와 같으나, 군사 면에서의 공로자를 따지자면 역시 지모의 명참모장 장량과 용병의 천재로 알려진 총사령관 한신(韓信)을 뺄 수 없다. 만약 이 세 사람 가운데 한 사람이라도 없었다면 유방은 승리를 거두지 못했을지도 모른다.

사실 한신의 재능을 알아보고 유방에게 추천한 사람은 소하였다. 이런 점에서 보아도 소하는 유방의 승리에 꽤 큰 공헌을 한 셈이다. 그 일화를 간략히 소개하겠다.

'고굉지신(股肱之臣 : 다리와 팔같이 중요한 신하라는 뜻으로, 임금이 가장 신임하는 신하를 이르는 말—역주)' 의 일화로 유명한 한신은 애초 항우의 숙부인 항량(項梁) 밑에서 싸웠으나

항량의 전사 후 항우의 부하로 들어갔다. 그런데 항우는 한신을
전혀 등용하지 않았다. 한신이 누차 책략을 올려도 한 번도 받아
들이지 않았다. 그리하여 한신은 항우를 포기하고 당시 한왕에
막 봉해진 유방에게 몸을 의탁하였다. 그러나 이번에도 그다지
좋은 지위를 얻지 못하였다. 다만, 승상인 소하만이 우연한 기회
에 한신을 알게 되어 여러 차례 이야기를 나누면서 점차 그 재능
에 반해 기회를 틈타 고조에게 추천하려고 생각하였다.

어쨌든 한왕에 봉해진 유방은 한중의 도성인 남정(南鄭)으로
향하였다. 그런데 도중에 도망치는 장군이 수십 명에 달하였다.
이때 한신도 높은 지위에 중용되지 못하였기에 지금이 기회다,
라는 심정으로 도망을 치고 말았다. 소하는 한신이 도망쳤다는
소식을 듣고 유방에게 알리지 않은 채 한신의 뒤를 쫓았다. 이
모습을 본 어떤 이가 유방에게 말하였다.

"소하 승상께서 도망쳤습니다."

유방은 크게 노하며 자신의 양팔을 잃은 것처럼 괴로워했다.
며칠 뒤 소하가 돌아와 유방을 알현하니, 아직 분노가 가라앉지
는 않았으나 내심 기쁘기도 하여 유방이 그에게 물었다.

"그대는 왜 도망을 쳤소?"

"제가 어찌 도망할 수 있겠습니까? 신은 도망한 자를 잡으러

뒤쫓아갔을 뿐입니다."

"도망한 자라니? 그대가 뒤쫓은 자는 대체 누구요?"

"한신이라는 자입니다."

유방은 소하를 꾸짖어 말했다.

"참으로 어리석구려. 장수들 가운데 도망한 자들이 십여 명에 이르는데 그대는 그런 이들을 놔두고 기껏 한신 같은 자를 쫓아 갔단 말이오? 믿을 수가 없구려."

"다른 장수들은 구하기가 쉽습니다만, 한신과 같은 장수는 나라 안에서 비길 자가 없는 인물(국사무쌍)입니다. 주군께서 한중의 왕만 되시려 한다면 한신은 없어도 상관이 없습니다. 하나 천하를 다투고자 하신다면 한신이 아니고서는 함께 일을 도모할 사람이 없습니다."

덧붙이자면 '국사무쌍' 이란 말은 현재 마작 용어로 널리 쓰이는데 본래 이 일화에서 유래하였다. 당대 으뜸가는 국사라는 뜻으로 최고의 명예를 뜻하는 말이다.

유방은 이렇게 대답하였다.

"나 역시 동쪽으로 진출하여 천하를 다투고 싶소."

"왕께서 동쪽으로 진출하고자 하신다면 한신을 쓰십시오. 그렇지 않다면 한신은 다시 도망할 것입니다."

"그렇다면 그대의 체면을 생각하여 한신을 장군으로 임명하리다."

"아니 됩니다. 장군에 임명한다면 그는 틀림없이 이곳을 떠나려 할 것입니다."

"그러면 그대의 말대로 그를 대장에 임명하겠소."

유방은 소하의 건의를 받아들여 곧바로 한신을 대장으로 임명하려고 하였다. 소하는 또 한 번 그런 유방을 말렸다.

"주군의 단점은 오만하여 예를 지키지 않는다는 점입니다. 대장군을 임명하는데 어찌 자식을 부르듯 그리 쉽게 하려 하십니까? 한신이 도망친 것도 바로 그 때문입니다. 정말로 한신을 임명하시려거든 길일을 택하여 목욕재계를 하시고 예의를 다해야 합니다."

유방은 이를 허락하였다.

장군들은 대장군을 임명한다는 소리에 부푼 기대를 안고 모여들었고, 다들 자신이 임명되리라 믿었다. 그러나 유방이 한신을 지목하였기 때문에 다들 아연실색하였다. 그러나 한신은 소하의 예견대로 대장군, 즉 총사령관으로서 놀라운 전략을 생각해 내어 항우의 군대를 몰아내 유방에게 승리를 안겨주었다.

이 일화는 소하의 사람 보는 눈이 확실했음을 시사한다.

덧붙이면, 한신은 그 전공에 따라 제왕(齊王)에 봉해졌고 다시 초왕(楚王)에 임명되었으나 후에 반역죄로 숙청되었다.

명철보신(明哲保身) 그 하나

유방이 항우를 멸하고 황제의 자리에 오른 것이 기원전 202년의 일이다. 그리고 기원전 195년에 세상을 떴으니 사실상 황제로 지낸 기간은 7년에 지나지 않는다. 게다가 이 7년 동안 유방은 단 한 번도 마음 편한 날이 없었다. 해마다 반란을 기도하는 무리가 속출했고 그때마다 손수 병사를 이끌고 동분서주하였기 때문이다. 자연히 '반역자'라는 명목으로 숙청된 자도 적지 않았다.

이때의 모습을 연표 형식을 빌려 살펴보면 다음과 같다.

기원전 202년 연왕(燕王) 장도(臧荼)가 반역하여 유방이 친히 병사를 이끌고 토벌하였다. 전 항우의 부하로 유방에 투항하여 영천(潁川)의 영주가 된 이기

(利幾)가 반기를 들어 이때도 유방이 친히 군사
를 이끌고 나가 토벌하였다.
기원전 201년 초왕 한신이 반역죄로 체포되어 회음후(淮陰侯)
로 격하되었다.
기원전 200년 한왕 신(韓王 信)이 흉노(匈奴)와 동맹하여 반란
군을 일으켰다. 유방은 친정(親征)하여 이를 토
벌하고 한왕 신은 흉노로 도망쳤다. 한왕 신의
부하인 만구신(曼丘臣)과 왕황(王黃) 두 사람이
일찍이 조나라의 장군이던 조리(趙利)를 왕으로
옹립하여 반역하였다. 이번에도 유방의 친정하
였으나 흉노의 대군에 포위되어 구사일생으로
귀환하였다.
기원전 199년 유방이 친히 동쪽 정벌을 떠나 한왕 신의 잔당
을 토벌하였다.
기원전 197년 조나라의 상국(相國) 진희(陳豨)가 대(代)의 땅에
서 반역하여 유방이 친히 동쪽 정벌을 떠났는
데 평정에 애를 먹었다.
기원전 196년 회음 후 한신이 반역을 기도하여 삼족을 멸하
였다. 양왕(梁王) 팽월(彭越)이 반역하여 역시

삼족을 멸하였다.

기원전 195년 연왕 노관(盧綰)이 반역의 기미를 보여 번쾌로 하여금 토벌하게 하였다. 노관은 흉노로 망명 하였다.

이렇게 이런 저런 반란을 진압하고자 고조 유방은 성을 비우는 일이 많았다. 그러는 동안 대권을 위임받아 내정을 담당한 사람이 승상 소하였다. 생각해 보면 소하가 처한 상황은 상당히 미묘하였다. 한신, 진희, 팽월, 경포(黥布), 여관과 같은 당대 공신들이 줄줄이 숙청되는 상황이었다. 이들이 숙청된 까닭은 모두 그들에게 원한을 품은 자가 밀고를 하여 반역죄라는 혐의를 씌웠기 때문이다. 말하자면 어쩔 수 없이 반역죄를 뒤집어쓴 꼴이었다.

그런데 의심이 갈 만한 사람을 꼽으라면 역시 소하를 빼놓을 수 없었다. 따라서 소하는 한 가닥의 의심도 사지 않으려고 처세에 신중을 기하였다.

진희의 반란군을 진압하고자 유방이 수도를 비웠을 때, 수도에서는 한신이 반역을 기도했지만 수도를 책임지던 소하의 계략에 따라 무사할 수 있었다. 유방은 고향에서 그에 관한 소식을 듣고 사자를 보내 소하를 승상에서 상국(相國)으로 승진시켜 5천호(戶)의 영지를 하사하는 한편, 도위(都尉)를 우두머리로 하는 호위병 5백 명을 붙여주었다.

군신이 나란히 소하를 축하해 주었으나 유독 소평(召平)이란 자만이 이런 이야기를 하였다.

"상국께서는 분명 이 일 때문에 훗날 재난을 당하실 겁니다. 폐하는 전장에 나가 계시고 상국께서는 나라 안에서 빈 성을 지키고 계십니다. 화살 한 번 날린 적이 없는 상국께 재산을 주고 호위병까지 붙인 이유가 무엇이겠습니까? 한신이 모반을 꾀하였으니 상국께서도 능히 그럴 수 있다고 의심을 하셨기 때문입니다. 상국을 위해 호위병을 붙인 것이 아니니 지금은 기뻐할 때가 아닙니다. 모든 재산을 털어 군비에 헌납하셔야 합니다. 그렇게 하면 폐하가 마음을 놓으실 겁니다."

소하는 이 말을 그대로 실행에 옮겼고 유방은 크게 만족하였다고 한다.

명철보신 그 둘

경포가 반란을 일으켰을 때도 유방은 친히 진압에 나섰는데, 전선에 나가서도 여러 차례 성으로 사자를 보내 빈 성을 지키는 소하의 근황을 물어보았다.

소하는 유방이 떠난 빈 성을 지키며 선정(善政)에 힘써 백성들의 협력을 얻어내고자 하였고, 진희가 반란을 일으켰을 때와 마찬가지로 군비 조달을 위해 사재를 털었다.

한 식객이 소하에게 진언하였다.

"멀지 않아 일족이 모두 죽임을 당할 것입니다. 경께서는 상국의 자리에 올랐고 공적도 단연 으뜸입니다. 더는 승진할 수도 없겠지요. 게다가 경은 십여 년 동안 이 관중에서 인심을 장악하는 데 노력하셨습니다. 백성은 경에게 감복하였고 경도 어진 정치를 펴 민생을 편안하게 돌보셨습니다. 폐하가 진중(陣中)에서 몇 번이나 사자를 보내시는 까닭은 경이 성 안에서 반란을 일으키지는 않았는지 경계를 하고 계시기 때문입니다. 하여, 경께서는 지금부터 땅을 멋대로 사들이시는 게 어떻겠습니까? 그것도 아주 헐값에 사들이고 값을 제때 지불하지 않아 스스로 나쁜 평가를 받는 겁니다. 그렇게 하면 폐하도 틀림없이 안심하실 겁니다."

소하는 이번에도 그 계책을 따랐다. 과연 유방은 매우 기뻐하였다고 한다.

소하가 주변 사람들의 계책에 따라 유방의 뜻을 받든 것이 이번으로 세 번째였다. 일반적으로 권세를 누릴 때는 주위 사람들의 충고가 귀에 들어오지 않는 법이다.

그러나 그럴수록 그 사람에게는 보이지 않는 일들이 주위 사람들의 눈에는 선명하게 들어온다. 소하는 이 사실을 꿰뚫고 있었음이 분명하다. 주위 사람들의 의견을 잘 받아들여 그대로 실행에 옮긴 데에 소하의 명철보신의 비결이 있다.

유방은 이윽고 경포의 토벌을 끝내고 도읍으로 향하였다. 그런데 도중에 사람들이 길을 막고 호소장을 제출하는 것이 아닌가? 호소장을 살펴보니 소하가 백성들의 전답을 약 1만 금 가까이나 억지로 사들였다는 내용이었다.

유방은 귀국 후에 소하가 내정에 들자 빙긋이 웃으며 "그대가 백성들을 쥐어짜 재산을 꽤나 늘린 모양이더군" 하고 말하며 백성들이 건넨 호소장을 전부 소하에게 내밀었다.

"그대가 스스로 사죄를 하는 편이 좋겠구려."

소하는 그 기회를 놓치지 않고 청을 넣었다.

"장안에서는 농지가 부족하다고 하옵니다. 그런데 상림(上林)

의 궁정에는 광대한 토지가 놀고 있습니다. 부디 백성들에게 개방해 주시옵소서. 수확을 할 때는 짚을 베지 않고 새와 짐승들의 먹이로 쓰신다면 아무런 지장이 없을 것이옵니다."

유방의 안색이 바뀌었다.

"네 이놈! 상인들에게서 뇌물이라도 받았단 말이냐? 내 정원을 내놓으라니!"

그리하여 소하의 신병이 옥리의 손에 넘겨졌다.

며칠이 지났다. 왕(王)이라는 시종 무관이 유방에게 이렇게 말하였다.

"소하 경께서 무슨 중죄를 범하셨기에 갑자기 투옥되셨습니까?"

"진나라 때 승상 이사는 선한 일은 주군의 덕으로 돌리고 악한 일은 자신의 탓으로 돌렸다고 한다. 그런데 소하는 상인들에게 돈을 받아 내 정원을 개방하라고 하는 등 백성들의 인기를 끄는 데 여념이 없다. 하여 잡아들여 이를 규명하는 중이다."

시종 무관이 말하였다.

"그렇사옵니까? 한데 자기 직분의 범위 내에서 백성을 위한 의견을 내는 것은 재상으로서 당연히 해야 할 일이 아니옵니까? 그것을 어째서 상인들에게서 뇌물을 받았다고 의심하시옵니까?

소하 경께서는 폐하가 몇 년이나 항우와 공방을 되풀이할 때도, 진희, 평포의 반란 진압을 위해 친정을 나가셨을 때도 늘 관중을 지키셨습니다. 만약 그럴 마음만 있었다면 언제든지 관중을 손에 넣었을 겁니다. 진의 예를 드셨는데 진은 신하의 간언에 귀를 기울이지 않은 탓에 천하를 잃었습니다. 이사도 그 일당 중의 한 사람이온데 어찌 그리 신뢰하십니까? 소하 경을 의심하지 마옵소서."

유방은 내키지 않는 표정을 지었으나 그날로 사신을 보내어 소하를 석방하였다.

소하는 연로한 데다 본래 순종적인 사람이었기 때문에 궁정에 들어가 맨발로 사죄하였다. 그러자 유방은 이렇게 말하였다고 한다.

"이제 됐다. 경은 백성을 위해 한 말이었으나 나는 허락하지 않았소. 아무래도 나는 걸(桀)과 주(紂)와 같은 폭군이고 그대는 명재상인가 보오. 그대를 옥에 가둔 것도 내 어리석음을 백성에게 알린 것과 같소이다."

조참에게 후사를 부탁하다

고조 유방은 기원전 195년에 사망하였다. 상국인 소하도 그로부터 2년 후, 유방의 뒤를 따라 세상을 떠났다.

소하가 병석에 누웠을 때 당시 효혜제(孝惠帝 : 제2대 황제)가 친히 소하를 찾아와 상국의 후계자에 대해 물었다.

"만약 그대가 죽는다면 누구를 그대의 후계자로 삼으면 좋겠소?"

소하가 대답하였다.

"군주보다 더 신하를 잘 아는 사람은 없습니다."

"그렇다면 조참은 어떠하오?"

이럴 때 비록 왕이 하문하였더라도 신하 된 사람은 직접 이름을 말하지 않고 주군이 후보자의 이름을 지명하는 것이 예의였다. 조참은 패현의 하급 관리였을 때부터 함께 지낸 동료로, 친밀한 사이였으나 함께 출세하여 재상이 된 이후부터는 어쩐 일인지 사이가 나빠지고 말았다. 그러나 혜제의 입에서 조참이란 이름이 나오자 소하는 두말없이 찬성표를 던졌다.

"폐하께서 잘 보셨습니다. 조참이라면 신은 죽어도 여한이 없습니다."

소하는 조참과 사이가 좋지 않았음에도 항상 마음속으로는 자신의 후계자로 조참 이외에 다른 이를 생각해 본 적이 없었다. 중국 속담에 인재를 추천할 때는 설령 원수 사이더라도 그 사람이 장점이 많다면 추천의 노력을 아끼지 말아야 한다는 말이 있는데, 소하는 그야말로 이 말을 몸소 실천한 인물이었다.

조참도 소하의 기대에 부응하였다. 그는 소하를 대신하여 상국이 되자 소하가 정한 법령을 그대로 존중하여 조금도 고치지 않았다. 지방 관리 중에서 박학다식하고 과묵한 인물을 골라 승상부(丞相府)의 속관으로 등용하는 한편, 명성을 올리고 싶은 마음에 법령을 가혹하게 집행하는 관리는 용서치 않고 해임하였다.

그 대신 조참은 밤마다 향기롭고 좋은 술을 입에 댔다. 중신을 비롯한 고급 관료나 빈객들 중에는 조참이 정치에 발을 들이지 않으려는 모습을 보고 일부러 충고를 하고자 찾아오는 이가 있었다. 그러면 조참은 곧바로 술자리를 만들었다. 어쩔 수 없이 술자리에 앉았다가 다시 기회를 봐서 말을 꺼내려고 하면 또다시 술잔을 권하여 그 사람을 취하게 만들었다. 하여 다들 하려던 중요한 이야기를 잊고 술에 절어 돌아가는 일이 다반사였다. 게다가 조참은 부하에게 어느 정도 과실이 있어도 한결같이 감추어주는 데 노력하였고, 결국 조정에서는 아무런 문제도 일어나지 않았다고 한다.

젊은 혜제는 얼핏 성실해 보이지 않는 조참의 집무 태도를 이해할 수 없었다. 젊은 자신을 속이고 있을지도 모른다고 생각하여 어느 날 조참을 불러 크게 힐책하였다.

조참을 관(冠)을 벗고 사죄하며 이렇게 말하였다.

"폐하께서는 돌아가신 선대왕과 비교하였을 때 어느 쪽이 더 영민하다고 생각하시옵니까?"

"나는 아버지의 발끝에도 따라가지 못하오."

"그렇다면 신과 소하 중 누가 더 현명하다고 생각하시옵니까?"

"아무래도 그대가 미치지 못하는 듯하구려."

"옳으신 말씀이옵니다. 영민하신 선대왕과 소하가 힘을 합하여 천하를 평정하셨고 이미 법령이 제정되었습니다. 지금은 폐하가 왕좌에 오르시고 신이 중직을 맡았사오나 그 영민함이 선대왕과 소하에게 미치지 못하니 선대왕과 소하가 정한 법령을 존중하여 잘못이 일어나지 않게만 하면 되지 않겠사옵니까?"

"알아들었소. 물러가시오."

소하가 만든 법은
밝고 가지런하였네.
조참이 그의 뒤를 이어 지키며
조금도 벗어나지 않았네.
백성들은 편안하네.

(《사기》,《한서(漢書)》)

『진평』

진평(?~기원전 178년)

양무(陽武 : 지금의 허난 성) 출신. 가난한 농민의 아들로 태어났으나 형의 보호를 받으며 '황로학(黃老學)'을 배웠다. 진승이 거병하였을 때 먼저 위(魏)왕 구(咎)를 섬기고 다시 항우를 섬겼으나 재능을 인정받지 못하였다. 마지막으로 고조(유방) 밑에서 뛰어난 지략을 발휘하여 여러 차례 고조를 위기에서 구해냈다. 기원전 189년(혜제 6년) 좌승상(左丞相)에 임명되어 여후(呂后)가 사망한 후(기원전 180년) 여씨 일족을 주살하여 한 왕실의 안녕을 지켜 '현상(賢相)'의 칭호를 얻었다.

지모(智謀)의 현상(賢相)

한대 초기의 승상 진평은 일찍이 지모가 뛰어난 인재이자 현명한 재상이라는 높은 평가를 받는 인물이다.

가난한 농민의 아들로 태어난 진평은 진승과 오광의 봉기가 도화선이 된 천하의 대란에서 애초 위왕 구를 섬겼으나 중용되지 못하였다. 그래서 도망쳐 항우를 섬겼으나 어떤 일로 항우의 노여움을 사는 바람에 위험을 느끼고 다시 도망쳐 마지막으로 한나라의 고조 유방 밑으로 들어갔다. 고조는 진평과 한 번 대화를 나눈 후부터 그를 신임하였다.

이후 그는 항상 유방의 막하에 있으면서 뛰어난 계책을 짜내어 몇 번이나 유방을 위험에서 구출하여 깊은 신임을 얻었다. 고조는 도중에 막하로 들어온 자에 대해서는 언제나 경계심을 늦추지 않았으나 진평에 대한 믿음만큼은 마지막까지 흔들리지 않았다. 그만큼 깊이 진평의 지모를 아꼈다. 진평 쪽에서 보면 자신을 이해한 고조를 얻음으로써 그 지모를 충분히 발휘하였다고 할 수 있다.

고조가 죽은 후, 한 왕조에는 '여후(기원전 241~기원전 180년. 이름은 여치(呂雉), 자는 아후(娥姁)이다. 한 고조 유방의 황후로, 유방이 죽은 후에 정권을 장악하여 16년 동안 한나라를 통치하였다―역주) 전제'라는 회오리가 불어 닥쳐 유(劉)씨의 천하는 큰 위기에 빠졌다. 승상의 자리에 오른 진평은 여후의 뜻에 유유낙낙 따르는 시늉을 하였다. 그러다 여후가 사망하자 전광석화처럼 여씨 일족을 주살하고 유씨 천하를 회복하였다. 아마도 진평 없이는 유씨의 천하도 없었으리라.

진평은 젊어서 '황로술(黃老術)'에 몰두하였다고 한다. 또한 일찍이 "나는 기묘한 계책을 너무 많이 썼는데 이는 도가가 금하는 것이었다"라고 탄식하였다. 그의 천진무구한 처세는 지모와 도가를 한데 어우른 토대 위에 성립된 듯하다.

사마천이 진평에 대해 내린 평가는 이러하다.

"진평은 마지막에 고조의 막하에 몸을 의탁하였고 항상 뛰어난 계책을 짜내어 분규와 나라의 환난을 구했다. 여후의 시대는 바야흐로 다사다난했다. 그러자 진평은 스스로 활약하여 위난을 벗어나 한나라의 종묘를 편안케 하고 명예롭게 생애를 마쳐 어진 재상으로 찬양받았다."

빈곤한 위장부(偉丈夫)

진평은 양무(陽武 : 지금의 허난 성)의 난고향(蘭考鄕)이라는 곳에서 태어났다. 소년 시절, 집이 가난하였으나 독서를 좋아하여 '황로술'를 공부하였다고 한다. 황로란 도가의 시조로 알려진 황제(黃帝)와 노자(老子)에서 기인한 학문으로, '황로술'이란 무위자연(無爲自然), 융통무애(融通無礙)를 기본으로 하는 처세 철학이다. 이 황로술은 훗날 진평의 커다란 정치 자본이 되었다.

진평에게는 백(伯)이라는 형이 있었다. 백은 동생을 무척이나 아꼈다. 자신은 늘 밭을 갈면서도 동생에게는 좋아하는 학문을 하도록 하였다. 진평은 이 형 덕에 학문을 공부하여 널리 여러 사람과 사귈 수 있었다.

드디어 진평은 당당한 위장부로 성장하였다. 가난한 집의 자식이라고는 도저히 생각할 수 없을 정도였다. 어떤 이가 이런 진평을 보고 놀려댔다.

"자네 집은 가난한데 무엇을 먹고 그렇게 살이 쪘는가?"

형수가 마침 옆에 있다가 끼어들었다.

"쌀겨 부스러기를 먹일 뿐이에요. 이런 시동생은 차라리 없는 편이 나아요."

이 형수는 평소부터 가업은 등한시한 채 밖으로 놀러 다니는 진평을 탐탁지 않게 생각하였다. 형 백은 이 소식을 듣고 아내를 내쫓아 버렸다고 한다.

진평도 아내를 맞이할 때가 되었다. 그러나 돈이 많은 사람은 가난한 진평을 거들떠도 보지 않았다. 진평 또한 가난한 집에서 아내를 맞이할 생각은 추호도 없었다. 그 무렵, 같은 마을에 장부(張負)라는 장자(長者)가 있었다. 이 사람의 손녀가 다섯 번이나 시집을 갔으나 그때마다 남편이 죽어 하는 수 없이 집에 머무르고 있었다. 진평은 남몰래 '저 여자라면 되겠구나' 하는 생각을 품었다. 때마침 마을에 장례식이 열려 진평이 도와주러 갔는데 다행히도 장부의 눈에 띄었다. 장부가 가만히 살펴보니 진평은 당당한 위장부였다. 진평은 장부가 자신을 보고 있다는 사실을 알고 짐짓 자리에서 일어나 나가는 시늉을 하였다. 그러자 장부가 진평을 바싹 따라왔다. 진평은 마을에서 벗어나 한 낡은 집 안으로 들어갔다. 멍석을 문 대신 사용하는 낡고 낡은 집이었다. 그러나 잘 보니 문밖에는 친분이 있는 사람들이 타고 온 고급 마차의 바퀴 자국이 많아 그의 교제 범위가 매우 넓음을 말해 주었다. 장부는 그 사실을 확인한 후 집에 돌아와 아들 중(仲)에게 말하였다.

"나는 손녀를 진평에게 보내고자 한다."

"말도 안 됩니다. 그 남자는 가난한 주제에 일도 하지 않아 마을 사람들의 비웃음을 사고 있습니다. 어찌 그런 남자에게……."

"아니다. 그런 위장부는 장차 큰 인물이 될 게다."

이리하여 장부는 모든 비용을 자기 집안에서 부담하기로 하고 손녀딸을 진평에게 시집보냈다. 혼례 전날 밤, 장부는 손녀에게 이렇게 주의를 주었다.

"잘 들어라. 가난하다 하여 남편을 절대로 업신여기지 마라. 또한 진평의 형인 백과 형수는 시아버지, 시어머니 모시듯 하여라."

진평은 장씨 집안의 손녀를 맞이한 이후 교제비가 윤택해졌고 그 덕에 교제 범위가 더욱 넓어졌다. 어느 해, 마을에 큰 제사가 열렸는데 진평이 그 주최자를 맡았다. 제사에 쓰인 고기를 공평하게 분배한 덕에 진평에 대한 좋은 평판이 돌았고, 마을의 장로들은 입을 모아 진평을 칭찬하였다.

"저 젊은이가 아주 일을 잘하는구먼. 재(宰 : 주최자)에는 저 젊은이보다 나은 적임자가 없어. 암, 그렇고말고."

이를 듣고 진평은 이렇게 말했다고 한다.

"아아, 슬프도다. 이 진평을 천하의 재상으로 삼더라도 고기를 나누듯이 공평할 텐데⋯⋯."

마침내 천하의 현재상이라 칭송받는 진평의 젊은 날의 일화이다.

뛰어난 책사

진승과 오광의 봉기로 시작된 대혼란 속에서 진(秦) 왕조는 와해되어 마침내 천하의 정세는 고조(유방)와 항우, 두 영웅의 대결로 좁혀졌다. 진평도 이 기회에 깃발을 올리고자 고향을 등지고 위왕 구(咎), 이어서 항우를 섬겼으나 뜻대로 되지 않았다. 그래서 항우에게서 도망쳐 나와 적군인 고조의 막하로 몸을 던져 위무지(魏無智)라는 자의 소개로 고조를 알현하였다.

고조는 진평과 이야기를 나눈 후 크게 기뻐하였다.

"그대는 항우의 막하에 있을 때 직위가 어느 정도였는가?"

"도위(都尉)였습니다."

유방은 그 자리에서 진평을 도위로 임명하고 고조 자신의 차에 배승하게 하여 여러 군대를 감찰하라고 명령하였다. 이 소식을 들은 장군들이 흥분하여 들고일어났다.

"기껏해야 항우의 탈주병이지 않습니까? 어떤 사람인지 알 수 없습니다. 그런 자에게 배승을 명하여 우리 고참들을 감찰하라니, 세상에 이런 법이 어디 있습니까?"

고조는 이를 듣고 오히려 진평을 후하게 대우하였다. 그러나 장군들의 불만은 그치지 않았다. 결국에는 주발(周勃)과 관영(灌嬰)과 같은 장군마저 진평을 비난하였다.

"진평이 위장부(偉丈夫)임은 확실하나 관옥(冠玉 : 관을 장식하는 옥으로, 겉모습은 아름다우나 속은 비었음을 뜻한다—역주)을 장식하는 옥과 같은 존재여서 그 안에 무엇이 들었는지 알 수 없습니다. 소문에 따르면 고향에 있었을 때 형수와 밀통하였다고 합니다. 또한 위를 섬겼다가 잘되지 않자 도망하여 항우를 섬겼는데, 이때도 바라던 일을 얻지 못하여 다시 도망을 쳐 우리에게 왔다고 합니다. 그야말로 믿을 수 없는 남자라고밖에 할 말이 없습니다. 그런 남자를 요직에 앉혀 여러 군대를 감찰하게 하셨으나, 신이 듣기로는 여러 장군들에게서 돈을 받아 금액의 많고 적음에 따라 일의 편의를 봐준다고 합니다. 진평이야말로 배신을 밥 먹듯이 하는 난신(亂臣)이옵니다. 부디 통촉하여 주시옵소서."

이런 말까지 나오자 고조도 불문에 부칠 수만은 없었다. 먼저 진평을 소개한 위무지를 불러 진상을 알아보았다. 무지는 이렇게 대답하였다.

"제가 진평을 추천한 까닭은 그 남자의 능력을 높이 샀기 때문입니다. 그러나 지금 문제가 된 것은 그 남자의 행동입니다. 지금은 미생(尾生)이나 효기(孝己)와 같은 훌륭한 행동으로 승리를 거머쥘 수 있는 상황이 아니옵니다. 지금 필요한 자는 기묘한 계책을 짜낼 줄 아는 사람이옵니다. 이는 군주께서도 잘 알고 계시지 않습니까? 하여 저는 진평을 추천하였습니다. 중요한 것은 그 인물이 지닌 계책이 과연 나라에 도움이 되느냐 안 되느냐 하는 점이지, 형수와 밀통을 했느니 돈을 받았으니 하는 문제가 아니옵니다."

고조는 한 가지 석연치 않은 점이 있었다. 그래서 이번에는 진평을 불러 물었다.

"그대는 위나라를 섬기다가 중용되지 못하자 항우를 섬기러 갔고, 지금은 내게로 와 몸을 의탁하였소. 신용있는 사람은 본래 이렇게 다양한 마음을 품는 것이오?"

고조의 말에는 조금 비꼬는 태도가 녹아 있었다. 진평이 대답하였다.

"저는 위왕을 섬겼으나 위왕은 저의 책략을 쓰려고 하지 않았습니다. 그런 까닭에 위왕을 떠나 항우를 섬겼습니다. 그런데 항우는 사람은 믿지 못하는 인물이었습니다. 믿는 이는 오직 항씨 일족과 아내의 형제들뿐이어서 책사가 있어도 쓰려고 하지 않았습니다. 하여 저는 항우를 떠났습니다. 그리고 유방 전하께서 인재를 등용하신다는 소리를 들었기에 이렇게 전하께 몸을 의탁하였습니다. 다만, 저는 빈털터리로 온지라 남에게서 돈을 받지 않으면 군자금이라도 써야 할 형편이옵니다. 부디 제 계책 가운데 쓸 만한 것이 있으면 쓰시옵소서. 만약 쓸 만한 것이 없으면 돈은 그대로 남겨두었으니 되돌려 드리고 사직하겠나이다."

고조는 새삼 진평에게 많은 돈을 하사한 후에 호군중위(護軍中尉)로 임명하여 여러 장군을 감찰하게 하였다. 그 이후 다른 장군들도 더는 진평을 비난하지 않았다고 한다.

반 간공작(反間工作)

진평은 유방을 섬긴 후 여섯 번에 걸쳐 기계(奇計)를 냈고 그 때마다 봉록이 올라갔다. 과연 진평이 어떤 기묘한 계책을 내놓았는지, 그 가운데서 한 가지 일화를 알아보자.

고조가 항우와 천하를 두고 사투를 벌이던 때의 일이다. 소하의 장에서 이미 언급하였듯이 이 싸움은 애초 고조가 압도적으로 불리하였다. 즉, 기원전 205년에 관중을 수중에 넣은 고조(당시 한왕)는 대군 56만을 이끌고 항우의 본거지인 팽성(彭城)을 덮쳤으나 항우의 반격으로 괴멸의 쓴잔을 마셔야 했다. 패주하는 고조의 주변에는 부하가 십여 명밖에 남지 않았다. 고조는 형양(滎陽)에 이르러 패잔병들을 집결시켜 포진했다. 후방의 관중에서는 고조가 없는 빈 성을 지키던 소하가 새로운 부대를 편성하여 고조에게 보냈다. 고조의 군대는 또다시 기세를 올리는 듯이 보였다.

한편, 항우는 형양에 틀어박힌 상대방의 보급로를 차단하여 항복을 받아내고자 하였다. 이 전법에는 고조도 당해낼 재간이 없어 형양의 동쪽은 항우가, 서쪽은 고조가 영유하는 조건으로 강화를 맺자고 하였으나 항우가 이를 거절하였다.

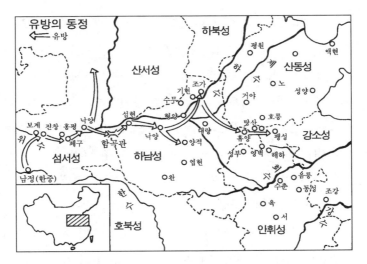

오히려 항우는 점점 더 포위망을 좁혀 들어왔다. 이리하여 고조 측은 또다시 중대한 위기에 처하였다. 그때였다. 고조는 호군 중위 진평을 불러 상담하였다.

"이 동란이 언제쯤이나 진정될 것이라 생각하오?"

진평은 이렇게 대답하였다.

"항우는 겸허하고 부하를 아끼기 때문에 예의를 좋아하는 염절(廉節)의 선비들이 모여 있습니다. 그러나 항우가 논공행상에서 매우 속이 좁게 행동하기 때문에 선비들이 항우의 곁에 오래 있으려 하지 않습니다. 한편 대왕께서는 오만하고 불손한 행동이 많아 염절의 선비는 모이지 않지만, 아낌없이 작위와 봉읍을 하사하시기 때문에 이익을 따지기를 부끄러워하지 않는 이들이 많이 모여 있습니다. 양쪽의 단점을 버리고 장점을 취해야 천하를 평정할 수 있거늘 대왕께서는 함부로 사람을 모욕하십니다. 하니 염절의 선비가 모이지 않는 것도 당연합니다. 물론 항우 측에 이용할 틈이 없는 것은 아닙니다. 항우를 따르는 강직한 신하는 범증(范增), 종리매(鐘離昧), 용차(龍且), 주은(周殷) 등 몇 사람에 지나지 않습니다. 그러니 이번 기회에 황금 수만 근을 쓰실 각오로 첩자를 보내 상대방의 군신 관계를 흔들어놓아 서로 의심하게 하십시오. 감정적이어서 중상모략에 속기 쉬운 항우의 성격으로 보았을 때 반드시 내부 싸움이 일어날 겁니다. 이를 틈타 공격하면 초나라를 물리칠 수 있습니다."

고조는 깊이 끄덕이더니 서둘러 황금 4만 근을 준비하여 진평에게 건네주었다.

"이 황금을 마음껏 활용하시오. 그 내역을 일일이 보고할 필요는 없소."

진평은 이 황금을 여기저기 뿌려 첩자를 초나라 진영에 보내 이런 소문을 퍼뜨렸다.

"종리매를 비롯한 여러 장군들은 항우를 보좌하여 상당한 공훈을 올렸다. 그러나 항우가 영지를 나누어 주지 않았기 때문에 그들은 한(고조)에 몰래 동조하여 항씨(項氏)를 멸하고 그 영지를 나누어 왕에 등극하려 한다."

이로써 항우는 종리매 등 측근 장수들을 의심하기 시작했다.

이때 마침 항우 진영에서 유방에게 사자를 보냈다. 이 사자를 위해 유방은 호화로운 연회석을 베풀고 왕을 받들 때만 내어놓는 귀중한 보물인 정려(鼎呂)까지 준비시켰다. 그런 다음에 사자의 얼굴을 보면서 자못 놀란 듯이, "이런, 나는 범증(范增)의 사자인가 했더니 항우의 사자였구려"라면서 준비한 요리를 모두 물리게 하고 새로 형편없는 요리를 가져오게 했다. 물론 이 모든 것이 진평의 계책이었다.

항우의 사자는 돌아가서 이러한 상황을 그대로 보고하였다. 항우는 이 일로 범증을 전혀 믿지 않게 되었다. 범증이 유방의 형양성을 급습할 묘책을 권했으나 항우는 그를 상대하려고도 하지 않았다. 자신이 항우의 의심을 사고 있다는 사실을 알게 된 범증은 매우 화를 냈다.

"이제 천하의 대세는 기울었습니다. 나머지는 스스로 하셔도 될 줄 아옵니다. 쓸모없는 이 몸은 이제 휴가를 얻어 고향에 돌아가고자 하옵니다."

이렇게 말하면서 항우에게 작별을 고한 후 고향인 팽성으로 돌아갔으나 도중에 등에 큰 부스럼이 나서 죽고 말았다.

범증 역시 섬기는 상대방이 달랐을 뿐 지모와 기계가 매우 뛰어난 남자였다. 항우에게 가담했을 때 이미 70세였으나 이후 그 막하에 있으면서 기계를 짜내어 막다른 곳까지 고조를 몰아붙였으니, 문자 그대로 항우의 꾀주머니였다. 덧붙여서 그를 지칭하는 아부(亞父)라는 말은 항우 자신이 범증의 공이 많다 하여 그에게 준 존칭이었다.

어쨌든 이렇게 범증을 항우 곁에서 쫓아버린 진평은 기회를 보아 먼저 여자를 포함한 무장병 2천 명을 형양성 동문에서 출격시켜 항우군이 이를 공격하는 사이에 야음을 틈타 고조를 서문으로 탈출시켰다. 고조는 함곡관에 들어가자 재차 병력을 집결시켜 반격을 개시하였다. 진평의 이간 공작으로 범증이라는 뛰어난 참모를 잃은 항우는 이때부터 서서히 수세에 몰렸다.

토사구팽(兎死狗烹)

기원전 202년, 고조는 숙적 항우를 물리치고 정식으로 황제의 자리에 올랐다. 그러나 그는 그 이후에도 반역자의 속출에 골머리를 앓았고 그 진압을 위하여 친히 군대를 거느리고 동분서주해야 했다. 이때의 모습은 소하의 장에서 설명하였으므로 여기에서는 언급하지 않겠다. 어쨌든 이 동안에 진평은 늘 고조와 행동을 함께하면서 뛰어난 계책으로 반란군의 진압에 많은 공헌을 하였다.

잇따른 반란 가운데서도 고조의 가슴을 가장 떨리게 한 것은 아마 초왕(楚王) 한신(韓信)의 반역 사건이었으리라. 한신은 당대에 견줄 자가 없는 용병의 명수였으며 고조의 군대와 필적할 만한 대군을 휘하에 거느렸기 때문이다. 이 둘이 붙는다면 어느 누구도 승리를 점칠 수 없는 지경이었다. 이러한 위기에서 고조를 구한 것이 바로 진평의 책략이었다.

이때의 이야기를 〈진승상세가(陳丞相世家)〉(《사기》)는 이렇게 묘사하였다.

고조 6년(기원전 201년) 한신이 모반을 기도하였다는 상서가 올라왔다. 고조가 여러 장군을 모아놓고 대책을 묻자 다들 이렇게 대답하였다.

"서둘러 군대를 동원하여 저 풋내기를 매장시켜야 합니다."

사실 냉정하게 판단하면 둘의 싸움은 어느 쪽의 승패를 가늠

할 수 없을 정도로 팽팽하였다. 그러나 장군들은 마치 강한 자가 약한 자를 다스리듯 자신만만하게 말하였다.

고조는 그 자리에서는 결론을 내리지 않더니 남몰래 진평을 불러 상담하였다. 진평은 곧바로 자신의 의견을 말하지 않고 오히려 이렇게 질문하였다.

"여러 장군들의 의견은 어떠했습니까?"

고조가 상세하게 설명하자 진평은 이렇게 말하였다.

"한신 모반에 관한 상서를 아는 자가 또 있습니까?"

"아니, 없소."

"그렇다면 한신은 상서가 있음을 알고 있습니까?"

"아니, 모르고 있소."

"폐하의 정예 군대와 초(한신)의 군대 가운데 어느 쪽이 강합니까?"

"글쎄, 내게 꼭 승산이 있다고는 할 수 없소."

"폐하의 여러 장군들과 한신의 여러 장군 중에서 어느 쪽의 용병 기술이 뛰어난지요?"

"그들이 한신보다 낫다고는 할 수 없소."

"군사도 초나라만큼 뛰어나지 못하고 장군들도 열악하옵니다. 이를 알면서도 싸움을 거는 것은 적이 파놓은 함정에 걸려드는 꼴입니다. 폐하께 이보다 더 위험한 일은 없습니다."

"그렇다면 어찌해야 하오?"

"옛날 천자는 천하를 순행(巡幸)하여 제후와 회동하였습니다. 남방에 운몽호(雲夢湖)가 있습니다. 이번에 폐하는 이곳을 순행한다고 속이고 제후와 진(陳)의 땅에서 회동해 주십시오. 진은 초(楚)의 서쪽에 있으니 천자가 나들이를 한다는 말을 들으면 제 아무리 한신일지라도 일을 꾸밀 수 없을 겁니다. 아마도 스스로 찾아와서 알현을 청하겠지요. 그때가 바로 기회입니다. 강력한 자 한 사람만 있으면 능히 그를 잡을 수 있습니다."

고조는 고개를 끄덕이더니 곧바로 사자를 제후에게 파견하여 운몽을 순행하니 제후와 진에서 회동하고 싶다고 알렸다. 고조 역시 사자가 출발한 그날에 여행길에 나섰다.

일행이 진의 교외에 다가가자 과연 초왕(楚王) 한신이 마중을 나왔다. 유방은 미리 무장한 병사를 배치해 두었다가 한신이 모습을 나타내자 틈을 주지 않고 그를 포박하여 노복의 마차에 감금하였다. 이때 한신은 다음과 같은 비통한 말을 내뱉었다고 한다.

"과연 내려오는 말이 맞구나. 날쌘 토끼가 죽으면 사냥하던 개는 소용이 없어 삶아 먹히고, 높이 나는 새가 없어지면 좋은 활은 치워 버리며, 적국을 치고 나면 지모가 뛰어난 신하는 죽는다 하더니 천하가 평정된 이제 내가 잡혀 죽는 게 되는 것은 당연한 일이로다!"(〈회음후열전(淮陰侯列傳)〉)

사실 이때 한신은 마음의 동요는 있었으나 그렇다고 모반에 대한 확실한 용단은 내리지 않은 상태였다. 그러나 고조와 한신, 이 두 영웅은 한 하늘 아래 병존할 수 없었는지도 모른다. 고조는 진평의 헌책에 따라 군사 한 명 동원하지 않고 그 화근을 미연에 끊어버릴 수 있었다.

미 인화 한 장

진평은 한신 포박 사건의 공으로 호유후(戶牖侯)에 봉해져 제후의 반열에 올랐다. 그리고 그 다음 해(기원전 200년), 후군중위로서 고조를 따라 한왕 신(信)의 토벌에 나섰다. 한왕(韓王) 신(信)을 대(代)의 왕으로 봉하여 북방을 수비하도록 하였는데, 흉노(匈奴)의 맹공을 받아 버티지 못하고 항복하여 한(漢)에 반기를 들었기 때문이다. 이 무렵 북방의 이민족 흉노에서는 묵특선우(冒頓單于)라는 영민한 지도자가 나타나 그 수가 40만에 달하는 정예 기마대를 이끌고 한의 북방을 어지럽혔다. 따라서 당시 고조가 싸워야 할 상대는 한왕 신이 아닌 그 배후에 있던 흉노의 대군이었다.

아니나 다를까, 고조의 군대는 처음부터 악전고투를 면치 못하였고 고조 역시 절체절명의 위기에 빠졌다. 그리고 이를 구해낸 것이 역시 진평의 계책이었다.

때는 겨울, 전장에는 혹독한 한파가 불어닥쳐 눈이 내렸다. 한나라 병사들은 동상에 걸려 열에 두셋은 손가락을 자르는 참상을 겪어야 했다. 모둔은 이를 이용하여 도망치는 척하며 한나라 군대를 북방으로 유인하는 작전을 펼쳤다. 한나라 군대는 이 작전에 말려들었고 모둔은 정예 부대를 후방에 숨겨놓고 약한 병사들을 앞세웠다. 고조는 모든 군사를 전선(前線)에 내세우고 이에 덧붙여 보병 32만을 보내 추격에 열을 올렸다.

고조는 전체 군대의 선두에 서서 평성(平城)에 도착하였다. 진평도 뒤질세라 뒤를 따랐다. 그러나 추격에 서두른 나머지 대열이 엉클어져 뒤를 따르던 보병 부대가 저 멀리 후방으로 뒤처지고 말았다. 모둔은 이를 노리고 정예 부대 십만을 보내 고조가 이끌던 선두 부대를 백등산(白登山) 위에서 포위하였다. 한나라 군대는 7일 동안 분단된 상태였다. 후속 부대는 구출 작전을 펼

수도, 군량미를 보낼 수도 없었다. 백등산 기슭은 흉노의 기병들로 빼곡히 들어찼다. 고조의 운명은 그야말로 풍전등화(風前燈火)였다.

이 위기를 구해낸 것이 진평의 계책이었다. 그 계책의 내용은 비밀에 부쳐 정사에는 기록되지 않았으나 《자치통감》에 실린 주석에 따르면 대략 이러하다. 진평은 화공(畵工)을 불러 미인화를 한 장 그리게 한 후에 이를 밀사를 통해 모둔의 부인인 연지(閼氏 : 왕비)에게 넘겨주고 이렇게 전하였다.

"한나라에는 이러한 미인이 매우 많습니다. 만약 모둔 전하가 이긴다면 이러한 미인이 전하의 곁을 맴돌게 될 것입니다. 그러면 그대에 대한 모둔의 사랑도 식겠지요."

효과는 그 즉시 나타났다. 연지는 모둔에게 이렇게 진언하였다.

"지금 한나라 땅을 얻는다 해도 우리가 그곳에서 살 수도 없지 않습니까? 이웃 나라의 왕을 괴롭혀 좋을 것이 무엇입니까? 설령 이 싸움에서 이긴다 해도 싸움이 완전히 끝나는 것은 아닙니다. 게다가 한왕에게도 하늘의 가호가 있을 테지요. 부디 이 점을 잘 생각해 보십시오."

마침 모둔은 손을 잡기로 한 한왕 신의 부장(部將) 왕황(王黃), 조리(趙利)가 약속한 날이 되어도 나타나지 않아 그들이 한

나라와 내통했을지도 모른다는 의심을 품고 있었다. 그래서 곧바로 연지의 진언을 받아들여 포위망을 풀었다. 마침 안개가 자욱하였다.

진평이 고조에게 진언하였다.

"흉노는 병사가 다치기를 바라지 않습니다. 힘이 센 활에 화살을 두 개씩 걸어 흉노족을 향하게 하고 천천히 포위망을 벗어나면 쉽게 다가오지 못할 것입니다."

고조의 부대는 화살을 활시위에 잰 채 발소리를 죽이며 포위망을 탈출하여 마침내 평성에 도착하였다. 이윽고 아군의 지원군도 당도하였다. 모둔은 군사를 이끌고 북으로 돌아갔고 고조도 군사를 정비하여 후퇴하였다.

진평의 계책, 즉 미인화 한 장이 고조의 목숨을 구하였다. 덧붙여 이 이야기가 정사(《사기》,《한서》)에 기록되지 않은 까닭은 중국의 체면이 깎이는 일이기 때문이라고 한다.

전향

　기원전 195년, 연나라 왕 노관(盧綰)에게 반역의 움직임이 있었다. 그 무렵, 고조는 그 전해에 경포(黥布) 토벌에서 누군가가 쏜 화살에 맞아 병세가 악화하여 병상에 누워 있었다. 그래서 숙장(宿將) 번쾌에게 토벌을 명하였다.

　번쾌는 고조가 패에서 거병했을 때부터 친구 사이로 지냈으며 그 유명한 '홍문(鴻門)의 연회'에서는 몸을 던져 고조의 목숨을 구하였고, 그 후의 싸움에서도 여러 차례 공을 세운 역전의 용장이었다. 게다가 그는 여후(고조의 아내)의 동생 여수(呂須)를 아내로 두었기 때문에 고조의 의제(義弟)에 해당하여 고조의 신뢰가 매우 두터웠다.

　그런데 이 번쾌가 출발한 직후, 고조에게 "쾌는 여씨의 편을 들고 있습니다. 폐하께 만일의 일이 생긴다면 그 남자는 병사를 일으켜 척(戚)부인과 여의(如意) 왕자의 일족을 일일이 주살할 겁니다" 하고 단언하는 이가 있었다. 척부인은 고조가 총애하는 아내였고 여의는 척부인이 낳은 왕자였다. 말년의 고조는 이 척부인을 무척이나 아꼈는데, 한때는 여후가 낳은 태자 영(盈)을 폐하고 여의를 태자로 삼으려고 진지하게 생각했을 정도였다.

병상에 누워 있던 고조가 가장 신경을 쓰는 일이 있다면 바로 이 여의의 운명이었다.

번쾌를 헐뜯는 자의 말은 고조의 마음을 심하게 흔들었고 결국 번쾌에 대한 믿음마저 달라지게 하였다. 고조는 곧바로 진평과 주발을 불러 이렇게 명령하였다.

"곧바로 역전차(驛傳車)를 몰아 번쾌를 추격하라. 진평은 번쾌를 참하고 주발은 번쾌를 대신하여 군대의 지휘를 맡아라."

두 사람은 역전차를 몰고 가면서 이야기를 나누었다.

"번쾌는 예부터 폐하와 친구 사이였고 공적도 많소. 게다가 여후의 동생 여수를 아내로 두었으니 친족이어서 신분도 높소. 폐하는 일시적인 분노를 이기지 못하여 참하라고 명령하였으나 필시 후회할 것이오. 우리는 참하라는 명령 대신에 잡아서 데리고 가 폐하의 처분을 따르는 편이 좋을 듯싶소."

번쾌는 두 사람을 맞이하였고, 진평은 이 사실을 솔직하게 말하고 번쾌를 포박하였다. 진평은 양손을 꽁꽁 묶어 함차(檻車 : 죄인을 수송하는 차)에 밀어 넣고 부하에게 명하여 도읍으로 호송하게 하였다. 주발은 그대로 군대를 이끌고 반란군 진압에 나섰고 진평은 도읍으로 향했다. 그런데 그 도중에서 고조가 붕어하셨다는 소식이 전해졌다. 이렇게 되면 번쾌와 진평의 처지는 완전히 뒤바뀌게 된다. 여후와 여수가 어찌 나오느냐에 따라 함차로 호송되는 사람은 번쾌가 아닌 진평이 될 수도 있었다.

진평은 번쾌를 태운 함차를 추월하여 무턱대고 도읍으로 향하였는데 도중에 사자를 만났다. 사자는 "관영(灌嬰)과 함께 형양에 주둔하라"라는 명령을 가지고 왔으나 진평은 이를 무시하고 계속해서 도읍으로 향하였고 그 길로 입궐하였다. 고조의 관 앞에는 여후가 서 있었다. 진평은 하염없이 울면서 관을 향하여 일의 진상을 말하였다. 본래 죽은 사람이 산 사람의 말을 들을 리가 없었다. 진평은 여후가 그 소리를 들어주기를 바란 것이었다.

여후가 관 옆에서 말을 걸었다.

"그대는 피곤할 테니 내려가 쉬시오."

그 얼굴에는 진평을 대하는 측은한 마음이 담겨 있었다.

그러나 진평은 자신을 해치려는 자들의 간언을 두려워하여 무리하게 청을 하여 궁중에 머물러도 좋다는 허락을 받았다. 사실 이럴 때는 측근에 있는 편이 누가 뭐라고 해도 유리하다. 여후는 진평을 낭중령(시종장)에 임명하여 황제의 교육을 담당하게 하였다. 여수는 남편 번쾌의 포박 사건에 원한을 품고 진평을 헐뜯었으나 여후는 좀처럼 들으려 하지 않았다고 한다.

정권 교체기에서 진평의 처세술을 엿볼 수 있는 대목이라 하겠다.

유씨, 여씨의 계보

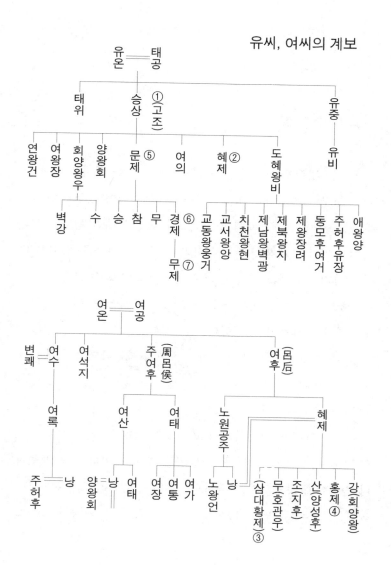

요령부득

고조는 진평을 어떻게 평가하였을까? 기묘한 계책을 지닌 자, 이는 누구나 인정하는 사실이었다. 고조 자신이 진평의 계책으로 여섯 번이나 위기에서 벗어났으나 진평에 대한 평가는 어디까지나 기묘한 계책을 내는 책사라는 인상에 머무른 듯하다. 다음 이야기를 통해 그 사실을 더욱 분명히 알아볼 수 있다.

고조가 죽음에 임박하였을 때 옆에서 시중들던 여후와 고조 사이에 이런 대화가 오고 갔다.

"폐하께 무슨 일이 생기고 상국 소하가 죽는다면 누구에게 후사를 맡겨야 좋겠습니까?"

"조참에게 맡기시오."

여후는 그 다음 차례를 물었고 고조는 이렇게 대답했다.

"왕릉이 좋겠지. 그러나 그 남자는 그다지 머리가 좋지 못하니 진평에게 보좌하라고 하시오. 진평은 비록 지모가 뛰어나나 단독으로 국사를 담당하는 일은 위험하오. 주발은 중후하고 소박한 사람이지만 결국 우리 유씨 집안을 지켜줄 사람은 주발밖에 없소. 그러니 그를 태위(太尉 : 군사의 최고 책임자)로 삼으시오."

여후는 계속해서 그 다음 차례를 물었다.

"그 다음은 누가 되든 상관없소."

이 부부의 대화는 인위적으로 조작된 느낌이 없지 않지만, 어쨌든 여기에 고조가 진평을 바라보는 시각이 나와 있다. 요약하면 진평은 머리가 좋은 남자지만 재상의 그릇은 아니라는 뜻이다. 그러나 진평은 고조가 죽은 후, 이 견해를 보기 좋게 뒤집어 엎었다. 아무래도 고조는 진평의 계책에 현혹되어 그의 또 다른 측면을 놓쳐 버린 듯하다. 결국 그 고조에게는 참으로 다행스러운 오산이었지만.

진평이 좌승상에 임명되어 나라의 정치를 담당하게 된 것은 혜제(惠帝) 6년(기원전 189년)의 일이었다. 상국 조참이 죽어 그 뒤를 이은 것인데(소하의 장 참조) 그보다 높은 우승상에는 왕릉이 임명되어 고조의 유언대로 포진되었다.

2년 후 혜제가 죽고 여후(고조의 아내, 혜제의 어머니)가 정치의 실권을 잡았다. 그 후 8년에 걸쳐 여후의 친정이 이어지면서 여씨 일족이 전횡을 휘둘렀다. 유씨를 지키느냐, 여씨를 지지하느냐, 아니면 살아남은 중신들은 어느 한쪽으로 태도를 정해야만 했고 좌승상 진평도 예외가 아니었다.

여후가 정치의 실권을 잡은 후에 먼저 생각한 일은 여씨의 세력을 확대하고 강화하는 일이었다. 여후는 이를 위해 여씨 일족을 각지의 왕으로 봉하고자 하였다. 서둘러 중신회의가 소집되었다. 직위가 직위인만큼 우승상 왕릉이 먼저 입을 열었다. 고조에게서 '그다지 머리가 좋지 않다' 는 평가를 받은 인물이었으나 직언을 서슴지 않는 기개있는 선비이기도 하였다. 왕릉은 단호히 반대하였다.

"일찍이 고조께서는 백마를 희생하여 이렇게 맹세하셨습니다. 유씨 이외의 자가 왕에 오를 때는 일치단결하여 이를 토벌하겠다고 말입니다. 이 맹약이 있는 이상, 여씨를 왕에 봉할 수는 없습니다."

여후는 곧바로 기분이 상하여 콧방귀를 뀌었다. 이번에는 좌승상 진평과 중신 주발에게 하문하였다. 두 사람은 이렇게 대답하였다.

"돌아가신 고조가 천하를 통일할 때는 유씨 일가를 왕으로 옹립하였습니다. 지금은 태후마마가 정치상의 주요 사항을 결재하시니 형제 분이나 여씨 일가를 왕으로 옹립하셔도 별 무리가 없으리라 사료되옵니다."

여후는 화를 누그러뜨리고 기뻐하였다. 회의가 끝나고 왕릉은 진평과 주발에게 다가가 이렇게 말하였다.

"애초에 고조와 피를 나누며 맹세를 했을 때 귀공들 역시 그 자리에 있지 않았소? 고조가 승하하시여 태후가 실권을 장악한 후에 자기 집안을 왕으로 옹립하겠다고 말을 꺼낸 순간 별 무리가 없다고 말을 하다니, 도대체 어찌 된 영문이오? 지하에 계신 고조를 어찌 뵌단 말이오?"

두 사람은 대답했다.

"지금 당장 곧은 말로 조정에서 다투는 일은 우리가 귀공만 못하오. 그러나 한나라의 사직을 편안하게 유지하고 유씨의 자손을 지키는 일은 귀공이 우리만 못하오."

왕릉은 입을 다물었다고 한다.

여후는 자신의 면전에서 강력히 반대를 한 왕릉을 용서할 수가 없었다. 여후는 사실 황제나 다름없었기에 마음만 먹으면 얼마든지 재상의 목을 자를 수도 있었다. 그래서 왕릉의 체면을 봐주는 척하며 어린 황제를 보호하는 태부(太傅)에 임명하여 정치 일선에서 물러나게 하였다. 여후의 이러한 처사에 화가 난 왕릉은 병이 났다는 핑계를 대고 태부의 직위를 사양한 후에 집에 틀어박혀 7년 동안 실의에 빠져 지내다가 세상을 떠났다.

여후는 왕릉을 쫓아낸 후 진평을 우승상에 앉혔다. 진평은 신하로서 최고의 자리에 올랐다. 이때 좌승상에는 여후를 졸졸 따라다니던 심이기(審食其)라는 인물이 발탁되었다. 심이기는 본래 직무에는 관심이 없고 궁중에 틀어박혀 여후의 비위만 맞추었다. 여후는 그런 그를 매우 총애하였기 때문에 관리들은 진평을 제쳐 놓고 심이기에게 결재를 받는 꼴이었다.

한편, 진평은 전부터 여후의 동생 여수의 원한을 샀다. 일찍이 고조가 여수의 남편인 번쾌를 쳐내려 한 사건을 도왔기 때문이다. 이 때문에 여수는 기회가 있을 때마다 여후에게 간언하였다.

"진평은 승상의 자리에 있으면서 정치를 등한시하고 날마다 술과 여자에 빠져 있습니다."

이 이야기가 전해지자 진평은 여수의 간언대로 날마다 쾌락을 좇는 듯이 행동하였다. 여후는 그런 진평을 보고 회심의 미소를 지었다.

"진평은 두려워할 만한 남자가 아니다. 이제 우리 여씨의 천하는 안녕을 누리리라."

여후는 진평을 불러 여수의 일을 물은 후에 이렇게 말하였다.

"항간에도 '여자들의 말에 귀를 기울이지 말라'는 말이 있지요. 그대는 어떻게 하면 나와 함께 이 세상을 잘 다스릴지, 그것만 생각만 됩니다. 여수의 간언은 신경 쓰지 마세요."

그 후 여후는 누구 하나 거리낄 것 없이 여씨 일족을 왕으로 옹립하였다. 그리고 그때마다 진평은 유유낙낙 따랐다. 그러나 여후가 세상을 뜨자(기원전 180년) 진평은 태위 주발과 짜고 일거에 여씨 일족을 주살하고 유씨 천하를 회복하였다. 여후의 뜻을 거스르지 않는 '요령부득'의 처세로 회오리를 무사히 통과한 진평의 진의가 드러나는 순간이었다.

좌승상인 심이기는 여씨가 무너질 때 그 직위를 박탈당하였다. 또한 여수는 붙잡혀 태형(笞刑 : 죄인을 작은 형장으로 볼기를 치던 형벌—역주)에 처해져 목숨을 잃어 일족과 운명을 같이하였다.

재상의 일

여씨 일족이 주살된 후, 중신들은 서둘러 회의를 열어 대왕(代王) 항(恒 : 고조의 아들)을 옹립하니 이 사람이 문제(제위 : 기원전 180～157년)다. 문제는 여씨 타도의 제일 공로자는 태위 주발이라고 생각하였다. 군사를 동원하여 선두에 서서 지휘를 한 자가 주발인 것은 틀림없는 사실이었다. 진평은 문제의 이러한 생각을 살펴 최고 자리인 우승상을 주발에게 넘겨주려고 하였다. 그러면서 자신은 최근 몸 상태가 좋지 않다며 황제에게 사직의 뜻을 밝혔다. 그러나 이제 막 즉위한 황제는 진평의 속내를 이해하지 못하였다.

"여태까지 그대가 질병에 걸렸다는 말을 들어본 적이 없소. 그런데 사직을 하고 싶다니, 혹시 다른 뜻이 있어서 그러오?"

"고조의 시대에 제 공적은 주발을 능가하였습니다. 그러나 여씨 일족의 주벌(誅伐)에는 주발에 미치지 못하옵니다. 하여 우승상의 지위를 주발에게 넘기고자 하옵니다."

스스로 버금가는 지위로 물러나고 싶다고 청을 하였으니 이역시 진평의 뛰어난 처세술이라 하겠다. 황제는 주발을 우승상에 임명하여 신하들 가운데 으뜸가는 자리에 앉히고 진평을 그다음 서열인 좌승상에 임명하였다. 그러면서 진평에게 금 1천 근을 하사하고 봉지(封地) 3천 호를 늘려주었다.

그로부터 얼마 후 문제도 어느 정도 정무를 파악하게 되었다. 어느 날, 조정의 회의 석상에서 우승상 주발에게 물었다.

"재판은 전국에서 연간 몇 회 정도 열리오?"

"신은 불초하여 알지 못합니다."

주발은 사죄하며 모르겠다고 대답하였다.

"그렇다면 국고의 수입과 지출이 연간 어느 정도인지 말해 보시오."

주발은 또다시 모른다고 사죄하였는데, 땀으로 등을 적시면서 대답을 하지 못한 자신을 수치스러워하였다.

그러자 황제는 좌승상 진평에게 물었고 진평은 이렇게 대답하였다.

"그 일이라면 각 담당자에게 물으시면 되옵니다."

"담당자라면 누구를 말하오?"

"재판에 대한 일은 정위(廷尉)가 가장 잘 알고 국고에 관한 일은 치속내사(治粟內史)가 가장 잘 아옵니다."

"모든 일에 담당자가 있다면 도대체 재상은 무엇을 담당하는 사람이오?"

"황공하옵니다만, 재상이란 위로는 천자를 보좌하며 음양(陰陽)을 다스려 사시사철을 순조롭게 하고, 아래로는 만물이 제때에 성장하도록 합니다. 밖으로는 사방의 오랑캐와 제후들을 진압하고, 안으로는 백성들을 친밀하게 복종하도록 하며, 관원들로 하여금 그 직책을 제대로 수행하게 하지요."

"그렇구려. 알았소이다."

황제는 진평을 칭찬하였다. 그러자 우승상 주발은 더욱 부끄럽게 여겼다. 궁에서 나온 주발은 진평에게 투덜댔다.

"어째서 평소부터 그러한 때 어찌어찌 대답하라고 알려주지 않으셨소?"

그러자 진평은 웃으면서 대답하였다.

"그대는 우승상의 자리에 있으면서 그 직책이 무엇인지 알지 못하였소? 폐하가 도읍지 내의 도난 건수를 물으면 그대가 꼭 대답해야 한다고 생각했단 말이오?"

주발은 자신의 능력이 진평에 미치지 못함을 깨달았다. 그로부터 얼마 후에 주발은 병을 핑계로 재상의 자리에서 물러났다.

그 후 진평은 다시 승상 직에 복귀하여 어진 재상이란 명성을 떨쳤다. 문제 2년(기원전 178년)에 진평이 세상을 떠나자 문제는 다시 그에게 헌후(獻侯)라는 시호를 내렸다.

생전에 진평은 측근에게 이렇게 말하였다고 한다.

"나는 기묘한 계책을 너무 많이 썼으나 이는 도가(道家)에서 금하는 것이다. 만약 나의 자손이 실패를 범하여 관직에서 박탈당한다면 내 가문은 그것으로 끝이리라. 이는 내가 기묘한 계책을 너무 많이 쓴 당연한 결과이니라."

확실히 그는 꾀를 생각해 내는 데만큼은 타의 추종을 불허하
였다. 그러나 승상이 된 후의 십여 년 동안은 '황로술'을 배운
사람에게 어울리는 처세술로 한 왕실을 태평하게 이끌었다. 이
것이 바로 그를 현명한 재상으로 칭하는 까닭이다.

(《사기》, 《한서》, 《자치통감》)

『공손홍』

공손홍(기원전 200~121년)
제(齊)나라의 치천국(菑川國) 설현(薛縣 : 지금의 산
둥 성 텅시엔[滕縣] 남동쪽) 출신. 집안이 가난하여
돼지를 키우며 살다가 기원전 134년, '현량(賢良)
문학(文學)의 선비' 로 추천을 받아 박사에 임명되었
다. 이후 무제(武帝, 재위 : 기원전 141~87년)의
신임을 받아 좌내사(左內史), 어사대부(御史大夫)로
차츰 승격되어 기원전 124년에 마침내 승상에 올라
평진후(平津侯)에 봉해졌다. 노련한 업무 처리 능력
에 유교적 겉치레를 중요하게 여겼기 때문에 '곡학
아세(曲學阿世)' 라는 평가를 받았다.

무제와 신관료

　기원전 141년, 한나라 왕조는 제7대 황제인 무제(재위 : 기원전 141~87년)가 즉위하여 건국 60년 이래로 가장 융성한 시대를 맞이하였다. 고조 이후로 계속해서 골칫거리로 작용하던 흉노 세력을 북방으로 몰아내고 남쪽으로는 지금의 베트남, 서쪽으로는 중앙 아시아 부근까지 판도를 확대하여 거대한 대제국을 형성하였다. 무제 때 이러한 대제국을 형성할 수 있던 까닭은 문제(文帝, 재위 : 기원전 180~157년), 경제(景帝, 재위 : 기원전 157~141년) 두 황제가 그만큼 치세를 잘했기 때문이었다.

　여후 전제(呂后專制)의 뒤를 이은 문제, 문제와 무제를 잇는 교량 역할을 한 경제는 모두 명군이었다. 스스로 소박한 생활에 자족하였고 외국 정벌을 자제하여 백성들을 쉬게 하였으며 산업 진흥을 장려하여 국력을 튼튼히 하는 데 노력하였다. 그 결과, 경제 때는 중국 인구가 한나라 왕조의 건국 당초에 비해(즉, 약 50년 동안에) 서너 배로 늘어났다고 하며, 무제가 즉위할 무렵의 사회와 경제 상태는 "천하는 태평하고 가뭄이나 홍수와 같은 재해도 없으며 민생은 안정하고 도시와 지방을 가릴 것 없이 각지의 창고에는 식량과 물자가 가득하다. 도시의 전장(錢藏)에 쌓인 동전은 몇 억을 넘고, 엽전을 꿰는 가는 끈이 썩어 계산을 할 수 없을 지경이다. 정부의 곡창(穀倉)에는 오래된 쌀, 새 쌀, 햇수가 지난 곡류가 가득 쌓여 창고에 다 넣지 못하여 일부는 밖에 쌓아놓았고, 그마저도 썩어 먹을 수가 없다. 또한 말의 사육을 전국에 보급하여 말을 타지 않는 서민이 없을 정도이고, 이따금 다 자란 암마[牝馬]에 타려고 들면 남들에게 업신여김을 당하였다(《사기》〈평준서(平準書)〉)"라는 평가처럼 공전의 번영을 구가하였다.

무제 때 여러 차례에 걸친 대규모 외정(外征)을 가능하게 한 것은 이러한 문제와 경제 때 축적된 풍부한 경제력이었다.

또 한 가지, 무제가 물려받은 유산 가운데 가장 무시할 수 없는 것은 바로 확고한 황제의 권력이었다.

본래 한 왕조는 진(秦)의 행정 조직을 답습하여 전국에 군현제를 시행하였으나 그 일부에서는 일족을 왕후(王侯)로 봉하는 절충적인 제도를 채용하였다(이를 '군국제(君國制)'라고 한다). 이 제도의 목적은 만일의 사태가 벌어졌을 때 그곳의 왕후로 하여금 황제를 수호하도록 하는 데 있었다. 그러나 세월이 흘러 혈연관계가 엷어짐에 따라 지방의 왕족이 독립 정권을 주장하여 중앙 정부에 대립하는 대항 세력으로 성장하였다. 이리하여 경제 3년(기원전 154년)에 '오초칠국(吳楚七國)의 난'이 일어났으니 중앙 정부, 즉 황실에 대한 왕후 연합의 반란이었다. 그러나 중앙 정부는 이를 3개월 만에 진압하고 이를 기회로 지방 행정 조직의 근본적인 수정을 가하였다. 즉, 오(吳), 조(趙), 제(齊) 등의 대국을 분할하고 왕국(王國) 안의 관리는 모두 중앙에서 파견하는 조치를 취했다. 이에 왕국은 사실상 직할지인 군현(郡縣)과 같은 신세로 전락하였고 황제의 권력은 더욱 확고해졌다.

「오·초칠국의 난」개요도

70세에 즉위한 무제가 계승한 것은 이상 나열한 풍부한 경제를 토대로 형성된 절대 권력이었다. 그리고 이 지배 체제의 사상적인 뒷받침으로서 등장한 것이 유교(儒敎)였고, 이를 지지한 세력이 유학의 교양을 몸에 익힌 신관료들이었다. 그들은 몸에 익힌 교양이나 사상 면에서 한나라 초기의 공신들과 완전히 다른 존재였다.

전쟁의 한복판을 달리던 한나라 초기의 공신들은 유교와 같이 짐짓 젠체하는 교양이 아닌 '무위자연'을 말하는 '황로'의 처세철학을 익혔다. 장량이 그러했고 조참과 진평이 그러하였다. 또한 그들이 살던 시대는 황로학만 익혀도 충분하였다. 아니, 오히려 그랬기 때문에 명재상이라는 이름을 얻었다.

문제, 경제의 시대에 들어서 차츰 유자(儒者 : 유학을 배운 학자)가 등용되기 시작하는데, 그 파도는 아직 작아 지배 계층 사이에서 영향력을 지닌 사상은 여전히 '황로' 사상이었다.

"문제 때 조금씩 유자를 등용하였으나 문제 자신은 형명학(形名學 : 법가의 학문, 황로학에 가깝다)을 좋아했다. 경제 때는 유자를 등용하지 않았고, 두태후(竇太后) 역시 황로학을 좋아했다. 여러 박사들은 그저 인원수를 채우기 위해 있을 뿐 대관(大官)에 오르는 일은 없었다(《사기》〈유림열전(儒林列傳)〉)."

두태후는 경제의 어머니로 무제 시대의 초기까지 정치에 대한 숨은 발언력을 행사한 여성이었는데 이 여성이 또한 '황로'의 신봉자였다.

이런 이야기가 있다.

경제 때의 일로, 두태후는 박사에 임명된 원고생(轅固生)이라는 유학자를 불러《노자》에 대해 의견을 물었다. 그런데 이 원고생의 고집이 상당한 모양이었다.

"노자라 하셨습니까? 그런 것은 하찮은 노비들이나 읽는 책이옵니다."

두태후는 화가 나서 원고생을 돼지우리에 가두었다고 한다. 너처럼 발칙한 자는 돼지한테나 먹혀 버리라는 뜻이다. 그러나 무제가 등장하고 두태후가 세상을 떠나면서(무제 6년) 보수 세력이 후퇴하자 상황이 역전되었다.

"두태후가 승하하심에 따라 황로, 형명백가(刑名百家)의 언설을 물리치고 학식이 풍부한 유자 몇백 명을 불러들였다(《사기》〈유림열전〉)."

지금까지 지배 계급이 경시하고 멀리하던 유자가 크게 일어나 권력의 중추에 등장한 것이다. 그 실마리를 연 것은 대유(大儒) 동중서(董仲舒)가 무제의 하문에 답한 상서였다고 한다. 동중서는 상서 안에서 "하늘에게서 목숨을 내려 받은 이는 천자 단 한 사람이며, 만민은 천자에게서 목숨을 내려 받았다"라는 일종의 왕권신수설을 제창하여 절대군주제 이론의 바탕을 이야기한 후에 이렇게 끝맺었다.

"지금 사교(邪敎)에 빠진 무리가 불순한 주장을 해대는 터라 위로는 임금께서 통일할 방법이 없고 아래로는 백성들이 무엇을 따라야 할지 방황하고 있나이다. 신이 비록 아둔하오나 생각하기로는 육예(六藝)와 공자(孔子)의 가르침 이외의 모든 학술은 일체 금지시켜야 합니다. 사설(邪說)이 두절되면 모든 생각이 하나로 집중되고, 그러면 법도가 분명해져 백성들도 따라야 할 바를 알게 될 것입니다."

육예란 유가가 필수 과목으로 지정하여 중요시하는 시(詩), 서(書), 역(易), 예(禮), 악(樂), 춘추(春秋)의 여섯 가지 교과이다. 이러한 요양을 몸에 익힌 자(즉, 유자)를 관리로 등용하여 천자를 보좌하게 하라는 것이 이 상서의 주요 내용이었다. 무제는 이에 따라 시, 서, 역, 예, 춘추의 오경박사(五經博士)를 두어 관료 양성에 힘쓰는 한편, 각 지방에 매년 유학 교양을 몸에 익힌 뛰어난 인재(현량 문학의 선비)를 추천하도록 하였다. 무제라는 절대 전제군주 아래에서 그 수족이 되어 성실히 일을 한 자들이 바로 이 제도에 따라 등용된 신관료였다.

그리고 그 전형이 보잘것없는 돼지 사육을 하다가 일약 승상에까지 오르고, 게다가 무제의 두터운 신임을 받은 공손홍이다.

때를 만나다

공손홍의 재상 임기 기간은 3년에 지나지 않는다. 부재상에 해당되는 어사대부의 재임 기간을 합쳐도 5년을 넘지 않는다. 이는 그가 관직에 들어섰을 때 이미 상당한 고령이었기 때문이다. 그는 오늘날로 말하면 정년을 지난 60세에 비로소 조정에 출사하였다. 게다가 첫 번째 출사에서 실패하여 66세라는 고령에 두 번째 출사에 성공하였고, 승상의 신분으로 사망했을 때는 80세에 달하였다. 참으로 놀라운 노인 파워가 아닐 수 없다.

공손홍은 제(齊)의 치천국 설현 출신이었다. 지금의 산둥 성 남부, 쉬저우[徐州]의 북쪽 80킬로미터 지점이자 전국 시대 맹상군의 영지로, 한나라 고조를 배출한 패현과 매우 가까운 곳이기도 하다.

공손홍은 젊어서 설현의 옥리를 맡아보았으나 죄를 범하여 관직에서 쫓겨나는 바람에 이후 돼지를 키우며 생활을 꾸려 나갔다. 매우 고생스러웠으나 빈곤한 생활 속에서도 정성을 다하여 계모(繼母)를 모시는 한편 40세가 지나 학문에 뜻을 두어 '춘추의 잡설'을 공부하였다. '춘추의 잡설'이 어떤 학문인지는 알려지지 않았으나 일설에 따르면 유가, 법가, 묵가(墨家), 명가(名家), 도가를 섞은 '잡가학(雜家學)'이라고 한다. 필시 특정 스승을 섬기지 않고 손에 잡히는 대로 독학하였으리라.

돼지를 키우면서도 40세가 넘어 학문에 뜻을 두었으니 우러러볼 만한 인물이라고 할 수 있지만, 사실 그대로 평범하게 살았다면 서당을 열어 지방의 젊은이들을 가르치거나 조금 독특한 인물이란 평가를 받으며 생을 마감했을 것이다. 그런데 본인이 의도하지도 않았음에도 관직이 척척 높아지더니 그야말로 문관의 최고 자리인 재상에까지 오르게 되었다. 전국 난세의 시대라면 몰라도 태평한 세상에서는 그야말로 보기 드문 사례가 아닐 수 없다. 따라서 역사가들은 이러한 그를 가리켜 '때를 잘 만났다'고 말한다.

"공손홍은 그 행함이 올바르긴 했으나 때를 잘 만났기에 출세를 할 수 있었다(《사기》)."

"공손홍, 때를 잘 만나지 못했다면 어찌 그 자리에까지 오를 수 있었겠는가(《한서》)."

때를 만나다, 그는 그야말로 행운의 사나이였다.

공손홍에게 이러한 행운을 가져다준 것은 당시의 인재 선발 제도였다. 이때는 아직 당대(唐代) 이후 성행하는 '과거(科擧)'라는 시험 제도가 실시되지 않았다. 당시 행한 제도는 황제가 대신이나 지방 장관에게 조(詔)를 내려 뛰어난 인재를 추천하게 하고, 지방 장관이 마땅한 자를 추천하면 그 가운데 성적이 우수한 자를 선별하게 관리로 임명하는 방식이었다.

또한 인재에는 두 가지 부류가 있었다. 하나는 '효렴(孝廉)'이라 하여 덕행이 있는 사람을 말하고, 다른 하나는 '현량 문학'이라 하여 학문에 뛰어난 자를 말하였는데 실제로는 후자 쪽이 압도적으로 많았다. 이러한 선발 제도는 경제 때 실시되기 시작하여 무제 때 이르러서는 거의 해마다 실시되었다.

무제는 즉위한 그해 서둘러 '현량 문학의 선비'를 불러 모았다. 덧붙여 동중서가 유자의 등용을 진언한 것도 이 무렵의 일이다. 공손홍은 당시 60세였는데 '현량의 선비'로 인정을 받아 박사로 임명되었다. 이때의 박사란 황제의 학술 고문과 같은 존재로 정책의 기획 입안에도 참가할 수 있었다. 《한서》〈백관공경표(百官公卿表)〉에 따르면, 박사의 녹봉이 600석이라고 하니 이것만으로도 크게 출세한 셈이다.

그러나 공손홍은 이 자리에서 보기 좋게 해고당한다. 마침 흉노에 갔다 올 사자로 임명되었는데 돌아와서 무제의 화를 돋우는 보고서를 작성하는 바람에 무능한 자라고 평가받았기 때문이다. 공손홍은 이를 기회로 병에 걸렸다는 핑계를 대고 고향으로 돌아갔다. 옹색한 벼슬살이는 집어치우고 시골에서 다시 돼지나 키우며 유유자적하게 살아가자는 생각에서였다.

이리하여 때를 놓쳤으나 6년 후에 다시 한 번 기회가 찾아왔다. 기원전 134년, 무제에게서 '현량 문학의 선비를 추천하라'는 두 번째 조령이 내려졌다. 그 전년도에 보수 세력의 핵심인 두태후가 사망하여 젊은 무제가 드디어 신관료의 등용에 나선 것이다.

치천국은 꽤나 인재난에 허덕인 모양이다. 조령은 받았으나 적임자를 찾지 못하였다. 그러나 추천을 하지 않으면 황제의 분노를 살 우려가 있었기에 어떻게든 인원수를 채워야 했다. 이리하여 다시 뽑힌 이가 바로 돼지를 키우는 공손홍이었다. 공손홍은 "저는 저번에 칙령에 따라 도읍지로 갔습니다만 무능한 자라는 낙인이 찍혔으므로 직책에서 물러나 고향에 돌아왔습니다. 또다시 도읍지로 갈 생각은 없습니다. 부디 이번에는 다른 이를 추천하십시오" 하고 사퇴하였으나 억지로 등을 떠밀리고 말았다. 66세가 된 공손홍은 딱히 출세하고픈 야망도 없었으나 고향 관리의 간청에 못 이겨 도읍지로 향할 수밖에 없었다. 또한 애초부터 할 생각이 없었으므로 황제의 하문에 대한 답안도 그리 좋을 리가 없었다. 이때 조령에 응하여 추천을 받고 온 '현량 문학의 선비' 백여 명 중에서 그의 성적은 하위였다고 한다. 그런데 전체 답안을 무제에게 올리자 무제는 공손홍의 답안을 1등으로 뽑았고, 친히 공손홍을 불러 만나보니 용모까지 단정하여 더욱 맘에 들었다고 한다. 이리하여 공손홍은 다시 한 번 박사로 임명되었다.

공손홍의 답안이 왜 그토록 무제의 마음에 들었을까? 당시 무제가 낸 문제와 그에 대한 공손홍의 답안 내용이 《한서》〈공손홍전〉에 실려 있다. 그에 따르면, "어떻게 하면 옛날의 이상(理想) 정치를 현실에서 펼칠 수 있겠소?"라는 무제의 물음에 공손홍은 추상적인 말을 늘어놓기는 했으나 결론적으로 인(仁), 의(義), 예(禮), 술(術=智)의 네 가지가 나라를 다스리는 핵심이라고 답하였다. 인, 의, 예, 지는 모두 유가의 용어인 데 비해 '술'은 법가의 용어로 '군주의 신하조종술'을 의미한다. '술'이라는 너무나도 전제군주가 기뻐할 만한 내용을 제시하면서 이를 유가의 용어로 맛깔스럽게 풀어내어 무제의 환심을 산 것이다.

공손홍이 특별한 의도로 이를 노렸는지 어땠는지는 알 수 없지만, 추천을 거절하였으니 세속적인 욕심은 없었다고 봐야 할 것이다. 평소의 생각을 문자로 옮겼고 마침 그것이 무제의 눈에 띄었으리라. 그야말로 역사가가 말하는 "때를 만난" 행운이 아닐 수 없다.

그 후로 공손홍은 이례적은 영달을 되풀이하여 재상에까지 오른다.

主인의 뜻을 따르다

특별한 일이 없었다면 지방의 한 지식인으로 평범한 일생을 끝마쳤을 공손홍이 세상에 나온 계기는 때를 잘 만나서, 즉 운이 좋아서이다. 그러나 그것만으로는 '돼지 사육사에서 승상에까지' 올라간 이례적인 출세를 설명할 수가 없다. 유학의 존중, 유자의 등용이라는 시대 변화에 혜택을 받은 이는 공손홍 한 사람이 아니었기 때문이다. 공손홍이 무제의 두터운 신임을 받아 동년배와의 차이를 크게 벌려놓을 수 있었던 까닭은 그럴듯한 풍모와 노련한 사무 처리 능력, 여기에 유학의 교양을 적절히 활용하였기 때문이다.

"무제는 공손홍의 언동이 중후하고 침착하며 실무에 정통할 뿐 아니라 행정 조치의 사소한 부분까지도 유학을 토대로 처리하는 모습을 보고 총애하였다(《사기》)."

나아가 공손홍은 또 한 가지 강력한 비밀 병기를 지녔으니, 바로 항상 "주인의 뜻을 따른다(《사기》)"는 그의 지론이었다. 공손홍은 언제나 무제의 체면을 세워주는 데 노력한 데다 그 방법이 가히 심오한 경지에 이르렀다. 이것이야말로 다른 이의 추격을 허락하지 않는 공손홍의 단독 무대였다. 무제는 결코 범용한 황제가 아니었다. 아니, 어떤 의미에서는 영민한 군주에 속하였다. 공손홍의 방법에 조금이라도 부자연스러운 점이 있으면 능히 간파해 낼 수 있는 눈썰미를 지닌 인물이었다. 그런 무제가 공손홍을 신뢰했다는 말은 곧 공손홍의 행동에 억지를 쓰거나 무리하는 듯한 모습이 전혀 비춰지지 않았음을 뜻한다.

공손홍의 방법은 이러했다. 아직 승상이 되기 전의 일인데, 궁중회의에서는 언제나 문제점을 제기할 뿐 결론은 항상 황제가 내리도록 하여 그 자리에서 동료와 논쟁하기를 꺼려하였다.

또한 다음과 같은 수법도 자주 썼다. 황제의 뜻에 완전히 어긋나는 안건은 조의(朝議) 자리에서 아예 주청하지도 않았다. 주작도위(主爵都尉) 급암(汲黯)이라는 동료와 함께 입궐하여 황제가 한가로운 시간을 틈타 은밀히 아뢰는 형태를 취하였다. 그때도 급암에게 먼저 말을 꺼내게 하고 공손홍 자신은 이를 보조하는 태도를 취하여 무제의 비위를 맞추었기 때문에 무제 역시 항상 기꺼이 그 안건을 승낙해 주었다.

교활하다면 꽤나 교활한 방법이고, 교묘하다면 상당히 교묘한 수법이 아닐 수 없다. 이를 조금도 어색하지 않게 뽐내는 기색도 없이 자연스럽게 해냈다는 것이 바로 공손홍의 장점이다. 전제군주 아래에서 신뢰를 얻은 인물의 전형적인 유형이라 하겠다.

이런 일이 있었다.

어느 날, 각료들은 사전에 어떤 안건에 대해 의견을 통일한 후에 조의에 임하였다. 그런데 무제가 그에 불만의 빛을 보이자 공손홍은 약속을 어기고 처음부터 끝까지 황제의 의견에 동조하였다. 머리끝까지 화가 난 급암이 "우리가 협의를 할 때 공도 우리 의견에 동의하지 않았소? 제나라 사람은 속이 검어 믿을 수 없다고 하더니, 귀공과는 함께 일을 할 수가 없겠구려!"

"어찌 된 영문이오?"

무제가 묻자 공손홍은 태연하게 이렇게 대답하였다.

"신을 잘 모르는 사람은 신을 불충실하다고 생각합니다. 그러나 사람을 보는 눈이 있다면 신에게 한 편의 사심도 없음을 이해해 주리라 믿습니다."

무제는 긍정하였고, 이때부터 다른 신하가 공손홍의 험담을 하면 할수록 더욱 공손홍에 대한 신임이 두터워졌다고 한다.

공손홍이 어사대부에 승진(기원전 126년)한 이후의 일인데, 이런 이야기도 전해진다.

당시 무제는 서남이(西南夷)와 교통로를 열어 동으로는 창해군(滄海郡)을, 북으로는 삭방군(朔方郡)을 경영하는 등 일련의 팽창 정책을 취하였다. 공손홍은 이 정책이 영토 확장은커녕 국력을 소모시킬 뿐이라면서 중지해야 한다고 주청하였다. 그러나 무제가 다른 자에게 명령하여 공손홍의 의견을 비판하면서 삭방군을 설치하는 이점 열 가지를 열거하게 하자 공손홍은 한마디 반론도 제기하지 않고 자신의 어리석음을 탓하며 새롭게 다음과 같이 주청하였다.

"시골뜨기인 저는 삭방군 경영의 이익을 이제야 깨달아 그저 몸둘 바를 모르겠나이다. 그렇다면 서남이와 창해군의 경영은 중지하시고 삭방군 하나에 힘을 기울이셔야 합니다."

무제는 이 의견을 기쁘게 받아들였다고 한다. "어떠한가, 항복했는가?"라는 소리를 들으면 "예, 황송하옵니다" 하고 솔직하게 머리를 숙이는 점이 공손홍의 장점이며 또한 '주인의 뜻을 따른다'는 평가를 받은 까닭이다.

이러한 처세는 그 행동이 아무리 자연스럽더라도 '아니꼽군'이라는 평가를 들을 수밖에 없다. 춘추학의 학식에서만큼은 당대의 일인자라는 평가를 받은 동중서는 같은 학자로서 공손홍을 "종유(從諛 : 아첨꾼)"라 하여 경멸했다고 한다. 또한 일찍이 두태후의 노여움을 사서 돼지우리에 감금된 강직한 유자 원고생도 "학문을 굽혀 세상에 아부하지 말라(《사기》〈유림열전〉)"고 충고하였다. '곡학아세(曲學阿世)'라는 말은 여기에서 유래하였는데, 남이 보기에 아첨꾼처럼 느낄 수 있는 면이 아주 많았던 모양이다.

강직한 선비, 급암

조정에서 가장 격렬하게 공손홍을 비판한 사람은 급암이었다.

급암은 조상 대대로 경대부를 지낸 명문가의 자제로 '황로학'을 좋아한 데다 직언을 서슴지 않는 강직한 선비였기 때문에 처음부터 끝까지 공손홍과 대조를 이루었다. 급암의 강직함에 대해서는 예컨대 이런 이야기가 전해진다.

무제가 막 즉위했을 무렵, 유자의 임용을 두고 여러 신하에게 그 방침을 설명하자 급암이 곧장 반대 의견을 제시하였다.

"폐하께서는 속으로는 욕심이 많으면서 겉으로는 인의(仁義)를 베풀려고 하십니다. 이제 와서 요(堯), 순(舜) 임금을 흉내 낸들 무슨 소용이 있겠습니까?"

무제는 점점 안색이 굳어졌고 곧 조의를 중지하였다. 다른 신하들은 한결같이 급암의 신변을 걱정하였다. 무제는 퇴출한 후 측근을 향하여 툭 내뱉듯이 이렇게 말하였다.

"급암의 우직함이 도가 지나치구나."

그리하여 측근이 급암을 비난했는데 그는 이렇게 대답했다고 한다.

"애초에 천자를 보좌하는 신하라는 제도가 있는 까닭은 천자의 뜻만 받들어 잘못된 길을 가게 함이 아니오. 모름지기 신하란 주군의 총애를 받고자 조정을 욕되게 해서는 아니 되오."

무제는 급암의 강직함에 어찌할 바를 모르면서도 그런 그를 업신여길 수는 없었다. 승상인 공손홍이 알현할 때는 관모를 쓰지 않고 만나기도 했으나 상대가 급암일 때는 정갈하게 의복을 바로 하였다. 그러나 유학을 좋아하는 무제가 신임한 인물은 황로학을 공부한 강직한 급암이 아니라 유학의 교양을 온몸으로 드러낸 공손홍이었다. 급암은 그런 무제의 처사에 참을 수가 없어 더욱더 유학을 비판하고 공손홍을 비난하였다.

"속이 검은 녀석들이 지혜로운 자인 척하며 주군에게 아첨이나 해대고, 소인배들은 법을 이용해 백성들에게 말도 안 되는 죄명만 뒤집어씌우고 있다. 인간 본래의 자세를 눈 씻고 찾아보려 해도 찾아볼 수가 없어!"

그런 급암이 제아무리 탄식을 해도 당시는 유학의 교양을 몸에 익힌, 정세의 변화에 따라 잽싸게 움직이는 신관료들의 세상이었다. 게다가 이는 다름 아닌 무제 자신의 취향이기도 했다. 무제는 급암의 쓴 충고에 귀를 기울이기는커녕 그가 자리에서 물러나면 "사람에게는 누가 뭐라고 해도 교양이 제일이다. 급암의 탈선에는 정말 두 손 다 들었다"며 개탄했다고 한다. 승부의 귀추는 이미 정해졌다. 공손홍과 신관료들이 고매한 급암을 몰아내고 점점 출세를 하는 데 비해 급암은 여전히 조정의 말석에 머물렀고 마침내는 중앙 정부를 떠나 지방의 태수(太守)로 밀려났다.

확실히 강직한 급암이 보기에 '주군의 뜻에 따른다'를 최고로 아는 공손홍의 처세는 역겹기만 했으리라. 그러나 '아첨꾼'이라는 비판을 받으면서도 공손홍은 간할 때는 간하였다. 예컨대 앞서 소개한 삭방군의 경영 문제가 그 한 예이다.

단, 같은 간언을 하더라도 자기 생각만 주장하기보다는 먼저 무제의 안색을 살피는 배려를 하였고, 이것이 급암과 공손홍의 차이점이었다. 즉, 급암은 강속구를 너무 많이 던져 자멸하였고 공손홍은 절묘한 자제력으로 변화구를 던져 마침내 감독의 두터운 신임을 받은 셈이다.

질박한 사생활

역사가 사마천은 때를 만나지 못해 불우한 처지에 빠진 인물에 대해서는 후한 평가를 내렸으나 때를 만나 이름을 알린 인물에 대해서는 그 평가가 매우 혹독하였다. 공손홍 역시 예외가 아니어서 그 평가가 상당히 혹독한 편이다.

"공손홍은 의심이 깊어 사람을 믿지 않았다. 겉으로는 관대한 듯이 보였으나 그 속내는 잔인하였다. 한번 사이가 틀어진 상대방에 대해서는 겉으로는 친한 척을 해도 반드시 남몰래 복수를 하였다."

사마천은 그 증거로 뇌물수수죄로 주부언(主父偃)의 사형을 주장하였고, 같은 동료인 동중서의 학식을 시기하여 교서왕(膠西王)의 재상으로 좌천시킨 일을 들었다. 그러나 이에 대해서는 명대(明代)의 반골(反骨) 유자 이탁오(李卓吾)가 그의 저서 《장서(藏書 : 춘추 말부터 원대까지의 역사적 사실을 《사기》 이후의 사서에서 가려낸 뒤 세기(世紀) 열전(列傳)의 2부로 나누어 배열한 책이다—역주》에서 모두 그럴 만한 이유가 있었으므로 보복 인사로 볼 수 없다고 변호하였다. 필시 어느 쪽으로든 해석할 수 있는 사건이었으리라. 단, 사마천은 애초 공손홍을 별 볼일 없는 인물로 단정하였기에 그렇게 혹독한 평가를 내렸을 것이다. 그러나 사마천은 역사가로의 공평함을 토대로 공손홍의 일상생활을 다음과 같이 묘사하였다.

"공손홍은 겉으로 보기에 대인(大人)의 풍격이 있고 견문도 넓었다. '군주가 빠지기 쉬운 결함은 마음이 넓고 크지 못한 데 있고, 신하가 빠지기 쉬운 결함은 검소하고 절약할 줄 모르는 데 있다'는 것이 그의 지론이었다. 그는 자신의 지론을 실천하여 삼베[麻]로 만든 침구(寢具)를 쓰고, 밥을 먹을 때는 고기 반찬을 한 가지 이상 놓지 못하게 했으며 계모가 죽은 후에는 3년 상을 지냈다."

"고기 요리는 한 접시로 제한하였고 곡류도 정제하지 않은 것을 주로 먹었으나 지인이나 손님이 찾아와 의식의 질을 따지면 아낌없이 봉록을 털어주었으므로 집에는 재산다운 재산이 없었다. 하여 사람들은 공손홍을 현인(賢人)이라 칭하였다."

승상으로서 최고의 자리에 앉았으면서도 공손홍은 그 옛날 돼지를 키우던 당시의 질박한 생활을 유지한 모양이다. '성공한' 인물치고는 참으로 드문 유형이다. 이러한 점에서도 공손홍에게 사욕이 없었다고 봐야 옳다.

하지만 이런 점이 급암에게는 울화의 원인이었다. 그는 무제에게 탄핵하였다.

"공손홍은 최고 관직에 올라 막대한 봉록을 받으면서도 삼베 침구밖에 사용하지 않는다고 합니다. 이는 위선, 그 이상도 그 이하도 아닙니다."

무제가 사실을 확인하니 공손홍이 이렇게 대답했다고 한다.

"그 말이 맞습니다. 여러 신들과 제후 가운데 급암은 저와 친구 사이옵니다. 그런 급암이 이 조의 석상에서 신을 비난한 것은 더는 볼 수가 없어 진심으로 충고를 해주기 위해서입니다. 급암의 말대로 위선이라 해도 신은 할 말이 없습니다. 옛날 이름있는 대신 중에는 저 관중(管仲)과 같이 주군과 어깨를 나란히 하는 사치를 부리면서도 보필의 임무를 다한 예가 있는가 하면, 안영처럼 서민과 같은 의식에 만족하면서도 통치의 업적을 쌓은 자가 있습니다. 그러나 제가 어사대부로서 삼베로 만든 침구를 씀으로써 대신과 하급 관리의 구별을 짓지 않은 것은 그야말로 급암이 지적한 대로입니다. 급암과 같은 강직한 선비가 없다면 폐하께서 어찐 이와 같은 직언을 들으실 수 있겠나이까? 신은 실로 급암이 고마울 따름이옵니다."

그렇다고 이때부터 공손홍이 사치를 즐기기 시작하지는 않았다. 그는 언제나 질박한 생활에 만족했는데, 이는 급암이 말하는 위선이 아니라 공손홍, 그 자신이 본래 그런 사람이었기 때문이다.

또한 이러한 생활 태도는 승상이 된 자의 바람직한 자격 요건 가운데 하나이기도 하다. 훗날 전한 왕조 최후의 황제인 평제(平帝, 재위 : 기원전 1~5년)의 섭정을 담당한 태황태후(太皇太后) 왕씨(王氏)는 당시의 대사도(大司徒 : 승상), 대사공(大司空 : 어사대부)에게 내린 조칙 안에서 '공손홍을 본받으라' 라고 말하였는데, 이러한 질박한 생활 태도를 높이 샀기 때문이다.

"우리 한나라가 일어난 이후 가장 믿을 만한 중신 가운데 스스로 근검절약에 노력하고 재물을 가볍게 여기며 의리를 중요하게 여긴 자로는 승상 공손홍에 미치는 자가 없다. 공손홍은 승상의 자리에 있으면서도 삼베로 만든 침구를 쓰고 정제하지 않은 곡류를 먹으며 고기 요리는 한 접시만 올리게 하였다. 그러면서도 옛 지인이나 빈객에게 자신의 녹봉을 아까워하지 않고 나누어주었으므로 가계에 여유가 없었다. 실로 안으로는 근검절약에 힘쓰고 밖으로는 천자의 명을 따르지 않았는가? 급암이 비난하면 홍은 천자에게 있는 그대로 말하였다. 확실히, 도가 지나친 근검절약이긴 했으나 실행하여 나쁠 것이 없다. 덕이 있는 선비여야 비로소 이를 실천할 수 있는 법이다. 안에서는 사치를 일삼고 밖에서는 낡은 옷을 걸치며 허명(虛名)을 좇는 무리와 전혀 다르다."

사심없이

무제는 계속해서 '현량 문학의 선비'를 등용하려 했고 공손홍도 황제의 은혜에 보답하는 일환으로 후진 양성에 노력하였다. "객관을 세워 동쪽 문을 여니 현인(賢人)이 줄을 이었다《한서》〈공손홍전(公孫弘傳)〉." 공손홍은 승상 관저의 한쪽에 별관을 지었는데, 일하는 관료가 드나드는 문 이외에 동쪽에 별도로 작은 문을 만들어 일반 사람들이 자유롭게 드나들 수 있게 하였다. 그리고 정치, 문학, 학문을 자유롭게 논의하게 하여 그 가운데서 이 사람이다, 하고 생각되는 인재를 뽑아 황제에게 추천하였다. 이것이 이른바 공손홍의 '동합(東閤)'으로 알려진 일종의 객실이다.

이 '동합' 역시 억측해 보면 자신의 세력을 과시하거나 허명을 떨치기 위함이라고 생각할 수 있다. 그러나 공손홍에게서는 그러한 '사심(私心)'은 전혀 찾아볼 수 없다. 그는 '아첨꾼'이었는지는 몰라도 그 밑바탕에 사심이나 사욕은 거의 없었다고 말할 수 있다. 공손홍에게 무제는 절대적인 존재였기에 그의 뜻을 거스르는 일은 전혀 생각할 수가 없었다. 또한 그렇기에 제일 먼저 무제의 안색을 살피는 데 노력했다. 이는 그가 사심이 있는 '아첨꾼'이 아니었음을 증명해 준다. 무제의 두터운 신임을 받은 것도 바로 이러한 연유에서였다.

공손홍의 사심없는 마음은 승상이 된 지 2년째에 사직을 청하는 담담한 상서에서도 확인해 볼 수 있다.

공손홍은 승상이 된 지 2년째를 맞이한 기원전 122년, 회남왕(淮南王) 안(安), 형산왕(衡山王) 사(賜)의 모반 사건이 일어나 이들에 대한 혹독한 추급이 행해졌는데, 때마침 공손홍은 중병으로 침상에 누워 있었다. 공손홍은 남몰래 생각했다. 나는 공도 없으면서 평진후에 봉해졌고 직위는 승상에까지 올랐다. 당연히 명석한 주군을 보좌하고 국가의 안녕을 돌보며 백성에게 신하 된 자의 길, 자녀 된 자의 길을 다하게 해야 한다. 그러나 지금 제후의 모반 사건이 일어났다. 이는 모두 재상인 내가 부덕한 탓이다. 게다가 지금 병에 걸려 누워 있으니 더욱 책임을 다할 수가 없다.

이러한 생각에서 공손홍은 서둘러 상서를 내고 사직을 청하였다.

"사람에게는 군신(君臣), 부자(父子), 부부(夫婦), 장유(長幼), 붕우(朋友)의 다섯 가지 길이 있고 이는 지(智), 인(仁), 용(勇)을 토대로 행해야 한다고 들었습니다. 또한 질문을 좋아하는 자는 지혜에 가깝고, 행동하고자 노력하는 자는 인에 가까우며, 수치를 아는 자는 용에 가깝다고 하였습니다. 이 삼자(三者)를 안다는 말은 곧 자신을 다스려야 함을 안다는 말과 같습니다. 자기 몸을 다스릴 줄 알아야 남을 다스릴 수 있습니다. 천하에 자기 몸도 다스리지 못하면서 남을 다스릴 수 있는 자는 아직 없습니다. 폐하는 어려서부터 옛 성왕(聖王)을 거울 삼아 인재 발탁과 등용에 힘쓰셨습니다. 노마(駑馬)처럼 우둔하고 이렇다 할 공적도 없는 제게 폐하는 송구스럽게도 은혜와 총애를 내려주시어 비천한 저를 발탁하시고 열후(列侯)에 봉하셨으며 삼공(三公)의 자리에까지 올려주셨습니다. 그러나 신은 행동과 재능이 모두 뒤떨어져 도저히 그 임무를 수행할 수가 없습니다. 게다가 이제 병까지 얻어 언제 어떻게 될지 기약할 수 없는 몸이니 이대로는 성은에 보답하지도 못하고 책임도 다할 수가 없습니다. 그런고로 후(侯)의 인수(印綬)를 돌려 드리고 승상의 직에서 물러나 후진에게 길을 양보하고자 하니 부디 허락해 주십시오."

무제에게서 되돌아온 것은 은혜로운 위로의 말이었다.

"나는 지존의 자리를 물려받아 천하를 편안하게 다스리지 못할까 두려워 매일 밤 마음을 졸여왔소. 그대만은 이런 나의 고충을 알아주기 바라오. 그대의 근실하고 정직한 근무 태도를 내 어찌 한시라도 잊었겠소. 그대가 불행히도 한랭(寒冷)의 병을 얻었으나 하루라도 빨리 회복하기를 바라오. 쓸데없는 일은 모두 잊고 몸을 추스르는 데만 전념하시오."

몇 개월 후, 공손홍은 병을 고치고 정치로 복귀하였으나 다음 해(기원전 121년)에 다시 병에 걸려 승상의 몸으로 죽음을 맞이하였다. 당시 그의 나이는 80세였다. 평균 수명이 늘어난 현대에 비추어 보아도 백세에 가까운 느낌이 든다.

결주대신(結主大臣)

 돼지를 키우다가 승상에 오른 인물 공손홍. 전국 난세라면 몰라도 태평한 시대에 그야말로 드문 사례가 아닐 수 없다. 당연한 말이지만, 그렇기 때문에 공손홍에 대한 비판의 소리도 적지 않았다. 그 대표적인 것이 공손홍의 선배에 해당하는 강직한 유자 원고생이 충고한 '곡학아세'라는 비난이다. 이 말이 지닌 강렬한 부정적인 인상은 공손홍에 대한 명예스럽지 못한 평가를 낳게 하는 결정타로 작용하였다.

 그러나 한편에서는 공손홍을 변호하는 목소리도 많다. 그 예로 태황태후 왕씨의 예를 소개했는데, 여기에서 또 한 사람, 강력한 변호자로서 명대(明代)의 반골 유자 이탁오(이름은 지(贄))를 등장시켜 보자.

 이지는 종래의 통설에 반하는 독자의 입장에서 역사 인물을 재평가한 《장서(藏書)》라는 저서에서 고금의 대신(재상)을 인시

대신(因時大臣), 인욕대신(忍辱大臣), 결주대신(結主大臣), 용인대신(容人大臣), 충성대신(忠誠大臣)의 다섯 가지 종류로 나누고, 공손홍을 소하와 나란히 '결주대신' 항목으로 분류하였다. '결주대신'이란 그 섬기는 군주와 하나가 되어 충실하게 그 뜻을 받들어 정치에 임하는 대신을 뜻하는지도 모른다. 어쨌든 소하와 같은 항목으로 분류했다는 점이 눈에 띈다.

이지가 말하는 '결주대신'은 명재상과 현재상의 여부가 섬기는 군주에 달려 있다. 이 점에서 소하가 섬긴 한의 고조는 아무런 문제가 없었다. 고조는 명군이었고 그런 까닭에 소하는 현재상이 되었다. 그렇다면 공손홍이 섬긴 무제는 어떠할까?

무제는 일개 농민의 아들에서 황제의 자리에 오른 증조부 고조와 달리 타고난 전제군주였다. '웅재대략(雄才大略)(《한서》)', 영민하고 도량이 큰 점은 역대 군주 중에서도 일급에 속하나 그 반면 '끝없는 사치와 욕심을 부렸다(《자치통감》)'는 비난의 소리도 있어 무턱대고 명군이라고 인정하기에는 무리가 있다. 사실 치세 후반에는 외정을 되풀이하여 심각한 재정난을 초래하였고, 공손홍 이후로 여섯 명이나 승상의 자리에 올랐는데 그 최후가 편안한 사람은 단 한 사람뿐이었다. 세 사람은 자살하였고 두 사람은 형을 받아 무참한 최후를 맞이하였다. 이런 점에서도 고생을 모르고 자란 전제군주의 부정적인 면이 드러난다.

그런 까닭으로 무제는 명군으로 추대하기에는 약간의 결격 사항이 있다. 이것이 구체적인 형태로 드러난 것은 54년에 걸친 치세의 후반부터이다. 아마도 54년이라는 치세 그 자체가 너무 길었는지도 모른다. 그렇게 오랫동안 전제군주의 자리에 있으면 어떤 영민한 인물이라도 군주 자리에 질리고 마음이 해이해지기 마련이다. 어쩌면 한두 가지 결점은 당연한 결과였는지도 모른다.

무제는 치세의 후반에 몇 가지 결점이 나왔지만 본래는 매우 영민한 군주였다. 마음을 다잡고 정치에 임한 그 치세의 전반에는 실점다운 실점을 내지 않았을 뿐 아니라, '웅재대략'이라고 칭해도 좋을 만큼 내정(內政), 외정(外征) 모두 순조로웠다. 공손홍이 어사대부와 승상에 올라 섬긴 때는 바로 이러한 시기였다. 그러므로 섬기는 쪽에서 보면 꼭 목숨을 걸고 간언하지 않아도 되었다. 이따금 지나친 점을 검토하여 교정해 주기만 해도 충분히 신하 된 자의 소임을 다할 수 있었다. 즉, 이지가 말하는 '결주대신'만으로도 나랏일을 잘 꾸릴 수 있었다.

그리고 공손홍은 그 책임을 다한 후에 역사의 뒤안길로 사라져 갔다.

《《사기》, 《한서》)

『제갈공명』

제갈공명(181~234년)
이름은 량(亮), 시호는 충무(忠武) 또는 무후(武侯)이
다. 양양(襄陽. 지금의 후베이 성[湖北省]에서 청경
우독(晴耕雨讀)의 생활을 보내다가 유비(劉備)의
'삼고초려(三顧草廬)'로 군사가 되어 '삼국정립(三
國鼎立)'의 국면을 만들었다. 촉이 건국(221년)할
무렵 승상이 되었고, 유비가 사망한 후에는 그 후예
인 유선(劉禪)을 옹립하여 국력을 충실하게 하는 데
힘썼다. 227년, '출사표(出師表)'를 던지고 북정(北
征)에 나섰으나 234년, 위군(魏軍)과 대치하던 중
오장원(五丈原)에서 전사하였다.

비극의 승상

제갈공명(이름은 량, 181~234년)은 중국의 역사 인물 가운데 예부터 수많은 사람들의 지지를 받은 인기인 가운데 한 사람이다.

중국의 고전이나 역사를 잘 알지 못하는 사람이라도 '삼고초려', '수어지교(水魚之交)', '공성지계(空城之計)', '읍참마속(泣斬馬謖)', '죽은 공명(孔明)이 산 중달(仲達)을 이겼다'는 말 하나쯤은 모두 알고 있다. 사실 이 말들은 모두 제갈공명과 관계가 깊다.

자, 그렇다면 제갈공명이 왜 인기를 끌었는지 그 비결을 지금부터 하나씩 알아보기로 하자.

제갈공명이 활약한 시대는 서력 3세기 전반인데, 이 시기의 중국은 이백 년 가까이 계속된 후한 왕조가 내정의 난으로 붕괴하여 군웅할거의 시대로 접어들었다. 그리고 마침내 '난세의 간웅(姦雄)'으로 알려진 조조(曹操)가 큰 세력을 떨치며 시대를 주름잡았고, 그의 아들 조비(曹丕)는 실력으로 황제의 자리를 빼앗아 위 왕조(魏王朝)를 창건하기에 이르렀다.

이 조조와 조비의 패업에 제동을 건 사람이 한 왕조의 정통을 내세운 촉의 유비와 양자강 유역의 신흥 세력인 오의 손권(孫權)이다. 위는 황하(黃河) 유역을 확보하여 가장 강대한 세력을 자랑했으나 각각 황제를 자칭하는 서쪽의 촉나라와 남쪽의 오나라라는 방심할 수 없는 대항 세력을 껴안고 있었다. 이 국면을 우리는 '삼국정립'이라 부른다. '삼국정립'의 연출자가 바로 유비의 군사, 훗날 촉나라의 승상으로서 위나라의 타도에 부심한 제갈공명이었다.

이 '삼국정립'의 국면은 약 50년 정도 지속되다가 263년에 촉나라가 위나라에 의해 멸망하고 280년에 오나라가 위의 뒤를 이은 진(晋)나라에 의해 멸망하면서 종지부를 찍게 된다. 여기에서 문제가 되는 것은 위, 촉, 오 삼국 중에서 후한 왕조의 정통을 이은 왕조가 과연 어디인가 하는 점이다.

실적으로 말하면 단연 조조와 조비의 위나라가 앞선다. 위는 한(漢)민족의 전통 문화권인 황하 유역(중원)을 지배 아래에 두었고, 국력도 다른 두 나라와 비교할 수 없을 정도로 강대하였다. 게다가 조비가 황제의 자리를 손에 넣었을 때는 후한 왕조 최후의 황제인 헌제(獻帝)의 양도를 받기까지 했다.

이에 비해 촉의 유비는 전한 경제의 자손이라 칭하며 한 왕조의 정통을 주장하였으나 확실한 증거가 있지는 않았다. 촉의 위치도 중원에서 벗어난 변방이고 국력도 위의 몇 분의 일에 지나지 않았다.

　그렇다면 오는 어떠할까? 본래 오의 통치 지역은 한민족의 문화권에서 벗어난 데다 스스로 정통성을 주장하지 않았으므로 딱히 문제 삼을 일이 없다.

　결국 문제는 위의 실적을 평가하느냐, 촉의 정통성을 인정하느냐로 좁혀진다. 전자의 견해를 대표하는 것이 이 시대의 정사인《삼국지(三國志) (진의 진수(陳壽)가 지음)》이며, 주(周)에서 오대(五代)까지의 역사를 편년체로 정리한《자치통감》도 이 견해를 따른다. 그러나 이에 대해서는 반론이 일었다. 그 시초는 송대(宋代)의 유자 주희(朱熹)로, 그는 그의 저서인《자치통감강목(資治通鑑綱目) :《통감강목(通鑑綱目)》,《강목(綱目)》이라고도 한다. 기원전 403년~960년에 이르는 1362년간의 역사를 대요(大要)와 세목(細目)으로 나누어 기술하였다. 역사 사실보다는 의리를 중히 여기는 데 치중하였다— 역주 》에서 촉이야말로 정통 왕조라고 인정하였다. 그리고 이는 후세의 학자와 지식인의 사고방식에 큰 영향을 미쳤다.

　그러나 이러한 역사책보다 한층 더 유비와 제갈공명의 촉나라가 전통임을 대중에게 심어준 것은 야담과 희곡과 같은 대중 예술이었다. 송대의 문호(文豪) 소식(蘇軾)은 "송대에 이미 조조는 나쁜 사람, 유비와 제갈공명은 착한 사람이라는 인식이 널리 퍼져 있었다"며 친구에게서 들은 이야기를 소개하기도 하였다.

사람들에게 이러한 인상을 심어준 데 결정적인 역할을 한 책이 있었으니 바로 명대(明代)에 나온 대중 소설 《삼국지연의(三國志演義) (나관중(羅貫中) 지음)》다. 이 소설은 정사인 《삼국지》에 바탕을 두어 일단 사실 위주로 기술되었으나, 앞서 언급한 야담이나 희곡의 영향을 많이 받아 촉을 정통 왕조로 인정하고 조조를 신하의 신분이면서 주군의 집을 찬탈한 극악무도한 악인으로 꾸미는 데 치중하였다. 따라서 유비는 왕조의 정통 후계자, 제갈공명은 그 유비를 보좌하면서 한없는 지모를 발휘하여 극악무도한 조조를 괴롭히는 둘도 없는 충신으로 묘사되었다. 오늘날에도 경극(京劇)과 같은 전통 연극에서는 조조를 연기하는 연기자가 반드시 악역을 상징하는 분장을 하도록 되어 있다.

조조는 나쁜 사람, 유비와 공명은 착한 사람이라는 인상은 이렇게 야담과 연극, 대중 소설을 통해 일반 대중은 물론이고 지식인층에게까지 널리 깊숙이 뿌리 박히게 되었다.

제갈공명은 유비가 사망한 후에도 유비의 아들이자 범용한 군주인 유선을 보좌하여 위나라를 타도하고자 분골쇄신하지만 결국 뜻을 이루지 못하고 전사한다. 일찍이 비극적인 영웅에 대한 인기는 날이 갈수록 높아지기 마련이다. 즉, 제갈공명의 인기는 약자나 패자를 동정하는 심리를 토대로 한층 증폭되었다고 할 수 있다.

그렇다면 평상시의 제갈공명은 어떤 정치가였을까? 증폭된 베일을 벗기고 그 실상에 접근해 보도록 하자.

조조와 유비

유비가 공명의 그 초가집을 방문한 때가 207년(건안(建安) 12년) 이다.

이 무렵 천하의 정세는 어떻게 움직이고 있었을까? 또한 유비 나 공명은 그 속에서 어떤 처지에 놓여 있었을까?

2세기 말, 황건족(黃巾族)의 난, 동탁(董卓)의 난 등 잇단 전란 으로 초래된 군웅할거의 국면도 마침내 한 가닥으로 좁혀졌다. 그 태풍의 눈이 바로 '난세의 간웅'이라 알려진 조조였다. 전란 속에서 눈부신 두각을 드러낸 조조는 황하 유역의 연주(兗州 :

지금의 산둥 성 서남쪽)에서 자립하여 200년에는 북방의 기(冀), 청(靑), 유(幽), 병(幷)의 사주(四州)를 영유한 원소(袁紹)에게 천하를 건 싸움을 걸어 멋들어지게 승리하여(관도(官渡)의 싸움) 그 세력을 다졌다. 그 후 인재를 불러들이고 군사를 길러 내정을 충실하게 했으며, 북쪽에 잔존한 원소의 세력과 이와 결탁한 오환족(烏桓族 : 지금의 지둥(冀東) 랴오닝(遼寧) 일대)을 207년 무렵까지 거의 제압하여 광대한 영역을 지배 아래에 두어 천하 통일에 대한 야망을 불태웠다.

남은 대항 세력은 형주(荊州)의 유표(劉表), 강남의 손권, 익주(益州)의 유장(劉璋)뿐이었다. 조조의 막강한 세력을 생각한다면 천하 통일의 실현은 이제 시간문제인 듯 보였다. 당시 조조는 53세로, 일대(一代) 영웅도 서서히 노경(老境)에 접어드는 중이었다.

그렇다면 유비의 처지는 어떠했을까? 황건족의 난(184년)에서 관우(關羽), 장비(張飛)를 만나 유주(幽州)의 '의병(義兵) (주군(州郡) 단위의 의용군)'에 참가해야 할 고향 탁현(涿縣)을 뒤로한 지 이미 20여 년의 세월이 흐른 뒤였다. 군웅할거의 국면 속에서 서주(徐州)의 목(牧 : 장관)이라는 지위를 손에 넣어 천하에 자신의 이름을 알렸으나 아무래도 힘이 부족한 그는 그 지위를 유지할 수가 없었다. 이후, 여기 붙었다 저기 붙었다 하면서 떠도는 신세를 면하지 못하였다. 한때는 조조의 비호를 바라고 그 막하로 들어가기도 했는데, 우연한 사건을 계기로 조조에게 반기를 들어 쫓기고 쫓기다가 형주의 유표에게 몸을 의탁하였다.

조조와 헤어진 계기는 조조의 암살 계획에 휘말렸기 때문이다. 조조는 비호를 바라며 자신의 품으로 날아든 예전의 적, 유비를 빈객으로 후하게 대접하였다. 헌제의 추천으로 좌장군(左將軍)으로 임명하기도 하였다. 그러한 유비에게 어느 날 헌제의 측근인 동승(董承)이라는 자가 남몰래 찾아왔다. 그는 소맷자락에서 한 통의 서신을 꺼냈는데 헌제의 밀조(密詔)였다. 열어보니, '조조를 토벌하라'는 내용이었다. 이리하여 유비는 조조 타도의 맹주로 추대되었고, 한동안 시치미를 뗀 얼굴로 조조의 막하에 그대로 머물렀다. 조조는 방심한 듯이 보였으나 사실은 반대파의 계획을 이미 눈치챈 상황이었다.

어느 날 조조는 유비를 불러 술을 나누면서 "지금 천하의 영웅은 귀공과 나뿐이오. 원소는 전혀 문제되지 않소이다"라며 껄껄 웃었다.

유비는 깜짝 놀라 엉겁결에 그만 들고 있던 젓가락을 떨어뜨렸다. 그 순간 엄청난 천둥 소리가 울려 퍼졌다. 유비는 "이것 참 부끄럽소. 천둥 소리에 놀라 추태를 보였구려"라며 그 순간을 적당히 얼버무렸다고 한다.《삼국지》에도 나와 있는 이 일화를 바탕으로 한, 조조와 유비의 도량에 현격한 차이가 있음을 확인할 수 있다.

이리하여 유비는 조조에게 반기를 들긴 했으나 오히려 수세에 몰리고 말았다. 몸둘 곳조차 찾지 못하던 유비는 결국 형주의 유표에게 의지하여 조조에게서 멀리 달아났다. 유표는 그런 유비를 흔쾌히 받아들였고, 비록 작은 성이나 물자가 풍부한 신야(新野)의 현성(縣城)을 맡겼다. 201년의 일이다. 이후 6년 동안 유비는 활약 한 번 하지 못하고 세상에서 잊혀진 생활을 보내며 '비육지탄(髀肉之嘆 : 재능을 발휘할 때를 얻지 못하여 헛되이 세월만 보내는 것을 한탄함을 이르는 말. 유비가 오랫동안 말을 타고 전쟁터에 나가지 못하여 넓적다리만 살쪘음을 한탄한 데서 유래한다—역주)' 에 휩싸였다. 그의 나이도 이미 47세로 접어들어 인생의 고개를 넘으려 하고 있었다. 그러나 현실은 식객과 다름없는 처지, 욱일승천(旭日昇天)의 기세를 자랑하는 호적수 조조와 비하면 누가 봐도 확연히 알 수 있는 천양지차였다. 한번 장래가 어둡다는 생각이 들자 초초함을 걷잡을 수가 없었다. 그러나 어디에서 출구를 찾을 수 있단 말인가. 정황은 팔방이 모두 꽉 막힌 듯이 보였다.

그런 유비에게 명확한 미래상을 제시하고 나아가야 할 길을 열어준 사람이 백면서생(白面書生) 제갈공명이었다.

양 양(襄陽)의 와룡(臥龍)

제갈공명은 181년, 낭야국(瑯邪國) 양도(陽都)에서 태어났다. 황건족의 난에 앞장선 지 4년, 시대는 이미 난세의 양상을 띠기 시작하였다. 그의 조상은 전한 말에 사예교위(司隸校尉 : 치안국장)를 역임한 제갈풍(諸葛豊)이라 하니 명문가 자제인 셈이다.

아버지인 제갈규(諸葛珪)는 태산군(太山郡)의 승(丞 : 부장관)을 역임하였다고 하나 그 밖의 일은 알려지지 않았다. 그러나 제갈 집안의 아들들은 모두 그런대로 출세를 하였다. 공명의 형인 제갈근(諸葛瑾)은 훗날 오나라 손권을 섬겨 대장군 완릉후(宛陵侯)에까지 올랐고, 동생인 제갈균(諸葛均)도 제갈공명과 함께 촉나라를 섬겨 장수교위(長水校尉)를 역임하였다. 또한 제갈공명의 누이는 방(龐)씨라는 명문가로 시집을 갔다.

그러나 제갈공명의 어린 시절은 그리 평탄하지 못하였다. 어머니는 동생 균을 낳고 곧 사망하였고, 아버지 제갈규도 공명이 14세가 되던 해에 세상을 떠났다. 아버지를 잃은 공명은 동생 균과 함께 숙부인 제갈현(諸葛玄)에게 몸을 의탁했다.

제갈공명은 숙부와 함께 형주로 이사했으나 숙부마저 세상을 떠나 하는 수 없이 양양(襄陽)의 교외인 융중(隆中)이란 곳에서 초가집을 짓고 맑은 날이면 밭을 갈고 비가 오면 책을 읽는 세월을 보냈다. 그러는 동안 공명은 키가 8척(184센티미터)이나 되는 장부로 성장하였다.

그 무렵의 일로 보이는데,《삼국지》에 따르면 공명은 어린 시절에 석도(石韜), 서서(徐庶), 맹건(孟建)이라는 친구들과 멀리 유학(遊學)을 한 적이 있다. 유학한 곳은 알려지지 않았으나 그곳에서 그가 보여준 공부에 대한 태도는 매우 독특했던 것 같다.

공명의 세 친구는 모두 경서에 나와 있는 글자 하나, 글귀 하나를 해독하는 데 열중했으나 공명은 그런 친구들의 모습을 곁눈질하면서 혼자서 대략의 줄거리를 파악하였다. 어느 날, 넷이서 한가로이 이야기를 나누었는데 공명은 세 친구들에게 "자네들이 공부를 하는 태도를 보아하니 장차 자사(刺史)나 군수(郡

守) 정도는 될 수 있을 듯싶으이" 하고 말했다.

"그렇다면 자네는 어떠한가?"

친구들이 반문을 하자 공명은 웃으면서 대답을 하지 않았다고 한다. 이 무렵에 이미 큰 그릇으로 성장할 싹이 보였다고 할 수 있다.

공부를 마치고 양양으로 돌아온 공명은 또다시 청경우독의 생활을 즐겼다. 뛰어난 친구들과 사귀고 학문을 연구하는 일 역시 게을리 하지 않았다. 그러나 사태가 위급하게 돌아가는 천하의 형세를 바라보면서 항상 자신을 관중(管仲)이나 악의(樂毅 : 전국 시대의 명장)와 비교하면서 남몰래 기약하는 바가 있었다.

그런 공명을 유비에게 추천한 사람이 친구인 서서였다. 서서는 이미 유비의 막하에 초대를 받았는데, 어느 날 기회를 봐서 이렇게 입을 열었다.

"제 친구 가운데 제갈공명이라는 자가 있습니다. 예컨대 땅에 잠긴 와룡과 같은 인물입니다. 한번 만나보시는 것이 어떻겠습니까?"

"꼭 만나고 싶습니다. 제게 데려다 주실 수 있는지요?"

"아닙니다, 그럴 수는 없습니다. 이러한 인물을 만나시려면 공께서 스스로 예를 다해 찾아가야 하지 않겠습니까?"

이리하여 유비는 공명의 초가집을 방문하였고, 세 번째 방문해서야 드디어 만날 수 있었다.

천하삼분지계(天下三分之計)

유비는 공명을 만나자마자 주위 사람들을 물리고 충정을 털어놓았다.

"아시다시피 한나라 왕실의 위세가 쇠약하여 간신이 권력을 독점하였고 황공하게도 천자는 수도를 떠나 난을 피하는 꼴입니다. 어리석은 저는 너무 화가 난 나머지 제 힘도 살피지 못하고 세상에 뛰어들어 오늘날에 이르렀습니다. 저는 비록 힘이 약하나 대의를 밝히고자 하는 뜻만큼은 남에게 뒤지지 않습니다. 부디 선생, 앞으로 나아가야 할 길을 알려주십시오."

공명이 대답했다.

"동탁이 난을 일으킨 이후 각 주(州)와 각 군(郡)에 군웅이 할거하였는데 그 가운데서 두각을 드러낸 자가 조조입니다. 조조는 원소에 비해 지명도와 병력이 모두 열악했으나 끝내 원소를 무찌르고 북방의 패자로 떠올랐습니다. 그 까닭은 천운이 따라 주었기 때문이 아닙니다. 참모진의 뛰어난 계책을 손에 넣었기 때문입니다. 지금 조조는 백만 대군을 이끌고 천자를 포위하여 천자의 이름으로 제후를 호령하고 있습니다. 그 세력은 그야말로 당해낼 재간이 없을 정도입니다. 한편, 강동(江東)의 땅에 주둔한 손권은 어떻습니까? 이미 3대에 거쳐 국토를 확고히 다졌고 백성들도 그를 잘 따릅니다. 신하들 중에도 현명하고 능력있는 자가 많으며 다들 손권을 성심껏 보좌하고 있습니다. 따라서 손권과는 동맹을 해야지 적대시해서는 안 됩니다. 그렇다면 이 형주 땅은 어떻습니까? 북으로는 한수(漢水 : 면수(沔水))를 껴안았고 남으로는 남해(南海)와 면하였으며, 동으로는 오(吳)와 회계(會稽)로 통하고 서로는 파촉(巴蜀)과 접하여 천자의 자리를 노리기에 더없이 좋은 곳입니다. 그러나 지금 이 땅을 다스리는 유표는 패기(覇氣)가 좀 부족하여 이 땅을 끝까지 지켜낼 수가 없습니다. 즉, 형주야말로 하늘이 공께 내린 땅입니다. 어떻습니까? 그렇게 생각하지 않으십니까? 서쪽 익주(益州 : 지금의 쓰촨 성[四川省])로 눈을 돌려봅시다. 그 땅은 사방이 산으로 둘러싸여 적이 쉽게 침공하지 못할 뿐 아니라 중앙부는 비옥한 평야가 사방 천 리(千里)로 뻗어 있어 그야말로 천연의 보고(寶庫)

입니다. 일찍이 한의 고조도 그 땅에 머물며 천하 통일의 대업을 달성하였습니다. 그러나 지금의 영주인 유장은 어리석은 데다 겁이 많아서 북쪽의 장노(張魯)라는 도적이 판을 치는 데도 평정을 하지 못합니다. 국고에도 충분한 여유가 있을 텐데 백성에게 은혜를 베풀지 않습니다. 하여 익주의 뜻이 있는 자들은 유장을 단념하고 새로운 맹주가 오기를 기다리고 있습니다. 그런데 공께서는 황실의 피를 이어받은 데다 신의가 두텁다는 소문을 모르는 이가 없습니다. 게다가 좋은 부하와 현자에 목말라하고 계시지요. 이제 제 계책을 말씀드리겠습니다. 먼저 형주와 익주를 점령하여 국경을 확실하게 다지고, 서쪽과 남쪽의 이민족을 포섭하여 오의 손권과 동맹한 후에 정치를 안정시켜야 합니다. 그런 연후에 천하에 변란이 일거든 상장군에게 명하여 형주의 군대를 이끌고 완(宛)과 낙(洛)을 공략하게 하시고 공께서는 익주의 군대를 이끌고 진천(秦川)을 공격하셔야 합니다. 아마 여러 나라의 백성들이 기꺼이 공을 환영할 겁니다. 이 계책을 쓰시면 천하 통일의 대업도, 한 왕조의 부흥도 모두 이룰 수 있습니다.”

이것이 그 유명한 '천하삼분지계' 다. 이를 듣고 유비는 얼굴이 활짝 피었을 것이다. 당시 북방의 평정을 끝낸 조조가 백만 대군을 호령하며 남쪽을 호시탐탐 노리고 있었기 때문이다. 유비는 그다지 믿음직하지 못한 유표와 함께 이를 맞이해 싸움을 벌여야만 했다. 그러나 그대로 부딪쳤다가는 백이면 백, 질 것이 뻔했다. 이런 상황에서 당면한 문제는 접어두더라도 확실한 미래상을 들을 수 있었으니 유비로서는 어두운 밤에 광명이 비치는 듯했으리라.

덧붙여 이는 유비가 47세, 공명이 27세 때의 일이다.

유비는 서둘러 제갈공명을 군사로 맞이하였고 날로 신뢰를 더해갔다. 이러한 유비의 처사를 못마땅하게 여긴 관우(關羽)와 장비(張飛)가 불만을 터뜨리자, 어느 날 유비는 두 사람을 불러 이렇게 말하며 달래주었다.

"나에게 공명이 있음은 마치 물고기가 물을 얻은 것과 같구나. 그러니 너희도 다시는 말을 꺼내지 말거라."

이후 관우와 장비는 더는 불만을 터뜨리지 않았다고 한다. 이것이 바로 '수어지교(水魚之交)'의 유래로, 유비가 얼마나 깊이 제갈공명을 믿고 의지했는지를 짐작할 수 있다.

이때부터 유비는 공명의 '천하삼분지계'를 하나씩 실천하였다. 이러한 전략을 27세의 어린 나이에 제시했으니, 역시 선견지명이 탁월한 정치가라 하겠다.

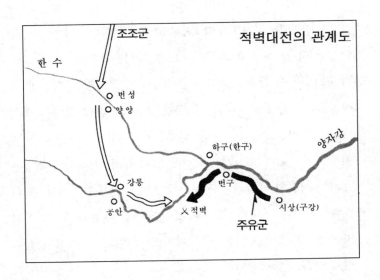

적벽대전의 관계도

조조군 / 한 수 / 번성 / 양양 / 하구(한구) / 양자강 / 강릉 / 번구 / 공안 / 적벽 / 시상(구강) / 주유군

적벽대전(赤壁大戰)

'천하삼분지계'는 유표 아래에서 '비육지탄'을 내뿜던 유비에게 더없이 좋은 전략이었다. 그러나 실제로 이를 실행에 옮기게 된 계기는 208년에 조조와 유비 손권의 연합군 사이에서 벌어진 '적벽대전'이었다. 이 싸움에서 뼈아픈 실패를 맛본 조조는 사실상 천하 통일의 야망을 포기할 수밖에 없었고, 손권은 강동(江東)의 영토를 평안하게 유지하였으며, 유비는 형주를 손에

넣어 '삼국정립'을 향한 첫걸음을 내딛었다. 결론적으로 가장 이득을 본 사람은 바로 유비였다.

그럼 지금부터 중국 역사상 유명한 싸움 가운데 하나인 '적벽대전'에서 공명의 눈부신 활약상을 살펴보자.

208년, 북방을 완전히 평정하고 승상에 임명된 조조는 기세가 등등하여 남방 정벌을 시도하였다. 일으킨 군사의 수는 백만(사실은 수십 만)이었고, 목표는 형주의 유표와 유비, 강동의 손권이었다.

이 무렵 형주에서는 유표가 병사하여 차남인 유종(劉琮)이 뒤를 이었는데, 파죽지세(破竹之勢)로 남하하는 조조의 대군을 두려워한 나머지 제대로 싸워보지도 않고 그대로 항복하였다. 번성(樊城)을 지키던 유비의 군대는 믿고 있던 유종의 배반으로 괴멸하여 구사일생으로 동남쪽의 하구(夏口 : 지금의 우한(武漢))로 철수하였다. 조조의 대군은 물밀 듯이 남하하여 양자강 유역의 강릉(江陵)을 점령하였다.

한편 하구에 몰리어 생사의 갈림길에 선 유비는 손권에게 구원을 요청하였다. 당시 손권은 시상(柴桑)까지 진군하여 형세를 관망하던 차였다. 그러나 손권으로서도 형주의 함락은 남의 일처럼 생각되지 않았을 것이다. 형주가 함락되면 조조의 압력을 오나라가 직접 받아내야 하기 때문이다.

유비가 쇠퇴하는 형세를 다시 일으켜 조조와 대항하려면 어떻게든 손권을 움직여야 했다. 이때 제갈공명은 사신을 자청하였다.

"한시가 급합니다. 제가 손권군에게 구원을 요청하러 가겠습니다."

공명은 유비의 기대를 한 몸에 받으면서 시상에 진군한 손권을 찾아갔다. 이때 손권은 26세로, 공명보다 아직 어린 청년 무장이었다. 공명은 예상과 달리 젊은 손권의 자존심을 긁었다.

"천하에 큰 난리가 일어 장군은 병사를 일으켜 강동을 점령하였고, 우리 주군 유비도 한남 땅에 깃발을 올려 조조와 천하를 다투었습니다. 그런데 지금 조조는 군웅을 차례로 쓰러뜨려 천하를 평정하였고, 여세를 몰아 형주를 공략하였으니 그 위세가 사해(四海)에 미칩니다. 군웅은 발밑에 넙죽 엎드렸고 우리 주군 유비도 쫓기어 난관에 부딪혔습니다. 그러니 장군께서는 부디 자신의 힘을 감안하여 사태에 대처하시기 바랍니다. 만약 오월(吳越)의 군사를 이끌고 조조에게 대항할 생각이라면 한시라도 빨리 전쟁 태세를 취하십시오. 만약 승리를 장담할 수 없다고 판단하신다면 깨끗하게 무기를 버리고 항복하십시오. 길은 둘 중 하나, 이 이외는 없습니다. 그런데 장군은 겉으로는 굴복한 듯이 행동하면서 속으로는 그리 쉽게 결정을 내리지 못하고 계십니다. 사태는 한시가 급합니다. 지금 결단을 내리지 않으면 머지않아 최악의 사태를 초래하게 됩니다."

모든 일의 처리를 일임받은 손권이 반문하였다.

"그대의 말대로라면 어째서 유비는 항복하지 않소?"

"전횡(田橫 : 전국 시대의 협객)의 이야기를 알고 계십니까? 전횡은 한낱 장사(壯士)에 지나지 않았으나 의(義)를 지켜 명예롭게 죽었습니다. 하물며 우리 주군 유비는 왕실의 피를 이어받은 데다 그 영민한 자질로 말미암아 백성들의 존경과 흠모를 받고 계십니다. 어찌 조조 따위에게 항복할 수 있겠습니까?"

이 도발에 젊은 손권의 마음이 크게 움직였다.

"내게는 오나라의 십만 대군이 있소. 어찌 타인의 지배를 받을 수 있단 말이오. 나는 이미 결정했소. 한데 유비가 패한 지금 무슨 좋은 계책이라도 있소?"

공명은 마치 기다렸다는 듯이 이야기를 꺼냈다.

"우리 군은 장판(長阪)의 싸움에서 조조에게 패했으나 새로이 군대를 편성하였습니다. 여기에 관우가 이끄는 정예군 1만이 그대로 남아 있고 강하에서 급히 달려온 유기(劉琦 : 유표의 장남)의 군사도 1만을 넘습니다. 한편 조조의 군대는 긴 행군에 지쳐

있습니다. 듣기로는 조조군의 경기병들은 우리 군대를 추격하고
자 하룻밤에 삼백여 리를 달렸다고 합니다. '강한 활에서 쏜 화
살일지라도 그 끝에 가서는 부드러운 비단조차 뚫지 못한다' 라
는 말이 있습니다. 바로 조조군을 두고 한 말이 아니겠습니까?
게다가 군사가 모두 북쪽 사람이라 수전(水戰)에 익숙하지 못합
니다. 지금 장군이 맹장(猛將)에게 명하시어 군사 몇만을 이끌
고 우리 주군 유비와 힘을 합쳐 싸우게 하시면 반드시 조조를 무
찌를 수 있습니다. 수세에 몰린 조조는 북쪽으로 후퇴하겠지요.
그러면 형주와 오나라의 세력은 강대해지고 조조와 정립(鼎立)
의 형세를 이룰 수 있습니다. 이 계책의 성패는 지금 내리는 결
단에 달려 있습니다."

이미 손권의 마음은 정해졌다. 숙장(宿將) 주유에게 명하여
수군 3만을 이끌고 출전하게 하였다.

주유는 하구에서 유비의 군사와 합류한 뒤 양자강을 거슬러
올라가 적벽에서 조조군과 대치하였다. 그리고 부장 황개(黃蓋)
의 헌책에 따라 화공(火攻)으로 조조군을 보기 좋게 대파하였
다. 북쪽 기슭을 뒤덮은 조조의 대함대는 때마침 불어 닥친 돌풍
에 휘말려 하나둘씩 빨갛게 타올라 수많은 장병과 함께 양자강
속으로 사라져 갔다.

공명이 이 화공전에서 어떤 활약을 했는지, 역사책에는 아무런 언급이 나와 있지 않다. 일설에 따르면, 제갈공명은 화공전에 필요한 동남풍을 불게 하려고 칠성단(七星壇)을 만들어 "바람아, 불어라" 하고 하늘에 제사를 지냈다지만 사실 여부는 확실치 않다. 아마도 유비의 진영에서 조용히 전황을 지켜보고 있었으리라.

이 싸움에서 공명의 역할은 손권을 설득하여 주유의 수군을 출동시키는 것이었다. 적벽에서 승리를 이끌어낸 일등 공신은 어디까지나 주유(손권)의 수군이며, 유비의 군대는 그야말로 있어도 그만 없어도 그만인 존재에 지나지 않았다.

그러나 이 싸움에서 승리함으로써 유비가 얻은 이익은 비할 데 없이 값지고 컸다. 형주 남부에 확고한 기반을 얻었고, '천하삼분지계'의 실현을 향한 그 첫걸음을 내딛었기 때문이다.

공명은 이때 군사중랑장(軍師中郎將)에 올라 영릉(零陵), 계양(桂陽), 장사(長沙)의 삼군(三郡)의 통치를 일임받았다.

촉의 건국

유비가 공명이 헌책한 '천하삼분지계'를 실현시켜 '삼국정립'의 국면을 이룬 때가 파촉을 지배 아래 둔 214년이고, 실제로 완성한 때가 촉한(蜀漢)을 건국한 221년이다. 형주 남부에 발판을 만들고 나서 파촉을 지배하기까지는 5년, 촉의 건국까지는 12년을 보낸 셈이다. 그리고 2년 후인 223년, 유비는 오와 벌인 싸움에서 패하여 후사를 공명에게 맡기고 세상을 떠났다. 공명의 팔면육비(八面六臂 : 여덟 개의 얼굴과 여섯 개의 팔이라는 뜻으로, 언제 어디서 어떤 일에 부딪치더라도 능히 처리하여 내는 수완과 능력을 이르는 말―역주)의 활약은 사실상 이때부터 시작되었다고 해도 과언이 아니다.

자, 지금부터 형주 남부를 지배한 시기부터 유비의 죽음에 이르는 14년간의 세월을 공명의 활약을 중심으로 거슬러 올라가 보자.

209년, 형주 남부를 손에 넣어 한숨을 돌렸으나 유비의 세력은 아직 불안정하였다. 북부에서는 여전히 조조가 압력을 가해왔고, 동쪽에서는 적벽의 승리로 기세가 등등한 손권이 형주 전역을 자신이 지배해야 한다고 주장하였다. 사실 이때부터 형주의 영유권을 둘러싸고 유비와 손권이 서로를 적대시하여 사소한 분쟁이 끊이지 않았다.

그런 유비에게 이윽고 큰 전환점이 찾아왔다. 익주의 목(장관)으로서 사실상 파촉을 지배하던 유장에게서 지원군을 보내달라는 요청이 들어왔다. 유비는 흔쾌히 그 요청에 응하여 스스로 군사를 이끌고 나갔는데, 유장을 돕기는커녕 오히려 공격해 들어갔다. 익주 내부에는 범용한 유장을 포기하고 유비를 지원하는 자도 적지 않았으나 평정하기까지는 약간의 진통을 겪어야 했다.

그 후 공명을 비롯한 관우, 장비, 조운(趙雲)과 같은 주요 무장들은 형주에 머물렀다. 그러다 관우 한 사람을 남기고 전원이 파촉의 공략에 참가하여 214년에 익주의 수도인 성도(成都)를 함락시켜 파촉을 제압하는 데 성공하였다. 공명은 이때 군사 장군에 임명되었다. 이는 사실상의 재상을 뜻하는 것으로 군사뿐 아니라 내정 전체를 총괄하는 직책이었다.

유비는 나아가 219년에는 한중(漢中)도 지배 아래에 두어 파촉 전역을 수중에 넣었는데, 안타깝게도 같은 해에 형주를 잃었다. 본래 형주는 영유권을 둘러싸고 손권과 계속해서 분쟁을 일으킨 곳이었다.

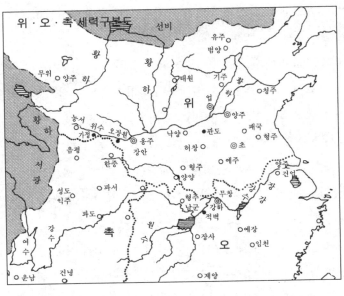

위·오·촉 세력구분도

충성을 맹세하는 공명(좌)

유비(중앙), 유선(우)에게 변치 않는

죽음을 앞두고 후사를 부탁하는

215년, 한 번은 이 땅을 양 등분하는 협정이 성립되어 소강상태에 들어갔으나 그도 오래가지 못하였다. 어쨌든 형주는 유비, 손권, 조조의 세 세력이 뒤섞인 곳으로, 때로는 완충 지대로 작용했고 때로는 뜨거운 분쟁의 발화점이 되었다. 그런 까닭에 형주를 유지하기 위해서는 무력뿐 아니라 고도의 정치 전략이 필요했다.

당시 형주 땅을 지키던 사람은 관우였다. 손권이 뒤에서 조조와 손을 잡은 사실도 눈치채지 못한 우둔한 관우는 양쪽 군대의 협공을 이겨내지 못하고 손권의 군사에게 사로잡혀 참살되었다. 형주는 당연히 손권의 영유지로 돌아갔다. 이리하여 유비는 거병 이후의 맹우(盟友) 관우를 잃은 데다 반공(反攻)의 거점인 형주까지 빼앗겨 슬픔과 충격에 휩싸였다.

마침내 230년, 경쟁자 조조가 세상을 떠났다. 그의 나이 66세였다. 그 아들 조비가 뒤를 이어 위왕에 올랐고, 이 해에 헌제의 양도를 받아 황제에 등극하여 위 왕조를 세웠다.

다음 해인 221년, 유비도 군신의 추대를 받아 성도에서 즉위하였다. 한(漢) 왕실의 정통을 이어받았다는 뜻에서 구호를 한(漢)이라 정하였다. 일반적으로 앞선 한 왕조와 구별하고자 유비가 세운 한나라를 촉한(蜀漢) 또는 촉(蜀)이라 부른다. 공명은 이때 승상에 임명되었다.

촉의 건국 후 유비가 제일 먼저 생각한 일은 맹우 관우의 복수를 위해 형주를 도로 빼앗아 오는 것이었다. 그러나 중신들의 반대가 만만치 않았는데, 예컨대 조운이 그러했다.

"나라의 적은 조씨이지 손권이 아닙니다. 먼저 위를 토벌하여 천하의 신망을 얻어야 합니다. 사사로운 원한을 앞세워서는 안 됩니다."

조운은 이렇게 간언하였다. 공명도 겉으로는 반대의 뜻을 밝히지 않았으나 조운과 의견이 같았다. 그러나 유비는 이를 듣지 않고 동쪽 정벌을 강행했다.

《삼국지》의 저자 진수는 〈촉서선주전(蜀書先主傳)〉 안에서 유비의 인물을 '침착하고 포용력이 풍부하며 타인의 장점을 인정한다'고 하면서도 덧붙여 '지략이나 임기응변은 위무(魏武 : 조조)보다 미흡하다'고 평가하였는데, 그의 참된 모습을 제대로 꼬집어낸 말이라 생각한다. 유비는 관대하고 어진 군자였으나 '술수'가 뛰어난 정치가는 아니었다. 또한 '정'이 많은 사람이기는 해도 '이성(理性)'이 있는 사람은 아니었다. 그런 면에 이끌려 공명이 그토록 분골쇄신하였는지도 모르지만, 어쨌든 정치적 결단을 내릴 때는 치명적인 결함으로 작용할 수밖에 없었다.

유비는 너무나도 '정'이 많은 사람으로 맹우 관우의 복수를 하고 싶다는 마음 하나로 동방 정벌을 감행하였다. 그런 유비에게 또다시 슬픈 소식이 날아들었다. 파서를 지키던 또 한 명의 맹우 장비가 죽었다는 소식이었다. 장비는 직정경행형(直情徑行型 : 자신의 감정이 내키는 대로 앞뒤 분별없이 행동하며 절제할 줄 모른다는 뜻으로, 예의에 벗어난 행동을 비유하는 말―역주)의 무장으로 마음에 들지 않는 자는 철저히 몰아붙였다. 그런 까닭에 부하의 원한을 사 암살되고 말았다.

유비는 새로운 슬픔에 잠긴 채 동방 정벌에 나섰다. 맨 처음 유비의 군대는 형주를 깊이 진공해 들어갔다. 오나라 군대의 저항은 전혀 없었다. 그러나 이는 오나라 군대의 장수 육손(陸遜)이 세운 작전이었다. 육손은 유비군의 보급 선로를 단숨에 잘라 화공(火攻)을 쓰며 무참히 공격해 들어갔다. 유비는 간신히 백제성(白帝城)까지 도망쳤으나 그대로 병상에 누워 성도에 돌아가지도 못하고 백제성의 진영에서 눈을 감았다. 때는 223년 4월, 향년 63세였다.

유비는 죽기 전에 성동에서 급히 달려온 승상 공명을 불러 후사를 맡겼다.

"그대의 재능은 조비의 열 배에 달하오. 반드시 나라를 잘 보살펴 한 왕실의 부흥을 이뤄주리라 믿소. 만약 내 아들 선이 보좌할 가치가 있는 남자라면 부디 그대가 옆에서 보살펴 주기를 바라오. 그러나 그만한 값어치가 없다면 그대가 대신 제위에 올라 전권을 잡으시오."

공명은 울면서 이렇게 대답했다고 한다.

"신은 주군의 가장 신뢰받는 신하로서 충절을 다할 것이며, 목숨을 걸고 유선 전하를 지키겠나이다."

유비는 다시 아들 유선에게 이렇게 말하였다.

"너는 매사에 승상을 따르며 승상을 아버지라 여기고 섬기어라."

정치가 제갈공명

유비의 뒤를 이어 왕의 자리에 오른 유선은 너무나도 평범한 인물이었으나 유일한 장점이 있다면 아버지의 유언대로 매사에 공명의 지시를 따랐다는 점이다. 그만큼 공명의 어깨는 무거웠다. "정사는 그 크고 적음에 상관없이 모두 밝게 처리해야 한다

《《삼국지》》"는 말처럼 공명은 신명을 다해 중책을 완수하고자 하였다.

유비가 사망한 후에 공명이 해결해야 할 최대의 과제는 위나라를 무너뜨리고 한 왕실을 부흥시키는 일이었다. 그러나 이를 위해서는 반드시 해결해야 할 문제가 두 가지 있었다. 하나는 오와 벌이는 분쟁이고, 다른 하나는 남방 이민족의 반란이었다.

공명은 유비가 사망한 그해에 서둘러 오에 사자를 보내 오랫동안 계속된 분쟁에 종지부를 찍고 동맹하여 위에 대항할 태세를 취하였다. 그리고 2년 후인 225년에는 스스로 군사를 이끌고 남방 정벌에 나서 이민족의 반란을 평정하고 후환을 남기지 않았다. 이리하여 드디어 '북방 정벌'이 시작되었다. 그러나 북방 정벌을 알아보기 전에 정치가로서의 공명, 즉 승상으로서의 그가 어떤 정치를 펼쳤는지 먼저 알아보도록 하자.

공명이 승상에 임명된 해는 촉이 건국된 221년인데, 사실상 내정의 총괄 책임자가 된 것은 유비가 촉을 지배하기 시작한 214년부터였다. 이후 오장원에서 전사하는 234년까지 통산 20년 동안 촉의 정치를 담당하였다.

《삼국지》의 저자 진수는 공명의 치세를 평가하며 이렇게 말하였다.

"충성을 다하고 시대를 이롭게 하는 사람에 대해서는 비록 원수라 하더라도 반드시 상을 주었다. 법을 위반하고 게으른 자는 친하다 하더라도 반드시 벌을 주었다. 죄에 굴복하고 정을 다하는 자는 죄가 무겁다 하더라도 반드시 용서하였다. 언사를 희롱하고 교묘히 꾸미는 자는 죄가 가볍더라도 반드시 죽였다. 아무리 사소한 일이라도 착한 일을 행하면 반드시 칭찬하였고, 악한 일을 행하면 멀리하였다. …나라의 모든 사람들은 공명을 두려워하면서도 사랑하였다. 범죄에 관한 형벌이 엄했음에도 원망을 사지 않은 것은 그 마음이 공평하고 훈계가 올곧았기 때문이다."

여기에서 제갈공명은 신상필벌(信賞必罰)의 엄격한 정치를 펼쳤음을 알 수 있다. 이는 다음 일화에서도 확연히 드러난다.

군사 장군(軍師將軍) 시절의 일이다. 촉의 옛 신하로 훗날 유비를 섬긴 법정(法正)이라는 중신이 "옛날 한나라의 고조는 관중에 들어가 '법은 세 가지뿐이다'라고 포고하시어 진나라의 폭정에 시달리던 백성들의 환영을 받았습니다. 우리도 이 땅에 막 들어와 아직 이렇다 할 은혜를 베풀지 못했습니다. 이곳에서는 형벌 한 가지를 풀고 금지 조항을 철폐하여 백성들의 바람에 어긋나는 일이 없도록 하는 편이 어떻겠습니까?" 하고 권하자 공명은 이렇게 대답했다고 한다.

"유감이오만 그대는 하나는 알고 둘은 모르는구려. 진나라는 무도하고 가혹한 정치를 펼쳐 백성들의 원한을 사는 바람에 천하를 잃었습니다. 그래서 고조는 관대한 정치를 펼쳐 백성들의 마음을 사로잡을 수 있었지요. 그런데 유장은 한껏 은혜를 베풀지도, 그렇다고 가혹한 형벌을 내리지도 않는 어중간한 태도로 정치에 임했기 때문에 신하가 전권을 휘두르게 되어 나라를 잃고 말았소. 하여 나는 죄가 있는 자는 법으로 다스리고 공이 있는 자에게는 작위를 내리려고 하오. 지금 우리나라의 정치에 가장 필요한 점이 바로 이것이라 생각하오."

또한 유비가 사망한 이후의 일인데, 공명은 정치의 가장 중요한 핵심에 대해 이렇게 말하였다.

"나라를 다스릴 때는 작은 은혜에 연연하기보다는 큰 덕을 바탕으로 행해야 한다. 전한의 명재상 광형(匡衡)이나 후한의 공신 오한(吾漢)이 대사(大赦)를 원하지 않은 까닭은 그 때문이다. 선제 유비도 '나는 진기(陳紀), 정현(鄭玄)과 같은 큰 스승에게서 정치의 요체를 배웠는데, 스승님은 용서[赦]에 대해서는 한마디도 언급하지 않으셨다'고 말씀하였다. 유언(劉焉), 유장 부자와 같은 일은 해마다 대사령(大赦令)을 내렸으나 무엇 하나 정치에 이로운 점이 없었다."

이렇게 신상필벌, 엄격한 법을 집행한 데서 공명의 정치 특징을 찾아볼 수 있다. 또한 그럼에도 '백성들의 원성을 사지 않았다'는 것은 그 집행이 공평무사했음을 말해 준다.

공명은 또한 침식을 잊고 정무에 매달렸다. 사소한 장부까지 일일이 읽어보았고 정치를 총괄하는 승상으로서 아주 세세한 곳까지 신경을 썼다. 이는 그의 성격 탓도 있겠으나 무거운 책임감이 그 정도로 공명을 몰아세웠다고 볼 수 있다. 공명이 너무 열심히 정무에 매달리자 보다 못한 양옹(楊顒)이 이렇게 충고하였다.

"옛사람이 말하기를, 앉아서 도(道)를 논하는 이를 왕공(王公)이라 하고, 지어서 행하는 이를 사대부(士大夫)라 했습니다. 옛날 승상 병길(丙吉)은 길가에 죽은 사람은 거들떠도 안 보더니 길을 가는 소의 탄식을 듣고는 걱정하였다고 합니다. 또한 좌승상 진평은 황제가 국고의 수입과 지출을 묻자 그런 일은 모르니 당사자에게 물으라고 대답하였습니다. 이들 모두 재상으로서의 직분을 다하였습니다. 그런데 승상께서는 장부의 종류까지 일일이 조사하십니다. 피곤하지 않으십니까?(《자치통감》)"

무릇 승상이란 그렇게 일일이 따지지 않고 큰 줄기를 살피면 되지 않겠느냐는 말이다. 물론 공명이 이 도리를 모를 리가 없었다. 그러나 작은 나라의 승상으로서 단시간에 강대국 위나라를 타도해야 하는 막중한 책임을 진 그로서는 병길이나 진평처럼 느긋하게 생각할 여유가 없었다.

공명은 비록 승상이란 높은 직책을 얻었으나 그 생활은 매우 질박하였다. 일찍이 유선에게 다음과 같이 상소한 일이 있었다.

"신은 성도에 뽕나무 800그루와 밭 15경(頃 : 1경은 100묘(畝))을 갖고 있습니다. 이것만 있으면 자손들의 살림에는 부족함이 없습니다. 이 외에 재산을 불려 폐하의 신뢰에 어긋나는 일은 하지 않았습니다."

공명이 죽은 후, 유족들이 조사해 보니 과연 그 말대로 뽕나무 800그루와 밭 15경 이외에는 무엇 하나 재산다운 재산이 없었다고 한다.

공명은 유비의 유언을 실현시키고자 다른 여념이 없었고, 그렇기에 우리는 성실하고 청렴한 한 정치가의 모습을 볼 수 있다.

진수는 이러한 공명을 "다스릴 줄 아는 훌륭한 그릇이며, 능히 관중과 소하에 비길 만하다"고 높이 평가하였다.

출사표(出師表)

남방의 이민족을 평정한 공명은 227년, 드디어 촉의 총력을 기울여 북방 정벌의 길에 나섰다. 이때 유선에게 제출한 상표문(上表文)이 그 유명한 '출사표' 이다.

고금의 뛰어난 문장으로 알려진 이 출사표의 전문을 소개한다.

신 제갈량 아룁니다.

선제께서 창업하시어 반도 채 이루기도 전에 붕어하시고 말았습니다. 지금 천하가 셋으로 나뉘어 있다고는 하나, 우리 익주는 피폐하여 위급존망(危急存亡)의 기로에서 있습니다.

다행히 폐하를 모시는 신하들이 안으로는 맡은 바 소임을 다하고, 밖으로는 제 몸을 잊고 싸움에 임하고 있습니다. 이것은 모두 선제의 은혜를 생각하여 폐하께 그 은덕을 보답하고자 함입니다. 폐하께서는 마땅히 넓게 들으시어 선제께서 남기신 덕을 더욱 빛내시고, 뜻있는 선비들이 기개를 떨칠 수 있도록 하셔야 합니다. 공연히 스스로 덕을 깎아내리시고 자신을 가벼이 여겨 충성스런 신하들의 말을 막으셔서는 안 됩니다.

궁중과 조정은 하나가 되어야 합니다. 벼슬을 올리는 일이나 벌을 주는 일이나 착한 일, 그른 일을 판단하는 데 착오가 있어서는 안 됩니다. 만일 간악한 죄를 저지른 자가 있다면 엄하게 벌을 내리시고, 착한 일을 한 자가 있다면 후한 상을 내리시어 폐하의 공평하고 밝음을 널리 세상에 드러내셔야 합니다. 사사로이 한쪽으로 치우쳐 궁중과 조정이 서로 다르면 안 됩니다.

시중(侍中) 곽유지(郭攸之)와 시랑(侍郎) 비위(費褘), 동윤(董允) 등은 선량하고 진실하며 순수하고 충성스런 신하입니다. 그런 까닭에 선제께서는 그들을 발탁하여 폐하께 남겨주었습니다. 신의 어리석은 생각으로는 궁중의 크고 작은 일은 이들에게 의논한 후 시행하시면 반드시 부족하거나 모자라고 실수하는 일이 없을 것입니다.

장군(將軍) 향총(向寵)은 성품과 행실이 바르고 맑으며 특히 군무에 밝습니다. 지난날 선제께서도 그를 시험해 보시고 군무에 재능이 있다며 칭찬을 아끼지 않으셨습니다. 그래서 여러 사람들과 의논하여 그를 도독에 앉히셨습니다. 신의 생각으로는, 군무에 관한 대소사를 모두 향총을 불러 의논하시면 반드시 진중의 군사들을 화목하게 하고 뛰어난 자와 못난 자를 가려 적재적소에 배치할 것입니다.

어진 신하를 가까이하고 소인배를 멀리한 까닭으로 전한은 융성했습니다. 반대로 소인배를 가까이하고 어진 선비를 멀리했기에 후한은 멸망했습니다. 선제께서는 살아 계실 때 이 일을 회고하시면서 환제(桓帝), 영제(靈帝) 때의 어지러움을 통탄하셨습니다.

시중, 상서(尙書), 장사(長史), 참군(參軍)은 모두 곧고 바르며 성실한 신하입니다. 충절을 위하여 죽음도 마다하지 않을 사람들입니다. 가까이하시고 아끼시고 믿으십시오. 그러면 한 왕조는 틀림없이 다시 융성해질 것입니다.

신은 본래 아무런 벼슬도 하지 못한 평민으로, 남양의 벽지에서 밭을 갈던 자입니다. 난세를 피하여 목숨을 온전히 보존하기만을 바랐을 뿐 제후에게 나가 벼슬할 생각은 추호도 없었습니다. 그런데 선제께서는 신의 미천한 신분을 개의치 않으시고 귀하신 몸을 굽혀 신의 초가를 세 번이나 찾아오시어 난세의 일을 물으셨습니다. 이에 감격한 신은 선제를 위해 목숨을 바칠 각오를 하였습니다. 그 뒤 패전하여 형세가 위태로울 때 신은 선제로부터 나라를 구하라는 명을 받았습니다. 어느덧 그로부터 21년 이 지났습니다. 선제께서는 신이 조심스럽고 신중하다는 것을 아시고, 붕어 하실 즈음에 신에게 나라의 큰일을 부탁하셨습니다.

명을 받은 이래로 신은 아침부터 밤까지 항상 근심하고 염려했습니다. 그 명을 지키지 못해 선제의 밝으신 덕에 누를 끼치지나 않을까 두려웠기 때문입니다. 그리하여 신은 지난 5월, 노수(瀘水)를 건너 남쪽 불모의 땅 깊은 곳까지 들어갔습니다. 이제 다행히 남방은 평정되었고 병기와 군마도 충분합니다. 지금이야말로 삼군을 거느리고 북으로 올라가 중원을 평정할 때입니다. 우둔한 재주나마 온 힘을 다하여 간적을 토벌하고 한 왕실을 부흥하여 도읍을 낙양으로 옮길 계획입니다. 이렇게 하는 것이야말로 선제의 은혜에 보답하고 폐하께 충성을 다하는 길이라고 생각합니다.

그동안 이곳에 남아 나라의 손익을 헤아려 폐하께 충언을 올리는 일은 곽유지, 비위, 동윤이 잘해낼 것입니다. 바라옵건대, 폐하께서는 신에게 적을 토벌하고 한 왕실을 부흥하는 임무를 맡겨주십시오. 신이 만약 공훈을 세우지 못하면 신의 죄를 문책하시어 선제의 영전에 고하십시오. 아울러 곽유지, 비위, 동윤 등을 꾸짖어 그들의 태만을 밝히십시오.

폐하, 또한 몸소 착한 일에 앞장서시어 신하들의 바른말을 받아들이십시오. 그것이 선제가 남기신 가르침을 따르는 길입니다. 신은 이제 먼길을 떠나려 합니다. 이 표를 올려 선제와 폐하의 은혜를 기리고자 하였으나 자꾸 눈물이 솟아 무슨 말을 아뢰어야 할지 모르겠습니다.

덧붙여 228년 겨울에 원정을 떠나면서 공명은 또다시 '출사표'를 제출한다. 이 둘을 구별하고자 여기에 실은 표문을 '전(前) 출사표'라고 하고, 두 번째 올린 표문을 '후(後) 출사표'라 부르는데, 후자는 거짓으로 지어졌을 가능성이 크다.

읍참마속(泣斬馬謖)

226년에 출정하여 234년 오장원에서 전사할 때까지 공명은 여섯 차례에 걸쳐 위나라 군대와 싸움을 벌였다. 먼저 이를 소개하면 다음과 같다.

228년 봄 기산(祁山)에서 위수 상류로 진격했으나 가정(街亭)에서 벌인 싸움에서 패하여 퇴격하였다.

228년 겨울 산관(散關)에서 진격하여 진창(陳倉)을 포위하였으나 군량이 다해 퇴격하였다.

229년 봄 무도(武都), 음평(陰平)을 평정하였다.

230년 가을 위나라 군대의 진공을 저지하고자 성고(城固), 적판(赤坂)으로 출진하였다.

231년 봄 두 번째 기산을 포위하였으나 군량이 떨어져 퇴격하였다.

234년 봄 사곡(斜谷)에서 무공(武功)으로 자진해서 출병하였으나 오장원에서 전사하였다.

이 여섯 번에 걸친 싸움에서 촉나라 군사가 공격을 한 횟수가 다섯 번, 방어를 한 횟수가 한 번이다.

227년, 공명을 총사령관으로 하여 성도를 출발한 6만여 촉나라 군사는 한중의 양평관(陽平關) 근처에 집결하여 봄을 기다렸다. 그리고 228년 봄, 드디어 진공을 시작했다. 공명은 군대를 두 쪽으로 나누고 조운, 등지(鄧芝)에게 명하여 기곡(箕谷)에 포진시켜 사곡에서 미(郿)로 향하는 형세를 취했다. 그러나 이는 공명이 고심한 양동 작전(陽動作戰)이었다. 공명이 이끄는 본진은 기산으로 향하였다. 기산은 장안으로 가는 지름길을 억누르는 교통과 군사의 요충지였다. 공명은 눈 깜짝할 사이에 기산을 제압하였고, 기세를 몰아 남안(南安), 천수(天水), 안정(安定)의 세 군(郡)을 평정하였다.

놀라서 당황한 쪽은 위나라였다. 위나라는 유비가 사망한 후 촉의 실력을 과소평가하여 설마 싸움을 걸 리가 있겠느냐며 거드름을 피우던 중이었다. 명제(明帝 : 위의 제3대 왕)는 급히 장합(張郃)에게 군사 5만을 주어 이를 저지하라고 명하였다.

장합은 위수의 상류로 군대를 이끌고 나고 가정에서 촉나라 군대의 선봉 부대와 만났다.

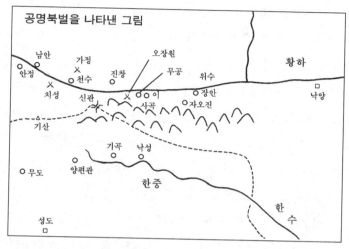

공명북벌을 나타낸 그림

이때 촉군의 선봉 부대를 지휘한 자가 마속이었다. 그러나 마속을 기용한 일은 공명의 실수였다. 마속은 "재주가 남달라 군사 계략을 논하기 좋아한다(《삼국지》)"는 말처럼 서생 유형의 이론가에 지나지 않았으나 어쩐 일인지 공명은 그를 매우 높게 평가하였다. 그 비범한 말재주를 높이 샀는지도 모른다. 유비도 이를 걱정하여 임종할 때 "마속은 언제나 자기 실력보다 높게 말을 하오. 그를 중히 쓰지 마시오" 하고 일부러 공명에게 주의를 주기도 하였는데, 공명은 그 후에도 계속해서 마속을 신뢰하였다. 이번 싸움에서 선봉 부대의 지휘관에 임명할 때도 공명의 결정에 우려를 나타내는 부하가 많았으나 공명은 이 반대를 무

룹쓰고 실전 경험이 없는 마속을 발탁하였다. 이번 기회에 장래
가 밝은 마속에게 실력을 펼치게 하여 관록이 붙게 해주자는 심
정이 작용했는지도 모른다.

공명은 마속이 출진할 때 세밀한 지시를 내린 후에 부장 왕평(王
平)을 부하로 딸려 보냈다. 그러나 마속은 가정에서 위나라 군대와
만났을 때 공명의 지시를 무시하였고 세 번에 걸친 왕평의 진언도
듣지 않은 채 '산꼭대기에 주둔하는' 졸렬한 전법으로 위군과 맞
서 싸웠다. 얼핏 보기에 이 아무것도 아닌 것처럼 보이는 사소한
판단 착오가 결국 공명의 작전 계획을 완전히 틀어놓았다.

위나라 군대의 사령관 장합은 그야말로 백전노장답게 상대방
의 과오를 놓치지 않았다. 마속의 군대가 산꼭대기에 포진하자
이를 보고 산 아래를 겹겹이 둘러싸 물을 끊는 작전을 펼쳤다.
어느 군대든 마실 물이 없으면 오래 버틸 수 없다. 앉아서 죽음
을 기다리기보다는 싸우는 편이 낫다며 마속은 전 군대를 산 밑
으로 내려 보냈으나 기다리던 위나라 군대의 먹잇감이 되고 말
았다.

한편, 기곡에 포진한 조운, 등지의 별동대도 우세한 위나라 군
대를 맞이하여 더는 버티지 못하고 퇴격하였다. 공명도 하는 수
없이 전 군대를 모아 한중으로 철수시켰다.

이리하여 공명의 제1차 원정은 가정에서의 뜻하지 않은 패전에 따라 실패로 돌아갔다. 패전의 책임자는 마속이었다. 아무리 총애하는 부하라 할지라도 이대로 용서를 한다면 군율을 유지할 수 없기에 공명은 눈물을 흘리며 마속을 참하였다.

마속의 처형이 열리던 날, 성도에서 빈 성을 지키던 장완(蔣琬)이 위문도 할 겸 격려차 공명을 방문하였다. 마침 마속의 처형 소식을 들은 장완은 공명에게 "옛날 초와 진(晉)이 다툴 때 초왕이 힘들게 얻은 용사를 제거하면 상대방인 진나라의 왕은 매우 기뻐하였다고 합니다. 이제 천하를 평정해야 시기에 마속과 같이 지모가 뛰어난 책사를 죽이는 것은 너무나도 아까운 일입니다" 하고 이야기하자 공명은 이렇게 답하였다.

"손무(孫武)가 적과 싸워 이긴 까닭은 엄한 군율을 유지했기 때문이오. 스스로 군율을 어지럽힌다면 어떻게 적과 싸워 이길 수 있겠소?"

어찌 보면 너무도 비정한 말 같으나 공명은 마속을 참하고 난 후에 그 유족에게 그때까지의 후한 대우를 보장하는 인정 많은 모습을 보여주었다. 바로 이러한 점이 공경과 사랑을 한 몸에 받은 공명의 매력의 원천이다.

공명은 마속 이하의 책임자들을 처분했을 뿐 아니라 최고 책임자로서 자신을 벌해달라고 유선에게 청하였다.

"이번 가정, 기곡에서의 패전은 모두 신의 책임입니다. 사람을 보는 안목이 부족하여 부하를 임명함에 잘못을 저질렀습니다. 《춘추》는 패전의 책임을 사(師 : 총사령관)에게 물었습니다. 신의 직책이 바로 이 사에 해당합니다. 부디 제 직책을 삼 단계 아래로 강등하시어 신의 죄를 다스리소서."

유선은 공명을 좌장군으로 강등하였다.

추풍(秋風) 오장원

228년 겨울, 패전의 쓴맛을 본 군대를 새롭게 정비한 공명은 다시 한 번 북방 정벌에 나섰다. 이번에는 산관에서 진격하여 진창을 포위하였다. 그러나 진창은 예상외로 견고하여 공격한 지 20여 일이 지나도록 승부를 가리지 못하였다. 결국 군량 보급이 중단되어 또다시 눈물을 머금고 철수할 수밖에 없었다.

본래 촉이나 한중에서 위수 유역의 관중으로 나오려면 수많은 험준한 산들을 넘어야 했다. 절벽에서 절벽으로 바위에 구멍을 뚫어 만든 다리를 건너는 일도 많았다(이런 다리를 잔교(棧橋)라 한다). 사람이 지나기에도 힘든 길을 물자와 보급품을 실어 날라야 했으니 그 고생은 이루 말할 길이 없었다. 공명의 원정군은 끝내 이 지리적인 약점을 극복하지 못하였다.

이듬해 229년 봄, 공명은 공격로를 변경하여 무도, 음평을 평정하여 진공의 발판을 만들었고 그 공을 인정받아 승상에 복귀하였다. 이어서 230년 가을에는 위나라가 공격해 들어왔다. 공명은 반격할 태세를 취했으나 때마침 장마가 져 잔교가 무너지는 바람에 위나라 군대는 하는 수 없이 도중에 철수하고 말았다. 촉나라나 위나라나 모두 험준한 산맥이 가장 큰 장애였다.

231년 봄, 공명은 또다시 대군을 이끌고 기산을 습격했다. 앞서 두 번이나 북벌에서 실패한 까닭은 물자 보급에 문제가 있었기 때문이라고 판단한 공명은 새로 발명한 목우(木牛 : 외바퀴 수레와 네 바퀴 수레를 말함―역주)로 물자를 운반하였다고 한다.

위나라에서는 사마중달(司馬仲達)이 병력을 이끌고 촉한군을 맞이하였다. 이로써 공명과 사마중달이 처음으로 맞서게 되는데, 중달이 싸우는 방식은 신중 그 자체였다. 공명이 일부러 유인 작전을 펼쳐도 결코 말려들지 않았다. 또한 상대가 벅차다 싶으면 싸움을 피해 기지에 틀어박혔다. 단기전으로 승부를 걸어야 하는 공명으로서는 참으로 껄끄러운 상대였다. 한편, 중달의 부하들은 이러한 싸움 방식이 마음에 들지 않아 어찌할 바를 몰랐다.

"공께서는 공명을 마치 호랑이 보듯 무서워하시는데 이래서는 천하의 비웃음을 살 뿐입니다."

이런 말까지 나오니 중달도 더는 버틸 수가 없었다. 어느 날 마음을 굳힌 중달은 정면으로 공명에게 도전하였으나 완전히 패하고 말았다. 이리하여 중달은 또다시 기지에 틀어박혀 나올 생각을 하지 않았다. 그러나 중달이 그런 방법을 택할수록 공명은 식량을 보급하기가 점점 더 어려워졌다. 결국 이번에도 눈물을 머금고 철수할 수밖에 없었다.

234년 봄, 공명은 2년 동안 철저하게 준비를 한 후에 여섯 번째로 북방 정벌을 감행하였다. 공명으로서는 이것이 마지막 출진이었다. 병력 10만, 촉나라의 총력을 기울인 진공이었다. 이번에는 사곡에서 위수의 남쪽 기슭인 무공으로 나와 그곳에서 서쪽으로 향하여 오장원에 포진하였다. 이를 맞이한 위나라의 총사령관은 역시 사마중달이었다. 두 영웅은 두 번째로 대결을 벌이는 만큼 서로 상대방을 눈앞에 펼친 손바닥처럼 훤히 내다보았다.

중달은 처음부터 정면으로 싸울 의사가 없었다. 지구전으로 돌입하여 상대방의 철수를 기다릴 태세였다. 제갈공명도 그때까지의 실패를 거울 삼아 오장원에 포진한 직후 둔전(屯田 : 변경이나 군사 요지에 주둔한 군대의 군량을 마련하기 위하여 설치한 토지. 군인이 직접 경작하는 경우와 농민에게 경작시켜 수확량의 일부를 거두어 가는 두 가지 경우가 있었다―역주)을 경작하여 식량을 자급자족하는 등 장기전에 대비하였다. 이렇게 대치한 지 백여 일이 지났다.

그러나 지구전에 돌입하면 아무래도 원정군이 불리하기 마련이다. 공명이 이따금 싸움을 걸었으나 중달은 아무런 반응도 보이지 않았다. 화가 치밀어 오른 공명은 어느 날 중달에게 부인용 머리 장식과 장식품을 선사하여 도발하였다. 너는 여자처럼 나약한 놈이다, 라는 뜻이었다. 그러나 중달은 여전히 꿈쩍도 하지 않았다.

그 무렵, 촉나라의 군사(軍使 : 전시 교전 중에 있는 상대방과 교섭을 하기 위하여 파견되는 사절―역주)가 중달의 진영으로 향하였다. 이 군사를 맞이한 중달은 공명의 집무 태도와 기거하는 곳, 음식에 대해 꼬치꼬치 캐물었다. 그런데 이 군사가 우둔하여 딱히 비밀로 할 사항이 아니라는 생각에 있는 그대로 대답을 해주었다.

"공께서는 아침에 일찍 일어나셔서 저녁 늦게 잠자리에 드십니다. 볼기를 20번 이상 치는 형벌은 반드시 공께서 직접 결재를 하십니다. 식사는 하루 세 끼를 드십니다."

군사가 돌아간 후 중달은 측근들을 돌아보며 "공명의 목숨도 이제 얼마 남지 않았다"라고 말했다고 한다.

중달의 예견대로 공명은 얼마 안 있어 피를 토하고 쓰러져 병상에 눕고 말았다. 병세는 날이 갈수록 깊어만 갔다. 죽음에 임박했음을 깨달은 공명은 양의(楊儀), 비위(費褘), 강유(姜維)와 같은 부장들에게 철수 작전을 명하고 눈을 감았다. 때는 234년 8월, 향년 54세였다.

촉군이 철수한 후 그 진영의 뒤를 자세히 시찰한 중달은 "공명이야말로 천하의 기재(奇才)로구나"라며 개탄했다고 한다.

《한진춘추(漢晉春秋)》라는 책에는 진수가 채용하지 않은 다음과 같은 일화가 실려 있다.

촉군의 이변은 곧바로 근처의 농민들에 의해 중달의 진영에 전해졌다. 사마중달은 즉시 철수하는 촉한군을 추격하였다. 그런데 양의(楊儀)의 부대가 깃발을 높이 들고 전고를 울리면서 반격해 오자 제갈공명의 계책으로 의심하여 더는 추격하지 못하였다. 이것을 보고 사람들은 "죽은 제갈공명이 산 사마중달을 달아나게 했다"고 말하였다. 어떤 이가 후에 이 사실을 중달에게 고하자, 중달은 "산 자의 생각이라면 알 수도 있으련만 죽은 자의 생각이니 알 길이 없지 않느냐"라고 말하며 쓴웃음을 지었다고 한다.

사마중달, 이름은 의(懿)이고 진(晉) 왕조의 창시자인 사마염(司馬炎)의 조부에 해당한다. 공명을 기재로 인정한 그 역시 평범한 인물은 아니었다.

어쨌든 이로써 공명의 웅대한 계획은 헛되이 좌절되어 여섯 번 시도한 북방 정벌이 모두 실패로 돌아갔다. 정치가로서의 공명을 관중과 소하에 필적할 만하다고 극찬한 진수도 장수 제갈공명의 용병술에 대해서는 "해마다 군사를 움직였으나 끝내 공을 세우지 못하였으니 응변하는 재주나 장수로서의 책략은 그리 뛰어난 편이 아니었다"며 의문을 던졌다. 확실히 마속의 기용이나 정공법(正攻法)에 치우친 작전 등 의문을 느끼게 하는 점이 적지 않다.

그러나 국력의 차이, 보급 곤란 등의 문제점을 감안한다면 애초 그 싸움은 승리를 거두기 어려운 싸움이었다. 결과적으로 성공하지 못했다고 해서 공명의 장수로서의 자질을 문제 삼는 것은 너무나도 성급한 판단이다.

　단, 《이십이사차기(二十二史箚記 : 청나라 조익의 저서로, 중국 정사(正史)를 항목별로 추려 논평한 책이다—역주)》의 저자인 조익(趙翼)처럼, 진수(陳壽)의 아버지는 일찍이 마속의 부하였는데 마속이 패전의 책임을 지고 참수될 때 같이 곤형(髡刑 : 머리카락을 깎는 형벌)을 받은 탓에 공명의 용병술에 낮은 평가를 내렸을 것이라는 추측을 하는 자도 있다. 어쩌면 이 추측이 맞을지도 모르겠다.

(《삼국지》, 《자치통감》, 《제갈량집(諸葛亮集)》)

『재상 소전』
『관계 연표』

◆ 제상 소전

『태공망 여상』

주(周)의 문왕(文王), 무왕(武王)을 보좌하여 주 왕조 건국에 전력을 다한 공신. 기원전 1060년 무렵에 활약한 사람. 생몰 연대 미상. 여(呂)는 성, 상(尙)은 휘(諱). 자(字)인 상문(尙文)이라 부르기도 한다. 태공망은 호(呼)이며, 그 유래에 관해서는 이런 일화가 전해진다.

어느 날, 문왕이 사냥에 나가기 전에 길흉을 점쳐 보았더니 "수확물은 용도, 교룡도, 호랑이도, 곰도 아니다. 패왕을 보좌할 신하다"라는 점괘가 나왔다. 실제로 사냥에 나간 문왕은 마침 위수(渭水)에서 낚시하는 한 사람을 만났다. 이 사람이 여상이다. 문왕은 여상과 이야기를 나누어보고 곧 마음에 들어 했다.

"선군(先君) 태공께서 '곧 성인이 나타나 주나라를 융성하게 하리라'고 하셨는데 당신이 바로 그 사람입니다. 아버지는 당신을 기다리신 거로군요."

'태공이 기다린 인물이다'라는 뜻에서 '태공망'이란 호칭이 여상에게 주어졌다고 한다(《사기》〈제태공세가(齊太公世家)〉)

본래 전설로 내려오는 이야기라 진위는 확실치 않다.

　문왕 사후에 무왕의 군사로서 은왕(殷王) 주(紂)를 '목야(牧野)의 싸움'에서 물리치고 그 공적을 인정받아 제(齊)에 봉해졌다. 본래 성이 강(姜)이라는 점에서 주(희씨(姬氏))와 우호 관계를 맺은 강이라는 부족의 대표자로서 주나라 군대의 지휘를 맡았다는 설도 있다.

　봉지인 제에서는 경제 정책에 힘을 써 강국으로서의 기반을 다졌다고 한다. 또한 용병술에 뛰어나 병법서 《육도(六韜)》를 지었다고 하나 역시 후세 사람들이 지어낸 이야기일 가능성이 크다.

『주공단』

　"심해졌구나, 나의 쇠약함이. 오래되었구나, 내가 꿈에서 주공을 뵙지 못한 것이(《논어》)." 공자가 자신의 이상상(理想像)으로 추앙하던 사람이 바로 주공이다. 성은 희(姬), 단(旦)은 이름. 주공이란 이름은 주나라의 땅을 채읍(采邑 : 일종의 봉지)으로 받은 데서 유래한다. 기원전 1060년 무렵에 활약. 생몰 연대 미상.

주나라 문왕의 아들, 무왕의 동생. 무왕을 도와 은나라를 토벌하고 은이 멸망 후에 곡부(曲阜 : 노나라)에 봉해졌으나 수도에 남아 무왕을 보좌하였다. 무왕이 사망한 후에 어린 성왕(成王)을 도와 나라의 정치를 살폈다. 반란을 진정시키고 새 수도인 낙읍(洛邑)을 건설하는 등 여러 종류의 개혁을 단행하여 주왕실의 기초를 다졌다. '주례(周禮)' 제정, 장자상속제, 봉건제 등 주나라의 여러 법규를 정하였다.

주공단이 정치에 임하는 자세는 아들 백금(伯禽)에게 한 다음 이야기를 통해 알아볼 수 있다.

"나는 문왕의 아들이며 무왕의 동생이고 성왕의 숙부다. 제후 안에서는 고귀한 신분에 속하나 이런 나도 누가 찾아오면 머리를 씻고 먹던 밥도 물려 예에 어긋나지 않으려고 노력한다. 또한 그럼에도 부족한 점이 있지는 않은지, 우수한 인재를 놓치는 것은 아닌지 조심하고 또 조심한다. 너도 노(魯)에 가거든 군주라는 자리에 앉았어도 결코 교만하지 마라(《사기》〈노주공세가(魯周公世家)〉)."

"군자의 지위에 앉으면 먼저 첫째로 친족에게 소홀히 하지 말며, 둘째로 중신에게 무시당했다는 느낌을 들지 않게 하고, 셋째로 옛날의 정은 어지간한 일이 있지 않은 한 내버리지 말며, 넷째로 한 사람에게 모든 기대를 걸지 말아야 한다(《논어》)."

『오자서』

오(吳)왕 합려(閤閭, 재위 : 기원전 515~496년), 부차(夫差, 재위 : 기원전 96~473년)를 섬겨 패업을 이룩한 공신. 생몰 연대 미상. 자서는 자, 이름은 원(員)이고 초나라 명문가에서 태어났다. 아버지 오사(伍奢)는 초나라 평왕(平王)의 태부(太傅)였으나 기원전 527년 태자 옹립의 분쟁에 휘말려 큰아들 상(尙 : 자서의 형)과 함께 사망하였다.

자서는 위험한 오나라에서 도망쳐 합려를 섬겼고, 기원전 506년에 오나라 군사 손무(孫武 : 《손자병법》의 저자)와 함께 오나라 군대를 이끌고 초를 공격, 초나라 수도 영(郢)을 함락시켜 아버지와 형의 원수를 갚았다.

오왕 합려는 그 후 남쪽에 있는 월나라와 싸웠으나 '취리(檇李)의 싸움(기원전 496년)'에서 뼈아픈 패배를 당하였고 그때

화살에 맞은 상처가 원인이 되어 사망하였다. 그의 아들 부차는 2년 동안 절치부심한 끝에 월나라 왕 구천(勾踐)을 부초(夫椒)에서 격파하고 회계산(會稽山)으로 몰아넣었다. 이때 오자서는 "지금 구천을 죽이지 않으면 후회할 날이 올 것입니다" 하고 부차에게 간언하였으나 부차는 끝내 듣지 않고 구천을 용서해 주었다. 그 후 부차는 북쪽 제나라의 정복 길에 올랐는데, 이때도 오자서는 "월나라부터 토벌해야 합니다" 하고 간언하였으나 부차는 들어주기는커녕 측근의 참언만 믿고 속루(屬鏤)의 검을 주어 자결을 명했다.

오자서는 "내 눈을 도려내어 수도 고소성(姑蘇城) 동문에 걸어두어라! 월나라 군대가 입성하는 꼴을 똑똑히 봐주겠다"고 말한 후 스스로 목을 베어 죽었다고 한다. 기원전 485년의 일이다.

후에 구천에게 패한 부차는 자결하기 전에 "자서를 만날 면목이 없구나"라고 말하였다고 한다.

『범려』

　월왕 구천(재위 : 기원전 497～465년)을 섬긴 명신. 생몰 연대
미상. 기원전 494년, 오왕 부차에게 패하여 회계산에서 굴욕의
강화(講和)를 경험한 구천은 이후 '회계의 치욕'을 잊지 않으려
고 날마다 쓸개의 맛을 보면서[臥薪嘗膽] 정치를 재건하는 데 노
력하였다. 범려는 이 구천을 옆에서 독려하며 보좌하였다.

　이리하여 17년, 마침내 구천은 오나라를 격파하고 부차를 고
소산(姑蘇山)에서 자결토록 했다(기원전 73년). 구천은 기세를
몰아 북상하여 산동의 서주에서 제후와 회맹하고, 양자강과 회
하 유역 일대까지 세력권을 확대하여 스스로 '패왕'이라 칭하였
다. 그러나 이 업적은 명신 범려에게 힘입은 바가 컸다.

　범려는 그 공을 인정받아 신하로서는 최고 자리인 '대장군(大
將軍)'에 임명되었다. 그러나 곧 "의기양양한 군주 곁에 오래 머
무는 것은 위험하다"며 구천 곁에서 물러났다.

　《사기》에 따르면, 그 후 범려는 제나라로 가서 치이자피(鴟夷
子皮)로 이름을 바꾸고 몇 년 사이에 수천 금의 부를 쌓았다. 제
나라 왕이 재상으로 임명하였으나 이를 거절하고 모든 재산을
마을 사람들에게 나누어 준 후에 도(陶)에 은거하였다. 도에서

도 도주공(陶朱公)으로 이름을 바꾸어 장사를 했는데, 막대한 부를 쌓은 후에 그 땅에서 숨졌다고 한다. 이후 도주공이란 이름은 부호의 대명사로 쓰였다고 한다.

『이회』

전국 시대 초기, 위(魏)의 문후(文侯. 재위 : 기원전 445~396년)의 재상으로서 법가사상을 토대로 개혁을 추진하여 위나라의 부강에 공헌한 정치가. 이극(李克)이라고도 한다. 생몰 연대는 미상이나 기원전 455~395년의 사람으로 추정된다. 공자의 제자인 자하(子夏)에게 학문을 배워 위나라의 문후를 섬겼다. 재상에 등용되기 전에 무후가 재상 임용에 관한 자문을 하자 다음의 다섯 가지 항목을 토대로 인물 감정법을 알려주었다는 일화가 《사기》〈위세가(魏世家)〉에 나온다.

一. 평소 누구와 친하게 지내십니까?
二. 부귀할 때 누구와 나누고 싶으십니까?

三. 높은 자리에 앉으셨을 때 누구를 등용하고 싶으십니까?

四. 그 사람이 궁지에 빠졌을 때 부정한 짓을 저지르지 않았습니까?

五. 그 사람이 빈곤하였을 때 남의 물건을 탐하지 않았습니까?

이회가 편 정치의 특징은 첫째로 "일을 하면 먹여주고 공을 세우면 봉록을 주며 능력이 있으면 등용하고 해야 할 일을 하면 상을 준다. 그렇지 않은 일을 하면 벌을 내린다(《설원(說苑 : 중국의 교훈적인 내용이 담긴 설화집으로, 전한(前漢) 말에 유향(劉向)이 편집하였다─역주》)"는 관점에서 신분, 관직의 높고 낮음을 떠나 신상필벌하였다.

둘째로 농업 생산력 향상에 노력하는 한편, "조(糶 : 쌀의 가격)가 너무 비싸면 백성이 다치고, 너무 싸면 농민이 다친다(《한서》〈식화지(食貨志)〉)"는 생각에서 곡물 가격을 조절하고 경쟁력 강화와 안정을 꾀하였다.

또 다른 이회의 공적으로는 "율문은 이회에서 시작되었다(《진서(晉書)〈형법지(刑法志)〉》)"는 말처럼 《법경(法經)》 6편을 만들어 법을 집대성하였다. 그의 《법경》은 상앙이 진(秦)에 전해주었고 이것이 다시 한(漢)의 '구장률'로 이어졌다고 한다.

『오기』

《손자병법》과 어깨를 나란히 하는 병법서 《오자(吳子)》의 저자로 알려진 '법가' 정치가. 상앙과 이사의 선배와 같은 존재. 생몰 연대 미상. 위(衛)나라 출생이며 공자의 수제자인 증자(曾子)에게 학문을 배웠다. 먼저 노나라를 섬겨 장군에 임명된 후에 제나라와 싸워 큰 승리를 거두었으나 노나라 왕의 미움을 사서 위나라로 건너갔다.

위나라 문후(文侯, 재위 : 기원전 445~396년)는 오기를 총애하여 진(秦)에 대한 전진 기지인 서하(西河)의 태수로 임명하였고, 오기는 이곳에서 놀라운 치적을 올렸다. 문후가 죽고 뒤이어 즉위한 무후(武侯, 재위 : 기원전 395~370년)를 섬겼으나 정적의 모략에 휘말려 다시 초나라로 망명하였다.

초나라 도왕(悼王)은 오기를 재상에 임명하였고, 오기는 그 은혜에 보답하고자 정치와 군사 면에서 초나라의 부강을 위해 힘을 다했다.

"재상으로서 오기는 법의 체계를 명확하게 하였다. 또한 쓸모 없는 관직을 폐지하고 먼 친척뻘인 공족의 관직을 박탈하여 남은 비용을 군사 양성에 썼다. 마침내 병력이 충실해지자 남으로는 백월(白越)을 평정하고 북으로는 진(陳), 채(蔡)를 병합하여 삼진(三晋 : 한씨, 위씨, 조씨)을 격퇴하였으며 서로는 진(秦)을 토벌하였다. 이리하여 초나라는 강대국으로서 제후를 위협하였다(《사기》〈손자오기열전(孫子吳起列傳)〉)."

오기의 개혁은 눈부신 성과를 거두었다. 그러나 그 반면에 공족이나 권세가들의 원한을 사는 바람에 도왕이 죽은 후 일어난 반란으로 비참한 최후를 맞이하였다. 기원전 381년의 일이다. 사마천은 "오기는 각박하고 잔인하며 포악하여 결국 자신의 몸을 망치고 말았다"고 평가하였으나, 그의 진짜 성품은 "비방과 칭찬에 휘둘리지 않고 반드시 주군을 패왕으로 올렸다. 나라를 부강하게 하는 일이면 재난도 마다하지 않았다(《전국책》)"고 할 수 있다.

『신불해』

전국 시대, 한(韓)나라의 소후(昭侯, 재위 : 기원전 362~333
년)를 섬긴 법가 정치가. 생몰 연대 미상. 《사기》에 따르면, 정
(鄭)나라의 경현(京縣 : 지금의 허난 성) 사람으로 젊어서부터 정
나라의 하급 관리로 일하며 '술(術)'을 공부하여 훗날 한나라 소
후를 섬겨 재상에 임명되었다고 한다.

법가의 계보는 본래 두 종류라고 한다. 하나는 '법'을 중시하
는 사람들로, 이는 이회와 상앙이 대표적이다. 다른 하나는 '술'
을 중시하는 사람들로, 이는 "신불해, 술을 말하다(《한비자》〈정
법편(定法篇)〉)"는 말처럼 신불해가 대표적이다.

이 '술'은 '법'으로 드러내는 것이 아니라, 군주의 가슴 깊이
내재해 있다가 이때다 싶을 때 행사하는 신하통어법(臣下統御
法), 곧 신하를 다스리는 법이다. 이를 효과있게 행사하려면 군
주는 자신의 생각이나 희로애락(喜怒哀樂)을 신하에게 알리지
말아야 하고 고요하고 깨끗한 무위(無爲) 상태를 유지해야 한
다. 말하자면 '황로술'과 가깝다.

신불해는 이 '술'을 토대로 소후를 보좌하여 안으로는 정치와
교육을 정돈하고 밖으로는 열강에 대항하였다. 그가 재상으로

있던 15년 동안 약소국 한나라는 평안함을 유지하였다고 한다. 저서로는 《신자(申子)》두 편이 있다고 하나 현재는 전해지지 않는다.

『장의』

'연횡설(連衡說 : 한(韓) 위(魏) 조(趙) 초(楚) 연(燕) 제(齊)의 여섯 나라가 종(縱)으로 동맹을 맺어 진나라에 대항하자는 합종설에 맞서서, 진나라가 이들 여섯 나라와 횡(橫)으로 각각 동맹을 맺어 화친하자는 내용—역주)'의 창시자. 위(魏)나라 사람. 기원전 4세기 후반에 활약하였다. 생몰 연대 미상. 청년 시절에 소진(蘇秦)과 함께 귀곡자(鬼谷子)에게서 유세술(遊說術)을 배워 처음에는 초나라 재상의 식객이 되어 등용의 기회를 노렸으나 재상이 아끼는 옥(玉)을 훔쳤다는 혐의로 곤장 수백 대를 맞고 간신히 귀국하였다. 이제 유세는 그만두라는 아내의 말에 "내 혀를 보시오. 아직 잘 있소?(이 혀가 있는 한 유세를 멈출 수 없소)"라고 대답한 유명한 일화가 전해진다.

장의가 활약한 기원전 4세기 후반은 '상군의 변법(상앙의 장
—참조)'으로 국력이 강해진 진나라가 적극적으로 중원 공략을
시작한 시기였다. 이에 다른 여러 나라는 연합하여 진과 대항하
거나(합종) 진과 손을 잡아 다른 나라를 격파하였기(연횡) 때문
에 국제 정세는 매우 유동적이었다.

고향에서 한동안 불운한 시절을 보낸 장의는 기원전 329년에
진나라 혜왕(惠王, 재위 : 기원전 337년~311년)에게 유세하여
재상에 올랐고 위나라 공략을 위한 '연횡책'의 실행에 부심하였
다. 기원전 322년에는 위의 재상으로 임명되었으나 이 또한 진
을 위해 위의 내부에 침투한 술책의 일환이었다.

당연히 장의의 활약은 다른 나라의 위협이 될 수밖에 없었다.
제, 초, 연, 조, 한의 다섯 나라는 위의 장군 공손연(公孫衍)의
'합종책'을 지지하여 그를 재상에 올리고 장의는 진으로 돌려보
냈다(기원전 319년). 당시 국제 정세를 흔들어놓은 그의 활약은
"공손연, 장의야말로 진실한 대장부로다. 한번 노하면 제후가
두려워하고 가만히 있으면 천하가 조용하구나(《맹자》〈등문공
편(藤文公篇)〉)"하는 말을 통해 짐작할 수 있다.

혜왕이 사망하고 무왕(武王, 재위 : 기원전 310~307년)이 즉
위한 후에는 실각하여 위로 건너갔고, 그곳에서 재상을 역임하

여 파란만장한 생을 마감하였다.

『소진』

《사기》〈소진열전(蘇秦列傳)〉에 따르면, 동주(東周) 낙양(洛陽) 사람으로, 젊어서 귀곡자에게 학문을 배워(장의와 동문) 스스로 '췌마(揣摩)'라는 독특한 독심술을 생각해 내어 여러 나라를 돌며 유세하였다. 진에 대항하는 '6개 국 합종'의 웅대한 국제 전략을 구상하여 잇달아 6개 국 왕을 설득하여 이를 실현시키고, 스스로 그 책임자가 되었다. 진의 장의가 '연횡책'에 부심하기 직전의 일이라고 한다.

그러나 그 후 '합종'이 파국을 맞이함과 동시에 연나라에 몸을 의탁하여 연나라와 제나라 사이를 왕래하며 획책하였으나 기원전 317년, 제나라에서 비참한 최후를 맞이하였다고 한다. 《사기》의 이 기술에 따르면, 소진은 장의보다 조금 앞선 시대에 '합종'의 창시자로서 국제 정세를 마음대로 조종하던 거물 책사라고 하였는데 이에 대해서는 당시의 역사 사실과 부합하지 않는다는 이유로 이의가 제기되고 있다. 개중에는 소진의 존재 여부까지 의심하는 학자도 있다.

그 가운데서 양관(楊寬 : 중국어로 '양콴'이라 읽음)이란 현대 사학자가 《전국책》 이외의 기술을 바탕으로 하여 소진의 활약 연대를 제나라 민왕(湣王 : 재위 기원전 300~284년)의 시대로 내리고, 거기에서 다시 연나라로 이동하여 제나라에서 재상에 임명되어 '합종책'을 실행하고자 노력했다는 설을 주장하여 주목을 받았으나(양관 저 《전국사(戰國史)》), 1973년 장사(長沙)의 '마왕퇴(馬王堆) 3호 한묘(漢墓)'에서 발굴한 《백서(帛書) 전국책(戰國策)》에 의해 뜻하지 않게 부정되었다.

《백서 전국책》에는 스물일곱 가지 설화가 정리되었는데, 이 가운데 절반에 가까운 열세 가지 설화가 모두 소진이 제나라 민왕과 연나라 소왕(昭王, 재위 : 기원전 311~279년)에게 보낸 편지와 헌책이었기 때문에 이들 자료를 바탕으로 소진의 활약 연대와 그 내용이 분명해졌다.

이 두 《전국책》을 바탕으로 양관의 학설을 다시 정리해 보면, 소진은 연나라 소왕의 밀명을 받들어 제나라와 기타 여러 나라에 파견된 정객(政客)이었음을 알 수 있다. 그 목적은 제나라의 공격 목표를 연나라 이외의 나라로 돌리고 더불어 제나라의 국력을 약하게 하는 데 있었다. 말하자면 간첩이었다.

제나라에서는 기원전 300~296년과 기원전 288년에 이 계획을 성공시켰고, 이어서 기원전 287~286년에 걸쳐 위, 조로 건너갔다. 이때의 목적은 표면상으로는 제나라를 위해 5개 국에 바람을 넣어 진나라에 대한 '합종'을 실현하는 데 있었으나 속으로는 반제연합(反齊連合)을 결성하기 위함이었다.

그 뒤에 소진은 세 번째로 제나라에 건너갔다. 그리고 제나라에서 간첩 활동이 발각되어 거열형에 처하였다. 그러나 그 시기는 이상의 일로 살펴보았을 때 기원전 280년대가 돼야 한다. 《사기》의 기록과 비교하면 큰 차이가 있는데, 당시 활약한 '유세지사'의 전형이었음은 틀림없는 사실이다.

『인상여』

조나라의 혜문왕(惠文王, 재위 : 기원전 298~266년)을 섬긴 명신. 생몰 연대 미상. 조나라 사람으로, 환자령(宦者令 : 장관) 무현(繆賢)이라는 자의 식객으로 들어갔다. 때마침 혜문왕이 초나라의 명옥(名玉) '화씨의 벽[和氏之璧]'을 손에 넣었는데, 이 소문을 들은 진(秦)나라 소왕이 도읍 열다섯 곳과 교환하자고 청하였다.

혜문왕은 매우 난감했다. 설령 수락해도 실제로 도읍 열다섯 곳을 줄 리 만무했고 거절했다가는 강대국 진나라의 공격을 받을 수 있기 때문이었다.

이런 상황에서 인상여는 무현의 추천으로 사자로 뽑혀 '화씨의 벽'을 들고 진나라를 방문하였는데 뛰어난 임기응변으로 옥을 조나라에 돌려보냈다. 인상여는 이 공을 인정받아 상대부(上大夫 : 대신)에 임명되었다. 덧붙여 '완벽(完璧)'이란 말은 '벽(璧)'을 온전히 돌려보낸다는 뜻에서 유래하였다.

그 후(기원전 279년), 진나라 소왕의 요구로 소왕과 혜문왕이 민지(澠地)에서 회맹하였을 때 인상여는 혜문왕과 함께 회맹에 참석하여 억압적인 진나라의 태도에 굴하지 않는 대등함을 보여 조나라의 체면을 세웠다. 그 공으로 다시 상경(上卿 : 재상)에 임명되었다. 당시 조나라 명장 염파(廉頗)는 인상여가 자기보다 상위에 임명된 데 불만을 품고 "기회가 되면 가만두지 않겠다" 고 큰소리를 쳤다. 이 소식을 들은 인상여는 모든 일을 염파에게 양보하면서 자신의 행동을 못마땅해하는 식객들에게 "지금 우리 두 사람이 싸우면 어느 한쪽은 반드시 다칩니다. 내가 지금 염파 장군에게 양보하는 까닭은 사사로운 싸움보다 나라의 위난을 먼저 생각하기 때문입니다"라고 말하였다.

이 말을 전해 들은 염파는 매우 부끄러워하면서 즉시 웃통을 벗고 가시가 달린 채찍을 들고 인상여를 찾아가 사죄하였다. 이후 두 사람은 문경지교(刎頸之交)를 맺었다. 이 두 사람이 건재한 동안에 조나라는 타국의 괄시를 받지 않았다고 한다.

『범저』

진나라 소왕(昭王, 재위 : 기원전 306~251년)을 섬긴 재상. 생몰 연대 미상. 위나라 사람, 자는 숙(叔). 범휴(范睢)라고도 쓴다. 제후에게 유세하였으나 뜻대로 풀리지 않아 돈에 쪼들렸고, 그 때문에 위(魏)나라의 중대부(中大夫) 수가(須賈)를 섬겼다. 수가가 제나라에 사신으로 갈 때 동행하여 제나라 왕에게서 금천 근과 소고기, 술을 하사받았다. 위나라의 정보를 빼돌렸기 때문이라고 오해한 수가는 귀국하여 그 사실을 재상 위제(魏齊)에게 보고하였다. 위제는 범저를 붙잡아 고문을 가하였고 대발로 감아 변소에 처박았다. 범저는 호된 창피를 당하였으나 탈출하여 이름을 장록(張祿)이라 바꾸고 정안평(鄭安平), 왕계(王稽)를 데리고 진나라로 향하였다.

진나라 소왕은 범저의 상서를 읽고 마음이 동하여 직접 만나 보았는데 이때 범저는 '원교근공(遠交近攻 : 가까운 나라를 그대로 두고 먼 나라를 공격하는 진의 대외 정책은 실효를 거두기 어려우므로 반대로 먼 나라와 친교를 맺고 가까운 나라를 공격해야 한다는 주장―역주)'의 대외 전략을 역설하고 객경으로서 군사 고문에 임명되었다. 그리고 2년 후, 이번에는 내부 정치의 쇄신을 진언하여 재상에 임명되었다. 기원전 266년의 일이다. 이때 응(應)의 땅에 봉해졌기 때문에 응후(應侯)라 부르기도 한다. 범저는 출세한 후에 "한 끼 밥을 얻어먹은 정도의 사소한 은혜라도 반드시 갚고, 자기에게 눈을 흘긴 정도의 사소한 원한이라도 반드시 보복했다"고 한다.

재상으로서 쌓은 공적은 '원교근공'의 외교 전략을 기본 방침으로 진나라의 우위를 확고히 했다는 점이다. 그 대표적인 일이 전국 시대 최대의 결전으로 알려진 '장평대전(長平大戰)'에서 위나라를 격파하고 얻은 승리이다. 그러나 범저에게는 과실도 있었다. 그가 장군에 추천한 정안평이 조나라에 항복하였기 때문이다. 법에 따르면 추천한 자도 함께 벌을 받아야 했으므로 범저는 유세지사 채택(蔡澤)에게 뒷일을 물려주고 사임하였다.

『신릉군』

위나라 소왕(昭王, 재위 : 기원전 295~277년)의 막내 아들, 안리왕(安釐王, 재위 : 기원전 275~243년)의 이복형제. 성은 위(魏), 이름은 무기(無忌). 생몰 연대 미상. 문하에 식객 삼천 명을 거느리고 제나라의 맹상군, 조나라의 평원군, 초나라의 춘신군과 함께 '전국 사군'으로 이름을 떨쳤다.

당시는 비록 전국 시대라고는 하나 이미 진나라가 우세를 차지하던 때였다. 때마침 진나라는 '장평대전'의 여세를 몰아 조나라의 수도 한단(邯鄲)을 포위하였다. 조나라의 재상 평원군(효성왕(孝成王)의 숙부)에게 신릉군의 누이가 시집을 간 상태였고, 신릉군은 그런 인연으로 조나라를 구하고자 했다. 그래서 식객 후영(侯嬴)의 꾀를 받아들여 위나라 장군 진비(晉鄙)의 호부(虎

符 : 구리로 범의 모양을 본떠 만든 군대 동원의 표지―역주)를 훔쳐 그 수하에 있는 병사 십만을 끌고 한단으로 달려가 진나라 군대를 격퇴하였다(기원전 257년).

그러나 이 일로 형 안리왕의 노여움을 사는 바람에 십 년이나 조나라에 머물러야 했다. 진나라는 신릉군의 부재를 틈타 위나라를 공격하였다. 더는 견디지 못한 안리왕은 신릉군을 불러들여 장군에 임하고 전군(全軍)의 지휘를 일임하였다.

신릉군은 서둘러 제후에게 격문을 띄워 조, 한(韓), 초, 연, 위(魏) 5개 국의 군대를 이끌고 진나라 군대를 격파하여 함곡관 서쪽으로 몰아냈다. 이에 따라 신릉군은 그 명성을 천하에 떨쳤다.

진나라로서는 신릉군이 눈엣가시처럼 보일 수밖에 없었다. 서둘러 자기들의 특기인 반간(간첩) 공작을 펼쳐 안리왕과 신릉군의 사이를 떼어놓기 시작했다. 결국 이 작전이 효과가 있어 신릉군은 장군 직책에서 해임되었고, 이후 병을 핑계로 조정에 나오는 일 없이 술과 여자로 세월을 보냈다. 그렇게 지내기를 4년, 신릉군은 알코올 중독으로 사망하였다. 기원전 244년의 일이다. 이 소식을 들은 진나라는 또다시 위나라를 침공하기 시작했다.

『여불위』

진의 장양왕(莊襄王, 재위 : 기원전 250~247년), 진왕 정
(政 : 훗날의 시황제)의 재상. 생몰 연대 미상. 본래 양적(陽翟 :
지금의 허난 성)의 대상인이었는데 때마침 장사차 조나라의 수
도 한단에 들렀다가 인질로 끌려온 진나라의 왕자 자초(子楚)가
곤궁한 생활을 보내는 모습을 보고 "이는 정말 얻기 힘든 보물
이로고!"라고 말했다는 유명한 일화가 전해진다.

서둘러 자초를 찾아가 대화를 나눈 후 진으로 돌아가 작전을
펴기 시작하였다. 당시 진나라는 소왕이 다스렸고 태자는 안국
군(安國君)이었는데 자초는 이 태자의 아들이었다. 그러나 안국
군에게는 이미 스무 명이 넘는 아들이 있었고 자초는 신분이 천
한 첩의 아들이었기에 왕위를 노리기에는 너무도 조건이 좋지
못하였다.

그러나 여불위는 안국군의 정부인인 화양부인(華陽夫人)에게
아들이 없음을 알아차리고, 이 화양부인에게 막대한 돈을 투자
하여 마침내 자초를 안국군의 적자(嫡子)로 올리는 데 성공했
다. 자초는 한단 시절, 여불위의 첩을 흠모하여 결국 자기 사람

으로 만들었다. 본래 이 첩은 여불위의 아이를 임신한 상태였으나 자초에게 그 사실을 숨겨 자초의 아들로 낳으니 이 사람이 정, 훗날의 시황제다.

마침내 소왕이 사망하고 안국군이 보위를 이었으나 삼 일 만에 세상을 떠나 태자인 자초가 즉위하였다. 바로 장양왕이다. 여불위는 승상에 임명되어 낙양 십만 호를 하사받고 문신후(文信侯)에 봉해졌다. '얻기 힘든 보물'이 제값을 한 셈이다. 이 장양왕도 삼 년 후에 사망하여 곧 정이 즉위하였다(기원전 247년). 여불위는 상국으로 승격되어 중부(仲父)라는 존칭까지 얻었다.

승상, 상국으로 승격된 여불위가 쌓은 정치상의 실적에 대해서는 그리 알려진 바가 없다. 그나마 알려진 사실 가운데 하나로, 여불위는 맹상군을 따라잡고자 유능한 선비를 초청하였기 때문에 그의 문하에 모인 식객 수는 삼천에 달하였다. 여불위는 이들에게 명하여 그 견문을 기록하여 글자 수가 이십여 만 자나 되는 책을 편집하게 하였다. 이것이 오늘날 전해지는 《여씨춘추(呂氏春秋)》이다. 책이 완성되자 여불위는 그것을 함양(咸陽)의 시장에 내놓고 "한 글자라도 더하거나 뺄 수 있는 자에게는 천금을 주겠노라"며 호언하였다고 한다.

또 한 가지는 그다지 내세울 만한 것이 못 되는 추문이다. 여불위는 상국이 된 후에도 정의 어머니(태후), 즉 예전의 자기 첩과 밀통하였으나 발각될 일이 두려워 자신을 대신할 태음인(太陰人 : 큰 성기를 지닌 사람) 노애(嫪毐)를 추천하였다. 태후는 이 사람에게 빠져 남몰래 아이를 둘이나 낳았다고 한다. 결국 이 일이 발각되어 노애는 주살되었고 여불위는 그간에 세운 공이 있어 불문에 부쳐지고 대신 봉지에 칩거해야 했다(기원전 237년).

그러나 여불위의 명망은 사그라질 줄 몰랐다. 제후의 사신과 빈객이 알현을 청하여 문전성시를 이루었다고 한다. 위기감을 느낀 정은 도읍에서 멀리 떨어진 촉으로 이주하라고 명하였다. 여불위는 주살될 것을 두려워하여 스스로 독을 마시고 목숨을 끊었다. 기원전 235년의 일이다.

『조착』

　한(漢)의 문제(文帝, 재위 : 기원전 180~157년), 경제(景帝, 재위 : 기원전 157~141년)를 섬기고 중앙 집권 체제의 강화에 공헌한 법가 정치가. 조착(鼂錯)이라고도 쓴다. 기원전 200~154년. 영천군(지금의 허난 성 위 현[禹縣]) 사람으로 젊어서 지(軹)의 장회(張恢)에게서 '신상형명학(申商刑名學)'을 배웠다. 신은 신불해, 상은 상앙을 뜻하며 모두 법가를 대표하는 인물이다. 학문을 마친 조착은 태상(太常 : 종묘의 의식을 관장하는 관리)에 속한 관리로 천거되었고, 태상의 명으로 제나라의 유자 복생(伏生)에게서 《상서 · 서경(尚書 · 書經 : 중국 전통 산문의 근원이 되는 책으로, 본래 한대(漢代) 이전까지는 '서(書)'라고 불렀다. 이후 유가사상의 지위 상승에 따라 소중한 경전이라는 뜻을 포함시켜 《상서》라 하였고, 송대(宋代)에 다시 《서경(書經)》이라 하였다. 우(虞), 하(夏), 상(商), 주(周) 시대의 역사적 내용이 담겨 있다 ─ 역주)》를 배웠다.

　태상은 조착을 태자(훗날의 경제)의 시종(侍從)에 임명하였고 곧이어 그는 호위장(護衛長), 가령(家令)으로 승진하였다. 조착은 변설이 뛰어나 태자의 은총을 한 몸에 받았고, 사람들은 그를 가리켜 '지낭(智囊 : 꾀주머니)' 이라 불렀다고 한다.

문제 시절, 조착은 수십 회에 걸쳐 상서를 올렸다. 그 내용은 농촌 경제의 안정책, 흉노 대책, 제후국의 봉지 삭감 문제가 주를 이루었고 그 목적은 모두 중앙 집권 체제의 강화에 있었다. 문제가 사망하고 경제가 즉위할 무렵, 조착은 내사(內史)에서 어사대부로 승진하여 경제의 두터운 신임 아래 전부터 주청하던 제후국의 봉지 삭감 문제를 추진하였다. 제후도 가만히 있지는 않았다. "군주 곁에 있는 저 간신 조착을 제거하자"는 움직임이 일어 오왕(吳王) 비(濞)를 맹주로 하는 반정부 연합이 결성되었다. 바로 '오초칠국의 난' 이다(기원전 154년). 이 난을 우려한 경제는 중신 원앙(袁盎)의 진언을 받아들여 조착을 참죄(斬罪 : 참형을 당할 정도의 죄—역주)에 처함으로써 사태를 수습하고자 했다. 조착은 예복을 차려입고 궐 안에 들어간 모습 그대로 동시(東市)에서 참죄에 처해졌다고 한다.

그러나 '오초칠국의 난' 은 조착이 주살되었음에도 진정되지 않아 3개월에 걸친 무력 토벌을 벌어야 했다. 훗날 경제는 함부로 충신 한 사람을 살해한 일을 후회하였다고 한다.

『장탕』

한(漢)의 무제(武帝, 재위 : 기원전 141~87년) 시절에 등용된 사법 관료. 사마천이 말하는 '혹리(酷吏)'의 대표 인물. 생몰 연대 미상. 두릉(杜陵 : 산시 성[陝西省] 창안 현[長安縣] 남동) 사람으로 아버지는 장안의 하급 관리.

장탕의 유년 시절 일화로 이런 이야기가 전해진다.

어느 날 아버지가 장탕에게 집을 맡기고 외출하였다. 돌아와 보니 쥐에게 고기를 도둑맞았다. 아버지는 화가 나서 장탕의 볼기를 쳤다. 그러자 장탕은 쥐구멍을 파헤쳐 그 쥐와 쥐가 먹다 남긴 고기를 함께 꺼내 볼기를 치며 쥐에 대한 재판을 시작하였다. 먼저 영장을 만들었고, 이어서 공술서를 작성하여 논고구형을 하였다. 그런 다음에는 법정에 쥐와 증거 물건인 고기를 꺼내 놓고 판결문을 읽어 책형(磔刑 : 기둥에 묶어 세우고 창으로 찔러 죽이던 형벌—역주)에 처하였다. 아버지가 그 판결문을 읽어 보니 마치 숙련된 사법관이 작성한 듯 조금의 허점도 찾을 수가 없었다. 이후 아버지는 장탕에게 관청의 판결문을 작성하게 하였다고 한다.

아버지의 뒤를 이어 장안의 관리가 된 장탕은 이후 순조롭게 출세하여 공손홍이 어사대부가 된 기원전 126년에는 사법의 최고 장관인 정위(廷尉)에 임명되었고 기원전 120년에는 어사대부에 임명되어 무제의 두터운 신임을 배경으로 절대 권력을 휘둘렀다.

　　때마침 국고의 경제 위기를 구하고자 상홍양(桑弘羊)을 비롯한 경제 관료가 염철전매제(鹽鐵專賣制), 산민전(算緡錢 : 일종의 재산세로 1만 전(錢)에 1산(算 : 120전)을 부과하였다ㅡ역주), 고민령(告緡令 : 증세 조치를 실행할 때 허위 신고를 한 위범자에 대한 처벌과 은닉자에 대한 고발 보장 제도ㅡ역주) 등의 신 경제 정책을 책정하고 시행하였다. 그 결과, 요란한 비난이 장탕에게 집중되었고 급기가 조정 신료는 장탕을 뇌물수수죄로 고발하였다. 고발 그 자체는 면죄였으나 장탕은 스스로 목숨을 끊어버렸다. 기원전 115년의 일이다. 사후, 유산을 조사해 보니 단지 오백 금에 지나지 않았고, 이마저도 모두 무제가 하사한 것이었다고 한다.

『상홍양』

한(漢)의 무제, 소제(昭帝, 재위 : 기원전 87~74년) 시절의 경제 재정 관료. 생몰 연대 미상. 낙양의 상인 아들로 태어났다. 무제에게 암산 능력을 인정받아 시중(侍中)에 임명되었다. 무제가 즉위한 당초(기원전 141년), 한 왕조의 국고는 차고 넘칠 만큼 탄탄하였으나 잦은 외국 정벌로 바닥을 드러냈다. 따라서 새로운 재정 정책을 채용하여 국가 재정을 쇄신해야 했다. 이 요청에 응하여 재정 대책 추진의 주역을 맡은 이가 상홍양이다.

먼저 재정 대책의 제1탄으로 실시된 것이 기원전 119년의 염철전매제인데, 상홍양은 이 입안 시행의 계획에 참여하여 그 공을 인정받아 대농(大農 : 국가 재정의 총괄 기관, 기원전 104년에 대사농(大司農)으로 개칭)의 승(부장관)에서 치속도위(治粟都尉 : 총괄 책임자)로 연이어 승진하였다. 그러는 동안 국가가 상업을 관리하는 제도인 균수법(均輸法 : 기원전 110년)을 시행하였고 기원전 119년부터 산민전 징집, 그 고발을 장려하는 고민령이 시행되었다.

이 대책들에 의해 국고가 다시 튼튼해지자 그 공을 인정받아 기원전 100년에는 대사농의 영(令 : 장관)에 올랐다. 무제가 사망(기원전 87년)한 이후에는 그 유조에 따라 소제 때 어사대부로 승진하여 재정 부문을 총괄하였다.

그러나 이러한 재정 정책은 상공업자나 자산가가 큰 희생을 치러야 했음으로 이들의 반발을 사고 말았다. 기원전 81년, 염철 전매제의 존폐를 놓고 소집된 '염철회의(鹽鐵會議)'에서 상홍양은 전매제의 폐지를 강력히 주장하는 '현량 문학 박사' 앞에서 변론을 늘어놓아야 했다. 그 결과, 전매제는 일부 수정을 가하여 존속하게 되었으나 상홍양 자신은 이듬해인 기원전 80년, 연왕(燕王) 단(旦)의 모반 사건에 연좌되어 주살되었다.

『곽광』

한(漢)의 소제, 선제(宣帝, 재위 : 기원전 74~49년) 시절의 실력있는 정치가. 생몰 연대 미상. 무제 때 혜성처럼 등장하여 흉노를 상대로 활약한 곽거병(霍去病 : 24세 때 병사)의 이복동생. 형의 추천으로 십대에 낭(郎 : 시종직)이 되었고, 무제의 측근에서 신임을 얻어 시중, 봉차도위(奉車都尉), 광록대부(光祿大夫)

가 되었다. 무제가 사망할 무렵 대사마대장군(大司馬大將軍)에 임명되었고, 김일제(金日磾), 상관걸(上官桀)과 함께 후사(後事)를 위탁받아 소제를 보좌하였다.

마침 외조(外朝 : 국정)는 승상 전천추(田千秋), 어사대부 상홍양이 운영하였는데 전천추는 노령인데다 무능하여 실권은 모두 상홍양이 쥐고 내조(內朝 : 황제의 측근)인 곽광과 대립하는 형국이었다. 그리고 기원전 80년 상홍양, 상관걸 부자 등 주요 정적이 연왕 단의 모반 사건에 연좌되어 주살되면서 곽광은 실권을 장악하여 내조 잔반에 영향력을 행사하였다. 내조에서 정치 권력을 흡수함에 따라 중상 중심의 정치 대신 외척 정치, 환관 정치의 길이 열렸다.

기원전 74년에 소제가 사망하고 무제의 손자인 창읍왕(昌邑王) 하(賀)를 제위에 앉혔으나 음란하다는 이유로 불과 27일 만에 폐하고 당시 일반 백성처럼 살아가던 무제의 증손자를 옹립하였다. 이 사람이 선제다. 곽광은 이 공을 인정받아 막대한 은상(恩賞)을 하사받았을 뿐 아니라 딸을 선제의 황후로 앉혀 외척이 되었다. 이로써 일족 모두가 고위 관직에 앉아 곽씨가 조정을 쥐락펴락하였다.

곽광은 신하들 가운데 최고의 자리를 차지하여 광영을 누리다 사망하였다. 기원전 68년의 일이다. 그러나 그로부터 2년 뒤에 곽씨는 일찍이 반역을 꾀했다는 이유로 일족 모두 주살되었다.

『병길』

한(漢)의 선제(宣帝, 재위 : 기원전 74~49년)를 섬긴 명재상. 생몰 연대 미상. 자는 소경(少卿). 노나라(魯 : 산둥 성 취푸 현 [曲阜縣]) 사람. 율령(律令)을 배워 노나라의 옥리(獄吏)로 일하였고 다시 정위우감(廷尉右監 : 최고 재판소 판사)으로 승진하였다. 그 무렵 마침 '무고(巫蠱)의 난'이 일어(기원전 91년) 위(衛) 태자의 일족이 주살되었는데, 병길은 생후 몇 개월밖에 안된 태자의 손자 병기(丙己 : 훗날의 선제)를 차마 살해하지 못하고 사람을 시켜 양육하게 했다.

소제가 사망한 후에 27일 만에 창읍왕 하를 폐하고 후임 자리를 놓고 회의가 열렸는데(기원전 73년) 광록대부의 급사중(給事中)이던 병길이 당시 실권을 장악한 곽광에게 병기를 추천하여 선제가 즉위하게 되었다. 그러나 병길은 일찍이 선제를 옥중에서 구해낸 사실을 남에게 말하지 않았기 때문에 선제를 비롯하여 병길의 숨은 공적을 아는 이가 없었다. 그러나 기원전 63년, 태자의 태부에서 어사대부로 승진하였을 때 그 일을 진언하는 자가 있어 박양후(博陽侯)에 봉해졌고, 다시 기원전 59년에는 승상에 올랐다. 그리고 4년 후인 기원전 55년에 병사하였다.

그를 명재상으로 칭하는 까닭은 "대체(大體 : 일이나 내용의 기본적인 큰 줄거리—역주)를 안다(《한서》〈위상병길전(魏相丙吉傳)〉)"는 점에 있었는데, 이에 대해서는 다음 일화가 유명하다.

어느 봄날, 승상 병길이 외출하였는데 마침 길가에 난투극이 벌어졌고 사상자가 나오기까지 하였다. 그러나 병길은 나는 모르는 일이라는 듯 그대로 지나쳤다. 그 후 또 외출을 하였는데 이번에는 혀를 내밀며 힘겹게 수레를 끄는 소와 마주쳤다. 그러자 일부러 속관을 보내 수레를 모는 사람에게 소가 얼마나 오랫동안 수레를 몰고 왔냐고 물어보게 하였다. 속관이 이상하게 생각하여 병길에게 그 까닭을 물어보니 이렇게 대답했다고 한다.

"길거리에서 벌어진 난투극을 해결하는 사람은 장안령과 경조윤(京兆尹)이다. 승상의 직책은 음양의 조화를 꾀하는 일이다. 하여 나는 소의 괴로움을 걱정하였느니라."

『주유』

삼국(三國)의 하나인 오(吳)의 손권(孫權, 재위 : 222~252년)을 섬긴 명신. 175~210년. 자는 공근(公瑾). 노강(盧江) 서(舒 : 지금의 안후이 성 쉬청 현[舒城縣]) 사람. 일족 가운데 후한의 고관이 많았고, 아버지 손이(孫異)도 낙양령(洛陽令)을 지냈다. 처음에는 손견(孫堅)을 따랐고 이어서 그 아들 손책(孫策)과 협력하여 양자강 하류 유역을 평정하였다. 그 공을 인정받아 198년에 건위중랑장(建威中郞將)에 임명되었다. 손책과 동갑(同甲)이었기 때문에 형제처럼 교유(交遊)하였다고 한다.

200년, 손책이 25세의 젊은 나이로 세상을 뜨자 동생인 손권(孫權)이 뒤를 이었는데 이 손권을 보필하여 강남 지방을 공격하여 오나라 건국의 기초를 다졌다. 그러나 무엇보다도 주유가 세상에 이름을 떨치게 된 계기는 '적벽대전'에서 압도적으로 우세한 조조의 군대를 맞이해 큰 승리를 거둔 일일 것이다. 이는 '장평대전(기원전 260년, 진(秦)나라와 조나라)', '비수대전(肥水大戰)(383년, 진(晋)나라와 전진(前秦))'과 나란히 중국 전쟁사에 남은 통쾌

한 승리였다.

208년, 중국 북부를 평정한 조조는 20만에 달하는 대군을 이끌고 남하하여 유비의 군대를 단번에 물리치고 창끝을 오나라로 겨누었다. 오나라의 조야(朝野)에서는 항복론이 들끓었으나 주유는 단호히 결전론을 주장하여 3만의 수군을 이끌고 이를 양자강 중류의 적벽에 배치한 후 부장 황개의 '화공법'으로 멋들어지게 승리하였다(제갈공명의 장 참조). 나아가 도망치는 조조의 군대를 추격하여 남군(南郡)을 평정하고 남군 태수로서 강릉(江陵)에 주둔하였다. 그는 점차 강대해지는 형주의 유비 세력을 우려하여 손권에게 파촉을 공격하라고 진언한 후 스스로 출진하려고 했으나 출발 직전에 병사하였다. 35세의 젊은 나이였다.

그가 조금 더 수명이 길었다면 유비의 파촉도 평정되어 삼국정립의 국면이 달라졌을지도 모른다. 손권이 훗날 위, 촉과 대항하여 제호(帝號)를 썼을 때 "주유의 활약이 없었으면 이 황제 자리도 없었으리라" 하고 말하였다고 한다.

『사마중달』

삼국 가운데 위의 조조, 문제(文帝, 재위 : 220∼239년), 폐제 (廢帝) 방(芳, 재위 : 240∼253년)을 섬긴 중신. 진(晉) 왕조 창 립의 기반을 닦은 인물로 손자 사마염(司馬炎 : 진의 무제)에 의 해 선제(宣帝)라는 시호를 받았다. 그러나 이보다는 제갈공명의 호적수라고 표현하는 편이 더 맞을지도 모른다.

중달은 자, 이름은 의(懿). 하내(河內) 온현(溫縣 : 지금의 허 난 성 원 현[溫縣]) 출신. 179년, 후한의 경조윤 사마방(司馬防) 의 셋째 아들로 태어났다. "젊어서부터 특이한 절개가 있고 총 명하며 박학하고 웅대한 지략이 있었다. 문식(聞識)이 많았고 유교의 가르침을 가슴 깊이 간직하였다(《진서(晉書)》〈선제기 (宣帝紀)〉)"고 하니 이미 그 싹이 출중했다고 봐야겠다. 201년 에 군(郡)의 상계리(上計吏)에 올랐고, 조조를 섬겨 황문시랑(黃 門侍郎), 태자중서자(太子中庶子)로 승격되어 문제(조비)가 즉 위한 후에는 승상장사(丞相長史), 상서(尙書), 어사중승(御史中 丞)을 역임하였고, 221년에는 시중상서 우복사(右僕射)가 되어 중용되었다. 문제 사후에 그 유조에 따라 명제를 보좌하면서 촉 나라 제갈공명의 도전을 받아 관중에서 사투를 벌였다(제갈공명의 장—참조).

235년에는 태위(군사 장관)에 올랐고 238년에는 요동(遼東)에
독립 정권을 수립한 공손원(公孫淵)을 격파하여 군사력을 증진
시켰다. 폐제 방의 즉위 후에는 특절도독(特節都督) 중외제군사
(中外諸軍事)로서 군권을 장악하였고, 249년에는 정적 조상(曹
爽)을 무력으로 타도하여 승상에 취임한 후 정치의 실권을 장악
했다. 251년 상국에 올라 안평군공(安平郡公)에 봉해져 5만 호를
제 것으로 만들었다.

이리하여 사마 가문의 견고한 세력이 하늘을 찔렀으나 그 자
신은 이 해에 세상을 떠났다. 손자인 사마염이 위나라의 원제(元
帝)의 양보로 진 왕조를 창립한 것은 그로부터 약 14년 후의 일
이다.

—1060경 주나라의 무왕(武王)이 은나라의 주왕(紂王)을 멸하
고 주 왕조를 열다. 이 무렵 태공망 여상, 주공단이
활약하다.

—770 춘추 시대가 열리다.

—675 제나라의 환공이 즉위하여 관중을 승상에 앉히다.

—651 제나라의 환공이 제후와 규구에서 회맹하여 패업을
완성하다.

—645 관중 사망.

—543 자산이 정나라의 재상에 오르다.

—536 자산이 중국 최초의 성문법(형서)을 만들다. 이 무렵
안영이 제나라 경공의 재상에 오르다.

—522 자산 사망.

—506 오자서가 손무와 함께 오나라 군대를 이끌고 초나라
의 수도 영을 손에 넣다.

—500 안영 사망.

—494 오나라 왕 부차가 월나라 왕 구천을 회계산에서 포
위하고 항복을 받아내다.

−485	오자서가 스스로 목을 베다.
−473	월나라 왕 구천이 오나라 왕 부차를 격파하여 자결케 하다. 범려가 구천을 섬기다.
−453	한씨, 위씨, 조씨가 진나라를 삼분하여 독립, 이에 따라 전국 시대가 열리다.
−445	위나라의 문후가 즉위하여 이회, 오기와 같은 인재를 등용하여 국정 개혁을 단행, 이에 따라 위나라가 강대해지다.
−403	한나라, 위나라, 조나라의 삼국이 제후로서 인정받다(이때부터가 전국 시대라는 설도 있다).
−386	제나라의 전씨가 나라를 빼앗아 제후로 인정받다.
−381	오기가 초나라에서 살해되다.
−359	진나라의 효공이 상앙을 임용하여 제1차 변법을 시행하다.
−353	제나라가 '계릉의 싸움'에서 위나라를 격파하다.
−350	상앙의 제2차 변법. 이 무렵부터 진나라가 강대해지다.
−343	제나라가 '마릉의 전투'에서 위나라를 크게 격파하다. 이 무렵 한나라에서는 신불해가 재상으로 활약

하다.